換身
THE SWAP
梅根・蕭爾 Megan Shull／作者
柯清心／譯者

致Maggie Doyne及Margaret Riley King

還有什麼奇蹟，比在瞬間，透過彼此的眼睛去觀照更為偉大？

——亨利・大衛・梭羅
（Henry David Thoreau）

【推薦文】（依姓氏筆畫順序）

透過角色互換，看見同理心與自我接納／王意中（王意中心理治療所所長）

青春期很不一樣，對於自我概念的形成，除了來自於外表、興趣、能力與所結交的朋友之外。當中，有很大部分受限於別人對於自己的評價與認定，而形塑出自我的意象，也關鍵的影響到能否接納自己的一切與改變。

青春期很是壓抑，除了面對生理上賀爾蒙所帶來的衝擊，內心也不時興起困惑的波浪。外加同儕或手足言語的數落、揶揄、玩笑、排擠與比較，往往產生自我否定與懷疑，而想要逃避。

我們總是容易以自己的主觀經驗與框架來看待生活周遭的人。特別是更難去理解與想像不同性別同儕的內心與外在，日常生活與生命困境到底是什麼模樣？

《換身》是一本很特別的小說，它為你遞上一把走進內心世界的奇幻鑰匙。藉由愛莉與傑克兩位青春期孩子，「妳是我，我是妳」「我在傑克的身體裡，而他則在我的身體中。」一瞬間交換位置，交換人生。

當角色互換，我們才驚訝於別人的人生與生活，竟是如此的不可思議，和原先預設的情況那麼不一樣。透過性別身分互換，進入對方的世界，同理對方的感受。讓你從別人身上，也看見自己，了解自己，改變自己。

或許我們在實際生活中，無法像愛莉與傑克轉換身分，體驗別人的生活。但是我們卻可以透過閱讀《換身》，讓同理心、自我認同與接納，在內心裡自然的穿梭。

思考方式不同，結果隨之不同／高亞謙（金陵女中教務主任）

進入中學時期的青少年，不論是在生理及心理都會起微妙的變化，也更重視同儕間的互動與情感，書中愛莉正經歷同儕之間相處的困擾，加上生理上正值青春期變化；而傑克是家中么子，面對父親與三位兄長的教育方式，總起了一些矛盾心情，同儕之間也開始討論兩性相處議題。

兩位主角在中學時期遇到的煩惱，都是進入青春期的孩子極有可能面對的問題，他們同時在保健中心相遇，奇妙的交換了彼此的身分，愛莉開始過著傑克的生活，傑克開始過著愛莉的日子，各自用自己的視野去看對方的生活世界，原本對自己的生活有些不滿意，在交換身分後，卻有了另一種改變，不論是和家人的相處或和同儕間的互動，都發生了一些有趣的心理對話，並發展出不同的相處模式，原本擔心對方沒辦法在交換身分後，依然用自己的方式恰當應對，但從書中事件敘述看起來，大家都多慮了。

很多煩惱的發生，起於自己以為一定要如何做或堅持要如何想，而心生憂慮，殊不知用不同的思考方式，有一些些改變，結果反而不同。

《換身》透過以青少年的生活與語言，帶出主角經歷的事件，極能引起中學學生的共鳴，從中又能得到如何應對生活困擾的省思，是一本適合青少年閱讀的書籍。

用心靈與勇氣發聲、感受……／陳欣希（臺灣讀寫教學研究學會理事長）

這本小說，讀到尾聲，會讓人……笑中帶淚！

雙主角——愛莉和傑克各有自己的困擾。愛莉，拚命想贏回前閨蜜的青睞，然而，自認為是公主的前閨蜜卻公然羞辱她……傑克，則是沉默的遵循「上尉」的軍事化運動訓練，而這位要他人稱自己為「上尉」的人正是傑克的爸爸。

還好的是，愛莉和傑克並不孤單；愛莉有一直鼓舞她的媽媽以及被她忽略的好友，傑克有一群以他為中心的死黨以及常欺負他卻很愛他的哥哥們。

看似平行的兩人，在學校醫護室偶遇，竟……互換了身體。愛莉住在傑克的身體裡，和一群哥兒們生活；傑克則在女人圈中打轉。兩人過著對方的生活，心中的某個空缺逐漸被填滿，甚至無意、有意的解決了對方的困擾。

所有的一切，看似「莫名」，其實都有「原由」。

最後，兩人是如何回復自我？其實，一開始，怪護士的「低語」已指出核心。然而，必須在「故事中」才能體會什麼是——用心靈與勇氣發聲、感受……

作者的安排相當巧妙。全書交錯著愛莉和傑克的觀點，貼心的設計利於讀者切換視角。兩位主角的家庭環境與家人特質，讓最後的結局完美又不突兀。更有趣的是，愛莉前閨蜜仰慕的「王子」就是傑克，所以，當傑克變成愛莉時，有許多尷尬又有趣的片段……得要自己讀，才有閱讀的樂趣！

與大家分享！

用全新眼光觀照世界，改變不分年紀／黃筠雅（南山中學教學組長）

《換身》採用電影的運鏡方式，細膩刻劃青少年的想法。他們擔心著人際互動、生理變化、親子關係，亦熱烈討論著電玩遊戲、心儀對象。書中兩位主角的人物形象，或許就是你我生命歷程中過去的自己、現在青春洋溢的學生、甚或是未來自己的子女，所以此書適合各年齡層的讀者。

藉由閱讀突破主觀的框架，帶領讀者感受書中主角實踐目標與夢想、判斷友情真偽、訓練體育運動。如果你現在正處於懷疑自己的漩渦中，試圖解決一些煩惱，儘管是不同文化背景下的青少年，仍推薦閱讀此書，透過輕鬆的故事來看待各式各樣的議題。

每一個人都有故事和在意的界線，不妨以同理心多溝通，事情或許會比原本預期的更為正面，記得用全新的眼睛觀照世界，並相信改變不分年紀。

01 愛莉

豔陽高照的暑夏，我們三人坐在河岸游泳俱樂部，粗糙刮人的水泥泳池邊，把腳泡在深水池裡攪晃。我所謂的三個人，指的是我（愛莉．歐布萊恩）、賽熙．根妮斯（本人從小最親的前閨蜜），以及艾絲本．畢樹（一個月前剛從加州搬過來，顯然已取代本人地位的女生）。你若要想像我們的狀況，那我告訴你吧：賽熙和艾絲本並肩而坐，穿著豔橘色的細帶叉背比基尼——「情人裝」（她們很愛這麼說）——絲長閃亮的金髮框出她們的面容，二人與姊妹無異——五官完美，齒如編貝，一對櫻脣在陽光下閃著潤澤。

我呢？一頭溼掉的深紅頭髮在腦後束成一條馬尾，鼻子上抹了防曬膏，身上穿著黑色前鍊式的短袖衝浪防寒泳衣。這是我媽買給我的，我非常喜歡。

「所以，愛莉？」賽熙輕輕踢著粉紅色的腳指甲，把水潑濺到空中。「妳這件連身衣是怎麼回事？」她咯咯笑說，「是運動女將的意思嗎？」

兩人看著我，用胳臂往後撐靠著，一臉笑咪咪。

艾絲本挑起一邊眉毛，「妳打算穿男生短褲去衝浪嗎？」

說著兩人露出相同的表情，然後哈哈大笑。

我覺得臉頰越來越紅了。

「噢，嗯，呃……，」我欲言又止，強迫自己微笑，卻覺得心情向下沉淪。

艾絲本在賽熙耳邊竊語，兩人立即咯咯笑了起來。

「唉呀，我沒惡意唷，可是——」賽熙瞪著我大搖其頭。「我們就要升七年級！有些基本規矩，知道吧！有些人真的得好好打扮一下。」

艾絲本也湊話說：「愛莉，」她開口頓了一下，難堪的說：「我不是要批評或什麼的，可是妳的雀斑長得也**太誇張**了吧！也許你該考慮一下用粉底或遮瑕膏？」

「沒錯！」賽熙同意說，「不過別買那種會堵塞毛孔的廉價品！不行，萬萬不可！那就太噁啦。」

唉，是的。

歡迎參觀我的生活。

你還想知道更多？

沒問題——

賽熙：「呃，我沒有惡意，可是同學，說真的，帶這種箱型背包來游泳池，實在很土！」

艾絲本：「不是我要挑剔，可是那個女的幹麼一直看我？對不起，我就是比妳辣，不行嗎？」

聽她們講話實在不舒服，即使針對的不是你。我覺得糟透了。我望著池子對面，看王子從跳板上做了個後空翻。王子跟著一大群男生，他是唯一有一頭濃捲黑髮、生著一對碧眼、有六塊腹肌的男生。

王子（賽熙都這麼喊他）名叫傑克．馬洛。傑克．馬洛比我們大一歲，堪稱是柴契爾中學最受歡迎的男生。他帥氣、神祕、內斂，且樣樣精通，包括他所參與的每項運動，他光看著就覺得賞心悅目，而且都不用說話。是的，他很擅長做個安靜的美男子。

事實上：賽熙**愛死**傑克．馬洛了，滿腦子裝的都是他**！**還**大張旗鼓**的讓每個人都知道。這個暑假開始後，賽熙就只想到男生，搞得讓人有點心煩，而且有些詭異。王子只要在我們附近出現，賽熙就變了個樣，例如拚命眨動睫毛，突然變得超甜、超假。只要王子一離開聽力範圍，她就立刻打回毒舌皇后的原形。以前這種情形沒那麼困擾我，但不知怎地，自從艾絲本暑假初搬到這裡後，賽熙的毒舌就開始變本加厲了。她通常會講一些五四三的，翻翻白眼，然後放肆的大聲高笑。「我們是開玩笑的啦，愛莉！」她事後會說，「只是在胡鬧而已。」

我知道自己竟還當她是朋友，而且渴望能再次讓她喜歡我（我真的真的很想），聽起來很愚蠢，但賽熙就是那樣，是那種你會希望搏得她喜愛的女生，你明白我的意思吧？你希望她喜歡你，最好是能在你的額頭打上「本校校花認證」的標印，好讓別人都能看到——

你有人喜歡！

有人愛！

你很酷！

因為賽熙．根妮斯有認可！

可是就在今天，在夏日豔陽和藍天下的泳池畔，我們三人一起觀賞——但假裝無視——打著赤膊、擁有六塊腹肌、渾然不知自己有多迷人的傑克．馬洛時，賽熙說了：

「愛莉。」她開口笑咪咪的看著我，用手指撥弄垂散的頭髮，然後把頭往後一甩。「其實也不是什麼**天大不得了**的事，只是人生這個階段超尷尬的，妳的鼻子配在臉上顯得太大，而偏偏妳就是那個人。」

淚水從我體內深處漫上來，從胃部開始，逐漸淹向喉頭。我重重吞嚥，恨不能立即消失，或跟《綠野仙蹤》裡的桃樂絲一樣，敲敲光裸的腳踝，然後人間蒸發。我垂眼望著清澈的池水，想像自己腳先落水的跳下去，屏住氣，盤腿坐在池底——賽熙和我以前常那樣玩，而且就是在這座池子裡，我們曾度過無數個暑假。

可是我並沒有跳進去。

也沒消失掉。

我還杵在這裡，心情蕩到谷底。

「唉喲我的天，愛莉！」賽熙嗲聲嚷嚷，上下打量我，然後皺起鼻子。

我用「怎麼了」的表情回望她。

「我的天——哪——！」賽熙和艾絲本雙雙躺回她們共用的大浴巾上，仰臉面對著天空，笑到差點說不出話來。

「說真的，愛莉。」賽熙叫道，「妳的——」她頓住往下指著，咯咯笑到無法言語。

「唉呀我的媽呀，**別再笑了！**」艾絲本擦去眼中冒出的淚，小心翼翼的不把黑色睫毛膏弄糊。

我只覺全身麻痺無力，唯一想做的事就是離開這裡，可是我連站都站不起來，甚至無法動彈。我半個字都擠不出來，不知道如何是好。我望著擁擠的泳池遠端：王子穿著低腰露臀的藍短褲，躍下跳板，輕鬆自如的翻了兩個半圈，帶著一身的肌肉飛過空中，水花輕濺，然後潛入水裡。一秒鐘後，他又浮上來了，將黑溼的頭髮從眼上甩開，朝他的粉絲們露出淡淡的笑容。池畔的男生都快瘋了。「同學！帥炸了！」我聽到其中一人大喊。

我正在尋思，男生真好命，不必應付這種成長的尷尬事，這時——

「愛莉！」我聽到有人喊。

我回頭看著賽熙，繃緊神經。

「噢，我的天哪！」她尖聲說，「我真的從來沒笑得這麼厲害過！我快笑死了！**唉唷，我的媽呀！**」

這下我可以感覺所有人都在看著了，連池子對面的男生也抬頭看著我們。

「愛莉，妳的腿——」賽熙用更大的聲音嗲道，把咯咯的笑聲吸了回去，然後終於說出口了：「簡直就是猿人的腿！」

等一等，她說什麼？

我勉強陪笑，低頭一看。以前我從沒注意到，我的腿上竟長出紅色的細毛，我的頭一下子整個熱烘起來——

我該如何回話？

我快無法呼吸了。

我看著賽熙，她穿著細肩帶比基尼，在浴巾上捧著平坦的肚子打滾，像是笑到肌肉發痛。我也順勢跟著發出假笑，要不然我還能怎樣？賽熙就是那樣，很能影響別人。她說話時根本不在乎你的感受，直接當面嗆你，而且不知怎地（或許是因為她很漂亮，人緣佳，敢於直接跑去跟學校任何男生搭話吧），你就是會乖乖坐在那兒聽她的訓。

可是老實跟你說吧，陪笑其實令我更難過，因為被幼稚園一起長大的閨蜜嘲笑，一點都不好玩，賽熙顯然在七年級開學前兩天，決定不再當我是最好的朋友了。

這件事真的一點也不好笑。

傑克

「是的，長官。」我說。

我正在與父親說話，我必須用這種方式跟老爸講話。

「是的什麼？」他問。

「是的，長官，我明白了。」我答道，試著不去看他，但又要裝作有看，因為跟上尉說話時，不看眼睛是不行的。我很快瞄他一眼答道，然後保持眼睛直視前方，望著卡車擋風玻璃外，對向的車子前燈和一片漆黑。

我們在開往冰球場的途中——我一年到頭都在打冰上曲棍球（譯注：以下簡稱冰球）。我在去年四月，終於打進波士頓棕熊少年隊了。我是第一位入隊的八年級生，是史上最年輕的選手，這實在令人難以置信。我們首場球賽將在周一晚上舉行，我得努力表現，在每場比賽的每一輪中力拚，一分鐘都不能懈怠。我不想讓任何人覺得我名不符實——我能入隊，只是因為哥哥們的關係。我得不斷證實自己，奮戰不懈，百分之百的付出時間與精力。你若真的渴望某個東西，便應該拚命努力，這點殊無疑慮。

老爸沒說話，車子在黑夜中奔馳，他至少開了十英里路，半個字都沒說。對上尉而言，這表示他無法接受我的回答，**我得再試一遍**。

「我會更守時，以示我尊重您的時間？」我試著回憶他剛才訓我什麼，告訴我該改正什麼。老實說，這回我真的不清楚自己到底做了什麼。我把球袋扔到卡車後頭，跳到前座，坐到他身邊之前，老爸心情就已經不好了。

讓我告訴你，沒有什麼比老爸不跟你說話更恐怖的事了，天色雖黑，我卻可以感覺他在看我。

我搜索枯腸，尋找能對應的話。「對不起？」我又試了一遍。

還是沒回應。

上尉伸手扭開收音機，他喜歡古典樂，我想那能令他平靜。

「傑克。」老爸終於開金口了，「我不想聽你道歉。這種行為不可饒恕，我絕不容忍。我到底得跟你說多少次？行動勝於雄辯，如果你想成為堂堂正正的男子漢，就得身體力行，博得信賴。」他看著我。

而我想說的是：**反正無論我做什麼，都不夠好**。我當然沒那麼說，我又不是瘋了。

「傑克？」老爸聽起來很生氣，「傑克！」他重新喊道，「你剛才都沒聽進半句話嗎？」

沒錯！我心想，可是當然沒說出來，因為我還很珍惜自己的小命，而且不想讓老爸停車，再把我狠訓十五分鐘。於是我乖乖閉著嘴，神遊今天的種種。

今天是暑假最後幾天了，過程十分完美。我、歐恩、山米、狄馬利斯、多明尼克、布雷登、泰瑞——一群人在泳池邊玩了一整天。我們游泳、瘋狂的從跳板上玩後空翻，除了熱狗和點心攤油兮兮的炸薯條外，別的正餐都不吃。我們大夥前一晚，全跑到歐恩家過夜，在他天堂般的地下室裡，用他家的六十吋平板電視打電玩。

現在暑假結束了。

我把頭貼靠在卡車車窗上，閉起眼睛，試著單純的呼吸，不與上尉爭執。我不想在風口浪尖上做錯事，把事情搞砸。

再兩天學校就開學了，我若不小心點，老爸很可能會把我從柴契爾中學轉到聖喬伊。我的三位哥哥都讀聖喬伊，那邊得穿有領襯衫、打條紋領帶，外加一件深藍色外套。那邊不能穿牛仔褲，也沒有女生，所以就不必了。上尉讓我上柴契爾的唯一理由，就是學校較能配合我練球的時程。

沒有人像我如此熱愛冰球了。

冰球是上尉與我都能接受的一件事。

冰球是我的生命，哥哥們和我全都打冰球，事情就是這樣——我們兩歲時，就都拿到一根冰球棍了。我才剛會走路，便已穿上溜冰鞋，腰上圍著一圈內胎，被老爸拉到冰上了。我三位哥哥全都已經決定上波士頓大學了。

我向來是隊上年紀最小的隊員，因為老爸希望我能更努力，球技日益精進。我這輩子最想做的事就是打冰球，而且我是有計畫的。我每晚把計畫寫下來（不過得等我先做完兩百次伏地挺身、兩百次仰臥起坐、念完七次聖巴塞斯琴禱文後才寫。）我愛打冰球，為打冰球而生。我每次在紅色筆記本中寫道，並把本子塞到床墊底下。媽媽叫我這麼做的，她說：「如果你肯相信，就能做得到。」她教我把自己的目標寫下來，自此之後，我便一直這麼做。

每晚我會寫下同樣的三件事。

1、進波士頓大學球隊。

2、被國家冰球聯盟（NHL）選中。

3、簽下國家冰球聯盟合約。

你大概會覺得，我從十歲起，天天在祕密筆記本裡寫下同樣的三句話，感覺挺怪，但無所謂，這是我的夢想，就算有人覺得我很怪，我也不在乎。我會窮畢生之力去追求下一步。我還年輕，還有很大的努力空間。當我就寢前，我揣想自己被選中，從頭上套進NHL的球衣。我看到自己進行**每一件事**，在我心裡，我已經做到了，我只需向前衝，努力奮鬥，不畏阻攔。老爸總是告訴我：「真正測試男人本質的，是他在沒有人旁觀時，都做些什麼。」

03 愛莉

我站在河畔運動中心的水泥臺階上，腳上仍穿著護脛，我的粉紅色雷鳥足球袋掛在肩上。我渾身汗黏，頭髮跟平日一樣在後面緊紮成一束馬尾。我站在這裡等老媽來接我，這時克萊兒走過來，臉上雖帶著笑，但僅維持一秒鐘。

「噢，」她對我說：「我只是想告訴你，我真的很遺憾聽到那樣的事。」

「蛤，這話什麼意思？」我問。我望著克萊兒肩後，看賽熙和艾絲本一路跳過停車場，走向賽熙母親的休旅車。我們剛剛結束雷鳥隊，十三歲以下五人制足球旅行小隊的第一天甄試。賽熙和艾絲本手勾手依偎著尖聲高笑，宛如兩人正在講其他人都無法理解的超酷笑話。通常賽熙的母親會順便載我，可是自從賽熙開始把我當空氣後，她們家的車子就突然「坐滿」了。例如——「噢，對不起，愛莉，我們……」賽熙會停下來瞄艾絲本，默默與她分享完整的句字，「我們，呃，我們並不打算直接回家。」

我轉頭看著克萊兒，她的表情頗為古怪，那一瞬間我突然心中一痛，就在那一剎那。很奇怪，對吧？人的心竟會被刺痛，你的心，比你更清楚一些事。

「唉，算了，沒事。」克萊兒看著我，一副很尷尬的樣子，好像她本不該多嘴。克萊兒火速轉移話題。「嘿，明天開學了，有沒有很興奮啊？」

「等一等，妳本來想說什麼？」我瞥見老媽的車子轉入運動中心，連忙收拾東西。「跟我講沒關係。」我的聲音聽起來好弱，在沉默中擠出一朵顫巍的笑容。

「噢，我本來想……」克萊兒欲言又止。

我站在那兒。

動都不動。

心臟狂跳，臉頰發燙。

「嗯，呃……這件事很難對妳啟齒。」克萊兒不安的看著我，似乎在警告我，對於她要說的話，真的感到非常抱歉。「我猜妳大概沒看到賽熙在臉書上的留言吧？」

我搖搖頭，**我沒有加臉書。**

我們兩人有好秒鐘沒搭話。

我看到老媽對我揮手要我上車，我便對她豎起一根指頭，表示「再等一下。」

「她說……呃……」

「妳可以告訴我的，克萊兒，**拜託好嗎？**」這時我已算是在懇求了。

「她說，呃……」克萊兒頓一下，環視四周，似乎害怕被賽熙不小心聽見，雖然賽熙老早就離開了。「她說，妳……」克萊兒在她家的車子開過來時，收了尾。她先退開幾步，然後扭身朝車子走去，就在她打開車門前，回眸對著肩後悄聲說：「**對不起**。」

「等一等，克萊兒。」我在她身後喊道，「賽熙到底說——」

太遲了，克萊兒已經上車，關上車門了。

六名年紀較大的男生從運動中心前門衝出來，把我擠到一旁，因為我就杵在路中央。我愣在那裡幾秒鐘，震驚的僵著。我想，我就是那時才意會過來，終於明白，自己已被正式及非正式的**甩掉**了。

04 傑克

「兒子？」

「是，長官？」我手扶著卡車門把，停下來轉過頭對著父親。上尉送我去練習場，下車前我們總會這麼做。我不知道這算是迷信或例行公事，但我總是在下車前，停下來聽他說話。我老爸很強悍，他會督促我們，他是陸軍上尉，在那之前讀的是全美嚮往的波士頓大學，我的意思是，他知道上那種大學要付出何種代價。

「進去裡頭努力練習，竭盡全力，不能有所後悔。」他告訴我。

「是，長官！沒有後悔。」我回道。兩人相互點頭，然後我才打開車門跳下卡車。

上尉搖下我這邊的車窗，朝我探身。「在球網前打贏勝仗。」他告訴我，「要立穩腳步，你來我往。」

「遵命！」我在卡車外立正站好，袋子掛在肩上，手拎著自己兩根最好的球棍。

「一定要堅守紀律。」

「是。」我點著頭，「謝謝您，長官。」

我爹很要求我們說「請」與「謝謝」，所有馬洛家的孩子都得……請讓我借用一句話──「力行基本生活守則」。意思是，「請」、「謝謝」、「是的，長官。」或「是，夫人」、幫人扶門、握手要有力等等之類的。

「傑克？」上尉喊道。

「是，長官？」我回頭看他。

「讓他們知道厲害。」

無論我一天過得如何，在踏進溜冰場的那一刻，一切就神奇的變得美好了。首先迎向你的是氣味，每座溜冰場的氣味不盡相同，卻都飄散出冰球的氣息。你可以將我蒙上眼睛，丟到任何溜冰場裡，而我還是可以憑藉鹹鹹的汗味、溼氣及入門便撲鼻而來的清涼空氣，知道自己已經到溜冰場了，**錯不了！**你會感到興奮，很不真實。當我穿越大門走向更衣室時，冰球的氣味便愈發濃烈，從不消散。我好愛那股氣味，我無法解釋，大概是它能令我安心吧。一旦走入更衣室，所有一切便被摒除在外了。那裡沒有窗戶，看不到外邊的世界，就像待在殼子裡一樣。你唯一能接觸到的就是其他男生，你的隊友，大家互享故事，天南地北的閒扯──冰球、音樂、周末上哪兒去、練完球後做些什麼、誰跟誰一起廝混、女生、誰是辣妹，誰不夠辣。男生很吵的，每個人都在耍嘴皮子，互開玩笑，百無禁忌。棕熊隊大部分男生都比我大一兩歲，所以他們很愛逗我，嘲弄我，而且還喊我「馬仔」或「阿傑」。我很喜歡這種感覺，這裡與其他地方不同，大夥都是在一塊兒的，隨便聊聊，但不會三心二意。

外人看起來，也許覺得這裡像瘋人院——十八個臭男生，十八個裝備袋，幾乎占去地上每一處空間——但實際上我們是有秩序的。每個男生都知道這裡的規則，所有準備上場前的微調工作：適度的繫好溜冰鞋、適時的繫緊、綁好護脛、給球棍貼膠帶、用自己喜歡的方式折襪子。這些事就像綁鞋帶一樣——大家都太習慣了，想都不用想就會做。然後等一切準備就緒，大夥看起來全一個樣子後，我們就一起走向溜冰場。

我們從更衣室踏到橡膠墊上，走到溜冰場，在一踏出入口，來到冰場上的瞬間，便開始滑冰，絲毫不費半分力氣。那是世界上最爽的感覺，你踩出第二步、第三步，速度開始加快，涼風吹過面罩，你吸入第一口冷空氣，精神一振，只想加快滑速，你會覺得自己無所不能，超級無敵。接著尖哨聲令大家停止動作，把所有人集合起來，大夥開始打球。

接下來的六十分鐘，一切便像是在做夢。

其他的事都不重要了。

別的統統不存在。

我雖在冰場上，卻又似不在。

我不必思考。

每次邁步，冰鞋的鋼鐵便切入堅脆的冰層。停頓時，冰層被刷的一下擦過。球棍敲擊著冰球、教練指揮球員、哨子聲、大夥你來我往的滑動，拚命打球。

我處於最佳狀態，一切都非常順利，恰到好處。冰球傳向我想要的地方，我的腳往想去的方向移動，一切都很平順。我好愛上場，天生就是打冰球的，這是我最擅長的事。

練完球後，我頹坐在更衣室的椅子上，渾身汗溼。通常大夥會很嗨，這是所有男生都覺得很爽的時候。等我們下了冰場，就進行到下一階段了。再也沒有人聊冰球了，有人會突然打開音樂，大夥一邊更衣一邊聊女生和學校，我們什麼都談，就是不聊冰球。男生總是亂開玩笑，吵鬧不休，還把膠帶往垃圾桶裡扔。我筋疲力盡——不僅身體累，連腦子都沒力了，那種感覺超屌的，因為在我離開冰場，把袋子扔到老爸卡車後邊前的十五分鐘裡，我完全沒有煩憂，一絲煩惱都沒有。我卸下身上的裝備，穿好衣服，擦乾溜冰鞋，收拾整理，然後隨大夥高聲歡笑。我在這世間沒有半分愁緒，自由自在。

愛莉

媽媽把車子開出運動中心，我坐在她旁邊的前座上，假裝一切如常，像完全沒事的聽她提問。

「甄試狀況如何，甜心？」

「妳玩得開心嗎？」

「嘿，晚餐要不要吃外帶壽司？」

問題是，我喉頭有個哽塊，很難回答問題，因為我若試著說話，聲音一定會露餡。所以我只能點頭聳肩，盯著窗外看，勉強抑制自己，直到我們轉進家裡的車道上。

「甜心，」媽媽開口說，我覺得開始泛淚了，「怎麼回事？」

我開口想回答，卻說不出話，反倒哭出聲來。

媽媽轉向我，「噢，孩子，妳哪裡不開心了？是不是甄試出了什麼事？」

「不是！」我告訴她，這下卻哭得更凶，媽媽幾乎無法聽懂我說什麼。

「妳跟朋友吵架了嗎？」

「不是！」我再次搖頭撒謊，「我沒事，我很好。」我啜泣道。

「噢，愛莉，寶貝，妳看起來不像沒事。」媽媽深深吸口氣，伸手撥開我眼上的頭髮。

「是不是有人對妳說了什麼？」

「沒有，只是——」我暫停一秒鐘，覺得好尷尬。我試著吸氣，可是……唉，我又重新哭起來了。我衝下車，摔上車門，往屋裡走。

「愛莉。」媽媽在身後喊我。

用這種方式跟老媽說話，完全無法令我好過一些。我奔回樓上自己房間，汗溼的足球衣還穿在身上，便爬到被子底下，把臉埋進枕頭裡放聲痛哭，直到哭溼了枕頭，鼻涕橫流，之後才終於睡著。

醒後，我看著房門後的鏡子。我的眼睛浮腫，頭痛欲裂，頭髮散亂，愚蠢的雀斑一個也沒少。我躺回床上，瞪著自襁褓時期，便一直貼滿天花板的螢光星星貼紙。你會對塑膠星星貼紙許願嗎？我會。真希望我能變成別人，變得自信、強壯，不用老是擔心別人怎麼想。可是有誰會對無聊的貼紙許願？

我想我會的。

就在我許下可悲的貼紙之願的同一瞬間，門口傳來敲門聲。

「愛莉，甜心？」

是老媽。

我沒回話。

我甚至不知道該說什麼。

「愛莉，妳睡了嗎？」

「沒有。」我說，但聲音很悶，因為我蒙著枕頭說。

媽媽打開門，「愛莉，親愛的，到底怎麼了？」

媽媽坐到我身邊床上，我感覺她把手放到我背上。「我們得談一談，妳遇到問題了，而且明天還得上學呢，妳不會想用這種狀態去上學吧？」

「我不想講。」我答道，「我不想說，因為我知道若是跟妳說了，妳一定會說我傻。」

「噢，甜心，妳知道我**絕對**不會說妳傻。」

媽媽靠過來親吻我的頭，「我只是看見妳心情難過罷了。來，咱們談一談。」她鑽到被子下，蜷到我身邊，就像以前我小時候那樣。

我們那樣躺了好長一段時間，最後老媽終於說話了，其實應該說是低喃：「愛莉，寶貝，我只是想知道出了什麼事。我希望妳能講一講，如果說出來，心裡會好過一點，會有幫助的，真的。」

我深吸一口氣，「妳確定妳不會生氣嗎？」

「生氣？我幹麼生氣？」

「跟賽熙有關。」我說。

老媽長嘆一聲，「她又幹什麼好事了？」

「媽！別那樣講嘛！」

媽媽直視我的眼睛，「妳什麼事都能告訴我。賽熙到底說了什麼？我真的只聽妳講，不會說她任何壞話。」

「妳保證？」

「是的，我保證。」

「她恨我！」聽到這句話，和那可悲的語氣後，我又哭了。

「噢，甜心，我不覺得她恨妳，她只是——」

「她恨的，她很恨我！」

「寶貝——」媽媽頓一下，然後重重吸氣。「小孩子常會講些惡毒的話，因為他們沒有安全感，用毒舌貶抑別人，會令他們自我感覺良好。」

「賽熙才不是**沒有安全感**，媽！」我又扭向自己的枕頭，「隨便啦，反正無所謂，因為我沒朋友了。」

「賽熙．根妮斯是妳唯一的朋友嗎？」老媽逗弄的推推我，兩人笑了笑——雖然我很努力不笑出來。

「那麼克萊兒、瑪肯齊，或足球隊的珊米呢？」老媽說，「奇亞娜呢？記得妳以前跟她一起上過騎術課吧？我好喜歡她！」

「也許妳應該去跟她交朋友。」我嗆說。

「還有安妮．哈奇森呢？她好甜哪，我一向希望妳能跟她交朋友，而且我好喜歡她母親！」

「媽，妳不懂啦，我談的是賽熙！我只希望賽熙能再次喜歡我，我不知道我究竟做了什麼，她為什麼——」

媽媽仔細端詳我的臉，伸手撥開我眼上汗溼的頭髮。我們挨得如此之近，鼻子都快碰在一起了。

「心愛的，妳頭髮蓋成那樣子，怎麼還能看得見東西？」

「媽！」

她笑了笑，「寶貝，」老媽又開始了，「賽熙是不錯，但她有點刻薄、殘忍。我發覺她有時待妳並不好，誰想要跟這種不善待自己的人在一起啊？」

我沒回答，眼淚從臉頰垂落。

「妳應該想清楚自己是什麼樣的人，以及自己的極限，有時妳得堅定立場。我知道為自己挺身而出挺嚇人的，可是孩子，妳若能做得到，我告訴妳，堅強的感覺真的很棒。」

「媽，拜託妳別再說了！妳不懂啦！」

「噢，愛莉，柴契爾中學裡有很多妳不認識的孩子，妳下一位好友就在他們裡面，可是妳滿腦子只想著賽熙，結果錯失了——」

「媽！」我打斷她，「妳不懂。」

「唉，也許我是不懂。」

老媽從我床上起身，走向門口，跨過我的衣服。「愛莉，拜託妳把房間收拾一下。這麼亂，我實在看不下去！」

我才不在乎自己的蠢房間，我現在啥都不在乎了。我再度把臉埋進枕頭，壓住自己頭部，我哭得太凶了，頭有些脹痛。

老媽站在門口，「愛莉，妳明天得上學，所以我們得設法讓妳跨過這道坎，至少心情要能平復。還有，愛莉？」

「什麼啦！」我抬起頭。

「心愛的，如果妳要我把妳視為成熟的大孩子，就得振作起來，把房間整理好，還有**等等等等……**」

我瞪著老媽，佯裝聆聽，其實卻左耳進右耳出。

「愛莉，」我聽見她說，「妳要不要去泡個澡，然後——」

「媽，我都要上七年級了！人家才不要泡澡！」

「呃，我都四十四歲了，還是會泡澡！」

「好啦！泡就泡。」

「很好。還有，在熱水裡放點薰衣草的泡泡浴，好好享受，然後穿上睡衣下樓來，咱們好好吃頓飯。」

「好啦。」我埋回枕頭裡回話。

「還有這個周末——」

「知道了！要清理房間。」這次我轉身看著媽媽，她一手握著門把，一手插腰，正在對我微笑，彷彿知道某些我不知道的事。

「妳會熬過去的，寶貝，妳是個好孩子，妳無法控制別人的言行，我們必須協助妳變得更堅強，讓妳看清誰才是真正的朋友，還有——」

「媽，賽熙就是我真正的朋友。妳不懂啦，只是——」

媽媽搶白道：「愛莉，我只能說，**我的**朋友不會那樣對待我。」

傑克

柴契爾中學開學前一天的夜晚，老哥正猛朝我的頭部射球。我們在地下室裡，或稱「籠子」（我們就是這樣稱呼地下室的）。這間空蕩蕩、尚未完工的地下室，就在廚房的陡梯下。我們每晚都在這裡廝混。籠子超酷的，老爸在窗戶上加了鐵絲網，把一張舊桌子翻過來，讓我們當球門用。基本上，他任由我們把房間給毀了。

小時候，我們在這裡用網球玩，可是現在我們大了，牆壁密密麻麻布著黑色橡膠冰球在白色漆面上敲出的痕跡。這裡什麼都沒有，只有舉重器材、深蹲架、放在角落的臥推椅，以及靠在牆邊的舊洗衣機，洗衣機上盡是點點黑斑，冰球敲出的凹痕。我們四兄弟都在的時候，這裡超瘋的，不過大部分時間，都是我和史托克在一起，因為我們年齡較近，甘納與杰特通常出去打冰球了，並不在家。

只要跟哥哥們在籠子裡，他們總會自動把我當守門員，因為第一，我是唯一瘋狂到願意站到火線前的人。第二，我排行老么，上有三位兄長——所以沒有我說話的分。他們喜歡亂鬧，把我訓練得更堅強。

「算你屌，小傑！」哥哥們的球被我攔下時，便會這樣告訴我。

那是一種稱讚，屌是孬的相反詞。如果你是男生，尤其是我家的男生，絕不想被人家說成孬種。那是別人對你最大的詆毀。

今天我把裝備都戴上了——頭盔、面罩、護胸等其他東西——史托克開始攻擊，我們沒怎麼講話。

只是來回不停打球。

練習瞄準。

史托克可以日以繼夜的對我攻球，而他也真的這麼做了。我們待在籠子裡，直至聽見上尉喊人。

「夠啦，孩子們！」他從樓梯頂端喊道。

老爸不是那種喜歡把話講兩遍的人。

我脫掉頭盔，卻被史托克攻了個措不及防。他擊出冰球，然後——碰！我扔掉手套，跌在地上，用兩手摀住一隻眼睛，額頭抵在堅硬的水泥地上。不行，我不能哭，我又不是女生！我才不要後半輩子都被老哥嘲笑。馬洛家的人是不哭的！倒不是說我不覺得痛……

史托克蹲到我身邊，我可以感覺他呼在我頸子上的熱氣。

一時間，我還以為他心懷愧疚。

接著他在我耳邊低聲說，「唉呀，你快死啦，小公主？」

「去你的。」我說，但史托克幾乎聽不到我的聲音，因為我差點說不出話。

「別跟個娘們似的，」史托克大笑道，「站起來！」

我若是女生，早就哭出來了。

我絕對不哭。

男子漢不放棄，也不發牢騷。

「喵，」史托克說，覺得這樣超好笑。「喵，喵——嗚。走了啦，莎莉！」他站在我前方，我的幾位哥哥很愛喊我莎莉，或南茜、瑪莉、潘茜、伍絲、寶貝、小奶油——因為你軟得跟坨奶油一樣，或更等而下之的奶油寶貝。

「走啦，奶油寶貝！別那麼娘！你是男子漢大丈夫。咱們走！上樓去！」

我實在很想賞他一拳，可是等我踉蹌的站起來後，史托克已經上樓，不見了。我糊里糊塗的也上了樓，從上尉（正在看報）、史托克、杰特和甘納（正在看冰球賽）身邊走過，躲到樓上浴室。我在裡頭差點吐出來，我快痛死了。

「喂，你夠屌。」史托克在我身後喊道。

接著我聽到他在門外問：「嘿，你還好吧，老弟？」

我沒回答。

「你一定會有黑眼圈的，小傑！」

我留在浴室裡用冷水潑臉，直到眼睛發麻。我的眼睛很快開始有些腫脹瘀紫，我瞪視鏡中的自己良久。

沒有流血。

夠屌，我心想，笑了笑。老實說呢，我還挺自豪的，我得了個黑眼圈，這是本人第一次，而且不會是最後一次。

愛莉

開學首日，我一醒來便開始在衣櫃中翻找，想找件能讓自己看起來，不像還會抱泰迪熊睡覺的那種人（我真的有抱）。無論我試穿什麼衣服，一看到鏡子裡的自己，便覺得很呆。我脫掉衣服，又試了別的衣服，卻覺得穿**任何衣服**都很難看。加上我聽到賽熙的聲音，不斷在腦中批評我的服飾。

黃襯衫？呃，好醜！妳看起來像根活動螢光筆！

喇叭牛仔褲？太不ＯＫ了。

內搭褲？內搭褲不算褲子！

我對時尚真的沒概念。我的意思是，時尚何時變成**天大的事**了？我們上柴契爾之前，根本沒有人在乎這檔事。我根本不懂怎麼打扮才叫時髦有型。在這個暑假之前，我壓根沒在乎過，可是現在，在我正式成為七年級生的一個小時前，我突然在意起來了。我在乎，而且我**痛恨**自己的在乎。你明白我的意思嗎？我有提到我的頭髮嗎？沒有，應該沒有，我的頭髮也很不怎麼樣。

我終於決定穿自己最愛的T恤和牛仔褲，把一頭凌亂的紅髮綁成馬尾，直接放棄了。

到了樓下，老媽心情好到不適合開學日。

「早啊，陽光真好！」她唱道。

「我沒有衣服穿！」我哀嚎著坐到廚房餐桌，「說真的，我根本沒什麼可穿的衣服！我們能不能，拜託，拜——託——，去買件衣服？千拜託萬拜託？」

「愛莉，」老媽站在爐子邊，聽她喊我名字的方式，我知道她又要開訓了。「我今早不想跟妳吵架，不過說真的，甜心，妳的話聽起來有點可笑。如果妳把扔在地上的衣物全部搜過一遍，說不定能找到許多妳想不起來的可愛衣著！」

「唉，算了。」我說。

可是老媽話還沒講完。

「還有，愛莉，如果妳缺衣服的事跟某人有關，那麼我不認為妳需要改變妳的衣著，倒是比較需要考慮換朋友。」

「天啊，媽。」我說，「當我沒說過！」

老媽把盤子放到我面前，上面裝滿我最愛的手工鬆餅加楓糖漿和融化的奶油。「咱們專心想正面的事。」她的笑意更深了，「妳能相信嗎？妳要升七年級了！」

我把盤子推開，「隨便啦，我不餓。」

「別說傻話。還有不可以沒禮貌。拜託妳，愛莉，妳得吃東西，不吃早餐撐一天很不好。

要不要拿一份貝果在巴士上吃？」

「好啊。」我聳聳肩。

老媽坐到我對面桌邊，「妳的態度得改一改，」她笑著說，「寶貝，真的，我跟妳保證，妳今天一定會交到朋友，我就是知道，一切都會比妳預想的好。」

「最好是啦。」我答說。

我無法解釋自己今天有多麼害怕回學校。我出門前，老媽把貝果塞進我背包裡，然後給我一個擁抱。「甜心，真的，別讓所有事往心裡去。」她閉上眼睛，深深吸一大口氣，然後張眼吐氣，捧著我的臉，親吻我的額頭。

「愛莉，真希望妳稍微了解到，自己有多麼棒。」她用積極正面的眼光看著我，「妳可以做到任何下決心要做的事。」

我整個人一半在門內，一半在門外。

老媽伸手跟往常一樣的撥開我眼睛上的頭髮，「別忘了足球，ＯＫ？我一放學就去接妳。」

「我才不要踢足球。」我宣稱，這是我當下決定的，我已經會在學校見到賽熙和艾絲本了……我不可能在踢足球時還面對她們。

「胡說八道。」老媽表示，「愛莉，妳不能碰到問題就不戰而降。如果妳想要什麼，就得努力爭取，不能放棄。妳不是一向覺得足球很好玩嗎？」

「是啊，呃，現在沒那麼好玩了。」我說，「我才不要去踢，我就是不要！」我扭身大步走過車道，朝巴士站走去。

老媽不肯罷休，穿著她的紫色浴衣和毛絨絨的兔子拖鞋，跟著我走上車道。

「愛莉，」她在身後喊道，「我三點鐘到體育館後邊接妳。還有，妳這個周末得清理房間，真的，愛莉，我連房間都走不進去……

「還有，愛莉！」

我停下腳轉身，媽媽把咖啡杯舉在空中，彷彿跟我「敬酒」。我相當確定當她喊道：「妳可以做到的，甜心，妳一定可以！」時，臉上是帶著笑的。

傑克

這是大家的默契——幾乎可說是一項鐵則——馬洛家的男人要等到吃早餐時，才會彼此交談。也就是說，我們在清晨五點鐘的寢鋪檢查（整齊的被角、塞妥的被單、平整的被子）、在黝暗的天色中跑三英里路、在籠子裡做體訓時，不會有人說一個字。這是工作，我們都很努力工作。

「努力是衡量一個男人的方式。」爸爸總愛這麼說。

我們的早餐呢？沒有垃圾食物，沒有各種穀片，只有全麥食品、精益蛋白質、蔬菜、水果和堅果。歡迎來到馬洛家的訓練桌：水果、蛋白蛋捲、燕麥粥，以及老爸最有名的早晨活力奶昔（魚油、花生醬、杏仁牛奶、菠菜、藍莓、小麥草、生雞蛋和冷凍香蕉）。是滴，你沒看錯。

「食物是為了補充能量，給人活力，不是為了滿足口腹之欲。你們的身體是一座聖殿。」上尉說，「不能把零嘴帶到聖殿上，對吧？」

可以的話我會很想！我真希望自己有膽嗆回去。

上尉在檢查過我們的房間後就去上班了。早晨六點之後，我們四兄弟處於「榮譽制」狀態，就某些方面來說，這挺好的，至少我不必那麼如履薄冰，小心翼翼的怕挨罵了。跟哥哥們在一起，我可以自在的管好自己。

等我沖完澡，穿上牛仔褲、皮帶和藍色馬球衫後，我走下樓，幫自己做午餐（花生醬、葡萄醬、香蕉片、全麥麵包#冠軍專用點心），然後坐到廚房餐桌跟哥哥們一起。今天是開學日，甘納、杰特和史托克都在幫我擦拭裝備。聖喬伊下周才開學，所以他們吃完飯後可以睡回籠覺。我實在不懂柴契爾中學幹麼在周末前一天開學，反正事情就是這樣。

杰特一坐下來，就開始嘰嘰呱呱對我說：「你是打算今天就開始周遊列國，還是打算整年都待在家裡，自己一個人打《決勝時刻》？（譯注：Call of Duty，電玩遊戲）」

對我老哥而言，「周遊列國」的意思是，盡量把到所有女生。

我喝著綠奶昔，乖乖吃著燕麥粥。

「那破玩意兒噁心死了。」史托克說。

「蛤？」我問。

「那件襯衫醜爆了。」甘納搖頭咧嘴而笑，「沒有半絲風格，老弟，你穿成那樣，怎能周遊列國？也許混搭一下吧。」

杰特也搭話說：「你要問我的話，我覺得挺邋遢的。」

他們三人全笑成一團。

「隨便啦。」我也哈哈大笑，你不能太在意，否則他們會沒完沒了。

「開玩笑的啦，小朋友。」甘納對我擠擠眼，「別被嚇傻了，你看起來很好，那個黑眼圈就夠屌了！」

「隨便啦。」我重複道。

杰特脫掉汗溼的帽子，用力罩到我頭上。「老弟，把那坨雜草蓋起來，要不就把它剪平！」

杰特和甘納互笑一下，兩人眼中都露出瘋狂。

我看得出他們在想啥。

「不許任何人動我的頭髮。」我正色的告訴他們，我花了一整年時間留髮，才擺脫上回上尉逼我剪的髮型。

史托克站起來大聲打嗝。「吃飽喝足啦，各位！」

杰特把盤子收到洗碗機裡，「把自己打理好就是了，小朋友。」他告訴我，「還有，別幹傻事。」

甘納也站起身說：「該睡回籠覺了。」他打著呵欠，然後手臂滑到我的底下勒住我，「要當個男子漢，小傑，還有，別惹是生非。」

09 愛莉

我下了巴士，走入柴契爾中學校園，事態開始急轉直下。我上第一堂課才十秒鐘，便覺得胃部揪緊，那不是緊張，而是更糟糕的感覺。不單因為我坐到後排最後一個位置，坐在愛擠放屁聲的亨利．賀奇司旁邊，更糟的是，我看見賽熙瞥我一眼（她坐在前面，窗邊第三個位置），她穿著緊身繫帶上衣，瞄我的眼神，絲毫沒有「愛莉！我們上同一班耶！」的意思。

沒有，如果她的眼神會說話，意思應該比較像：「媽呀，妳那是什麼打扮……哈哈哈哈！土死了！」

我看著她，她晶亮的眼影和塗著黑色睫毛膏的翹捲睫毛，把我看得扁扁的。她先是看看我的運動鞋，接著眼神沿我的身體往上瞄，最後看到我的臉。就在這時，她轉向坐在旁邊的艾絲本（很神奇吧！），兩人竊竊私語一番，然後哈哈大笑起來。

我環視教室，先看著正在黑板上寫字的岡哲蕾茲老師，然後望向門口。教室門還開著，因為下課鈴還沒響，我想像自己從座位上跳起來，衝過幾乎空蕩無人的柴契爾走廊，經過所有豔橘色的置物櫃，奔出緊急疏散門。也許我可以跑到主辦公室，打電話給老媽，求她來接我，求她讓我在家自學，或……天哪，怎麼樣都比待在這裡好，怎麼樣都比做**自己**強。

今天的每一堂課，幾乎都在重播同樣的景況。我走進教室，賽熙（加上任何坐在她旁邊，但不是「我」的人）便一臉睥睨，猛翻白眼，然後揚聲大笑。午餐時，我茫然的走進擁擠的食堂，拿著起司貝果和優格，我人都快走到櫃臺結帳了，這時我聽到她的聲音。

賽熙。

我扭頭望向肩後，看見她在角落的飲料機旁，像名人開庭似的，故意講得很大聲，讓我能聽見。

「我可沒有惡意啊，」她說，然後頓一下，把一頭金髮往後一甩，宛若知名女演員，等著把觀眾聚向自己（大家也真的很合作）。接著她說了（請奏鼓聲）：「怎會有人連頭髮也不梳一下！唉唷，太丟人了吧。」（哈哈哈哈——！）

賽熙再次停下來，抬眼望著，讓一整批女生（艾絲本就在她身邊）有充足的時間轉向我，死盯著我瞧。「不是我毒舌，不過說真的，球鞋配牛仔褲也太土了吧，超醜的！」（哈哈哈哈！）「我隨便說說的而已！」

在我酷愛的合唱課中，佩拉特老師把我安排到賽熙旁邊。唱完一首歌後，她靠過來在我耳邊竊語，「有的人也許應該用對嘴的就好。」她頓了一會兒，咯咯笑到不行，「走音走太大了是吧？」

到了第八節課，那是我當天最後一堂課，我再也受不了了，我真的痛恨自己的人生，這真的是此生最慘的一周。今天是星期五——我怎麼可能撐得過周末，熬到星期一？我說過要去克萊兒的生日趴過夜了，我應該要去足球隊甄試，所以整個周末都會碰到賽熙．根妮斯，而且我還有一堂課要跟她上——體育課。

走進女生更衣室，我暗自祈禱，老天會讓我生重病發高燒，害我整個周末臥病在床。長水痘？喉頭發炎？盲腸炎？我能假裝月經來嗎？

也許沒辦法。

這也許是我今天唯一走運的時段了，更衣室裡頭有一間空的淋浴間。我溜進去，把重達三千磅的背包掛到薄鐵門的鉤子上，取出學校發的藍橘相間短褲和T恤。至少我不必在大庭廣眾下，在所有其他女生面前換衣服。

體育館。我可以撐過去，對吧？我的動作比賽熙快，手腳比她俐索。我想像自己不小心朝她的臉扔壘球，接著我把球換成——籃球、足球、冰棍球。老實跟你承認吧，我在每個場景中，都想像賽熙被K到流鼻血。**歹勢，我一點也不會覺得不好意思。**

你有沒有試過在那些小不拉嘰的浴間裡換過衣服？裡面能轉身的空間極少，我脫掉牛仔褲——一邊用腳尖保持平衡，盡量不讓襪子踫到黏兮兮的地板——這時我聽到賽熙的聲音就在門外。

我的心臟立即開始狂跳，我穿著黃色雛菊碎花內褲僵立著，把體育服揪在胸口，瞪著自己的腿，好害怕讓她瞧見，「媽呀，妳的腿毛也該刮一刮了吧！」我可以聽見她那麼說。

我極盡輕巧的套上柴契爾中學的體育短褲，把橘色T恤套到頭上，從鐵門及隔牆的縫隙往外窺探。賽熙跟一個叫垛莉的女生在一起，我不太認識這名女生，因為她較酷，較漂亮，而且——

反正沒有人喜歡跟我在一起。

她們兩人已經換好衣服，站在鏡子前面，整理頭髮和補妝了。幹麼呀？不過上個體育課而已！而且還是跟一堆女生一起上的體育課。

我一字不差的，聽到以下對話——

賽熙：我不敢相信我竟被排到泰德先生的課上，他講話時會噴沫。

垛莉：太噁了吧！

賽熙：是不是？噢，還有丹尼森太太？她出的功課超多的，討厭死了，難道她不知道我有日子要過嗎？拿著。

垛莉：拿什麼？

賽熙：我的髮飾。喏。我沒綁髮帶，就覺得像沒穿衣服！

垛莉：唉唷，妳真的好討厭唷，頭髮長得那——麼柔順！

賽熙：我知道！是因為我用新的離子夾。（賽熙攬鏡自笑。）沒有妳陪我上體育課，我真的不知如何是好？說真的，我們今年為什麼沒有一起上社會課？我上課該坐在誰旁邊，跟誰說話呀？

垛莉：天啊，不會吧！妳怎麼長得這——麼——漂亮！妳看起來美呆了！

賽熙：哎呀，謝謝，寶貝。噢，我的天哪，我真希望愛莉別再黏著我，真希望她能明白我的暗示。

垛莉：就是嘛，真是的！

賽熙：難道我非得走到她面前，當面跟她說嗎？

垛莉：沒錯。

賽熙：是呀，例如，呃，哈囉？別跟我講話。別看我。拜拜！

垛莉：哈哈哈哈，真的，快滾吧！

賽熙：沒錯。我也不是要講她什麼，可是她真的太——

垛莉：孩子氣嗎？

賽熙：正是！太孩子氣了！她穿的衣服也好醜，還有她的頭髮？拜託，她從幼稚園就一直綁中分的蠢馬尾了！她連吹風機或平板燙都沒有。

垛莉：妳好像跟我說過，她書架上還放著美國女孩娃娃？

賽熙：真是丟臉死了！

垛莉：妳能想像她跟男生說話嗎？哈！

賽熙：就是嘛，對吧？哈哈哈哈！我真的連想都不敢想。一定遜斃了！（她們衝著鏡子微笑，嘟起嘴，抹上桃粉色的脣蜜。）

賽熙：噢，天啊！那個好美啊，我們一定得趕快見面！妳明天也要去克萊兒家嗎？

垛莉：是啊！好興奮哦！簡直等不及了。

賽熙：又開心，又興奮呢。（兩人相互擊掌）。

垛莉：但願**某人能清楚自己並沒有受到邀請**。

賽熙：唉唷，別再說了，討厭。哪壺不開提哪壺！

10 傑克

我一踏上巴士就笑了，因為我看到面前的歐恩跟我穿同樣的淡藍色馬球衫，只是他把領子豎起來了，而我沒有，因為，我的老哥們一定會鬧死我。我坐到歐恩和山米旁邊的位置上，我們從六年級認識後，每年都這樣。

我還沒坐定，山米就開講了：「傑克，你的頭髮現有夠亂的，我可不想撒謊。」他咧嘴笑說，「還有那個黑眼圈？妹都喜歡硬漢啦，我可以想像會有哪些女生想追你，帥哥。」

山米病得不輕。

我們三人是最要好的朋友，常在一起混，除了冰球，我們幾乎什麼都一起做。山米很酷，輕鬆自在，而且絕頂聰明，是所有女生會喜歡的男生。歐恩較木納，戴著大眼鏡。他是電玩咖，很愛《決勝時刻》、《最後一戰》（Holo），以及電玩的美式足球（以上依喜好順序排列）。我很喜歡這小子。我們常在歐恩家混，因為他家有所有的酷玩意兒——六十吋平板銀幕、PlayStation以及Xbox，一張乒乓球桌和撞球桌。如果歐恩媽媽看我們打電玩打太久，忍不住把我們趕到戶外時，他家還有個大院子，院中有彈簧床。如果我們覺得無聊，他家旁邊就是小學的大片草地和籃球場。

開學日真的很瘋狂，每個人都興奮不已，想看看所有的新面孔，以及有誰變了。我們一下巴士，山米便開始對女生們品頭論足。

「喂，老兄。」他說，用手肘頂我的肚子。「右手邊方向有辣到冒煙的美媚一枚。」

我望向賽熙．根妮斯。

八年級的男生大多公認賽熙是全校最漂亮的女生。（山米說：「她好辣，辣爆了。」）我這輩子從沒跟她講過半句話，現在我告訴你吧，我不懂得怎麼約女生，我真的很木納，面對女生時相當羞怯。我就是個害羞的人，根本不知道要跟女生說什麼，或怎麼應對。我真希望能有本指導手冊，希望自己能直接走到女生面前，知道要說什麼話。如果我連話都不必說，那就更完美了。

山米又用手肘頂我。

「今年將是本人最幸福的一年！」他瞪大眼睛，望著一名新來的女生說——是艾絲本．畢榭。

「隨便啦！」我說。

「喂，老兄，你可瞧見她了？」

「有啊，」我邊搖頭邊說，「我看見她了。」

「超正的，有沒有？」

「大概有吧。」我聳聳肩，山米實在很愛跟女生哈啦。

「拜託，她超正的好不好！我願意當場娶她！」山米把我推向歐恩，大夥哈哈大笑，我們全都瘋了。

午餐時，我們總是坐在一起。我、歐恩、山米、狄馬利斯、泰瑞、多明尼克和布雷登。我們坐在去年的同一張桌子，就在食堂遠端，指導辦公室的旁邊。

泰瑞是紅襪隊鐵粉。

「你們昨晚有看紅襪隊慘敗嗎？」他問。

布雷登哈哈笑道：「我都懶得說了，兄弟！」

「就是，兄弟。」多明尼克表示，「他們的牛棚簡直就是災難。」

山米也來摻和。「老兄，我都覺得我可以現在就上場，幫紅襪把結尾收拾得更漂亮了。」

「那我們就**真的**有大麻煩了。」泰瑞譏諷道。

大家都很愛鬧山米，他很好逗。

所有人開始同時搶話。

「新英格蘭愛國者太超過了，你們有沒有看昨晚的球賽？」（布雷登）

「我告訴你，愛國者今天表現一定不俗。」（狄馬利斯）

「豈止不俗，根本沒人攔得住他們好不好。」（歐恩）

「美式足球聯盟最佳守衛，這點無庸置疑。」（我）

「不過很難說哦，水牛隊的新四分衛看起來跟大炮似的！」（泰瑞）

「才不，他被捧得太高了。」（多明尼克）

「閉嘴啦，多明尼克，他一定會成為傳奇！」（泰瑞）

「喂！」山米對大夥揚聲喊道，然後笨拙的朝一群經過的七年級生點點頭。「六個字：賽熙．根妮斯。辣妹秀！」

「那是八個字，山米。」歐恩說。

大夥哄堂大笑。

歐恩抬起手，就像我說的，我好喜歡這傢伙。「各位明晚要不要過來PK《勁爆美式足球》（Madden）？」

「《美式足球》？才不要！」泰瑞辯說，「玩《決勝時刻》啦！」

「酷哦！《決勝時刻》！都可以，反正我照樣能痛宰你。」歐恩笑說。

山米抬手擊掌說：「耶，老兄，算我一份。」

「我得問我老媽。」泰瑞表示。

歐恩轉頭問多明尼克。「多仔？」

「遵命。」

「狄馬利斯呢？」

「一定去。」

「布雷登？」

「你知道的。」

「那你呢？小傑？」

「當然去，聽起來不錯。」

坦白說，我有些訝異自己對升上八年級如此無感，到目前為止，唯一討厭的是一個叫波特．吉普森的小鬼。這傢伙聒噪又白痴。歐恩和我正要去上葛瑞夫先生的課時，波特一頭重重的撞在瘦小的歐恩身上，把他的書全打翻在地上，連眼鏡都從臉上掉下來了。

我蹲下去幫他撿東西，「同學，」我告訴歐恩，「我真想揍那小子的臉。」

「我沒啥事。」歐恩聳聳肩說。

可是我看得出他有些驚慌。我把眼鏡交還給他。

波特上科學課時，照樣死性不改。他在課堂上一向討人厭，老想惹人注意，想惹人發笑，簡直就是個笑話。他很快便惹上麻煩了。

歐恩和我共用前排一的書桌，「既然你們那麼愛講話，」葛瑞夫先生說，「我們就來換坐位。大家聽好了，女生先站起來。然後我們來報數，女生，男生。」

波特踢著我的椅背，「嘿，傑克。」他低聲說，「女生優先！」

我不想說謊。

我很火大。

接下來的課程裡，我坐在那裡，認真考慮著要不要跳過桌子，給他的大臉賞幾個老拳。

第六節課下課後，歐恩在走廊上試著勸我。

「別理那種人，傑克。」歐恩告訴我，「別為他動氣。」

說真的，我不愛打架。我的意思是，我在家裡總是跟哥哥們打來打去，可是在學校打架？不行。

老爸會宰了我。

我停下來，到飲水機喝水，就在我轉身時，我看到波特用慢動作向我走來。

我沒準備好。

「看好路。」他說著一頭撞上我。

波特逼到我面前，四眼相瞪。我可以聞到他呼氣中的炸魚味，他開始飆罵：「你長得很帥是吧，馬洛，自以為了不起，是嗎？以為你比較優秀嗎？」

「滾開。」我嗆道，扭身咒罵，打算走開，可是波特又來推我，這回推得稍稍用力。

「別那麼娘炮，」他說。

我搖搖頭，再度想離去，但他又推我一把，這次打在我肩背上。我轉身瞪著他。

「怎樣？」他問，「你想打電話跟媽咪哭訴嗎？」

「走開。」我警告他。

「你打電話給你老媽時，順便叫她別再傳簡訊煩我了。」他大笑說。

夠了。

我放下背包。

「你嘴巴放乾淨點，想幹架是吧？」我說，眼角看見群眾開始聚集，同時聽見他們在鼓噪。

「打他！把他撂倒，傑克！」

「你要幹架是嗎？」我重說一遍。

「什麼？」波特這下子看起來害怕了，「我剛才只是鬧著……」

我沒有關掉怒火的開關。

「現在就來啊。」我抓住他背包上的帶子，一把將他扯過來，給他一記右後手直拳。挨了一拳猛擊後，波特往後軟倒在置物櫃上，開始揮動臂膀。我伺機再度出拳，想將他擊倒。我抽回手，朝他下巴祭出右勾拳。他越來越急於結束這場架了。波特猛然朝我撲來，用手抱住我的腰，想將我撲倒按住，結果卻害我一頭撞在磚牆上。

我感覺鼻子裂了。

接著鮮血流到我下巴。

我把他扭過來騎到他身上，把他壓在地板上。我不想停手，他背躺在地，被掐住掙扎著想爬起來。我用膝蓋壓制他，一手勒住他脖子，對他飽以老拳。我出了幾手重拳，連連炮轟，直到感覺有人用力把我從他身上拉開。

「同學們，結束了！」是葛瑞夫先生。

這是我首次注意到有多少人圍觀，全體八年級學生似乎都圍過來觀看了。

「好了，各位同學，熱鬧結束了，回教室去！」葛瑞夫先生說，接著轉向我，「傑克，你去找護士。」

我站在那裡愣了一秒。

心臟劇烈跳動著。

還可以嚐到鮮血的味道。

「快去！」葛瑞夫先生又說一遍，語氣頗為生氣。

歐恩不知從哪兒弄來一坨紙毛巾，他眉開眼笑的把紙巾遞給我。我在離開前，低頭瞄了波特一眼，他還癱在地上，嘴脣都破了。**你以為你能打倒我？想得美。**

我看了他一秒鐘，確定與他的眼神對上。然後呢？我搖搖頭，扔給他一抹蔑笑。

去護士站的途中，我的心跳得極為狂亂誇張。我無法冷靜下來，渾身顫抖，手在鼓痛。現在有一群人跟著我下樓梯，每個人都興奮得要命。

「有夠猛的，同鞋！」（布雷登）

「是啊，媽呀！完勝！」（泰瑞）

「那傢伙壯得跟牛一樣，可是你把他給打爆了！」（狄馬利斯）

「你簡直是殺手，小傑！」（多明尼克）

山米摟住我的肩，「太帥了！你把他打得落花流水，倒地不起！你有幾拳出得太屌了，叫他好看！」

等我來到護士站的樓層，空蕩蕩的走廊裡就只剩下我和歐恩了。他把我的背包遞過來，我試著讓浸血的紙巾塞在鼻子裡。

「你明晚還會過來我家吧？」他問我說。

「呃，我——」我才開口，突然意識到現實了。「我大概會被禁足，我的意思是，我老爸——」

「唉，同學。」歐恩看起來有點擔心，「你爸一定會氣瘋！」

「是啊，所以……」可是流著血，鼻子又被打成那樣，實在很難說話。

「等你確定以後再打電話給我。」

「我會的。」我答說。

「小傑？」

我回頭一瞥。

歐恩對我露出燦爛的笑容。

「謝謝你封住他的嘴。」

11 愛莉

不知你能否想像，我穿著單薄的藍色柴契爾體育短褲、橘色柴契爾T恤和布鞋，飛快奔過無人的走廊，哭得梨花帶淚的樣子？但我真的就是那樣。

我看起來像個寶寶。

像個可笑的寶寶，但我不在乎。

我不在乎，因為我一心想離開這裡，回家，然後永遠再也不離開我的房間了。永遠！我穿過無人的走廊時，想著所有以後**不會**再做的事——

我不要踢足球！

不要去克萊兒的生日趴。

永遠不再參加別的生日趴了，永永遠遠！

我經過已關起來、上課中的教室門口，從兩位老師旁邊掠過。

「那位同學？」有位老師喊道。

可是我沒停下來。

顯然我突然變成那種會蹺課、不聽話的女生了。

「愛莉。是愛莉．歐布萊恩嗎？」沃克小姐喊道，「愛莉，妳要去哪裡？」

我連頭都沒回，直奔置物櫃，一邊拚命回想那該死的密碼，最後終於把櫃子打開了。我把剩下的書本塞到背包裡。我像個被附身的女孩，臉面發燙，腦袋鼓脹，而且我好——

好生氣。

氣炸了！

我關上置物櫃，四下張望，思忖下一步行動。只剩下一節課了，我上下望著走廊，想找個地方躲起來。**我可以就這樣躲著，對嗎？等待鈴響，沒有人會知道的！**

我覺得這點子相當不錯。

我一定要這麼做！我心想，肩上背著沉重的背包，穿著體育服，走向樂團室及走廊之間的小空間裡，這時我聽到有人開口。

「這位同學？」

我不必看也知道是誰。

是狄恩女士。

而狄恩女士，就是柴契爾中學校長。

我怎麼會認為這種辦法行得通？說真的，怎麼會這麼認為？今天又不是我的幸運日。

我站在走廊上，四周環繞著一大堆橘色的置物櫃，我勉強擠出笑容，假裝不是要蹺課，不是因為精神崩潰，不是——

不是我。

我這輩子從來沒跟狄恩女士說過話，在今天之前，我上課甚至不曾遲到過，更甭說是蹺課了。「妳真的好乖好乖，愛莉！」賽熙總愛這麼說我。

我看著狄恩女士，火速想著該說什麼話，可是我只會垂著眼，撥弄著背包的帶子，重重吞嚥口水。

「愛莉．歐布萊恩，是嗎？」

我抬眼勉強點頭，不知校長怎麼會知道我的名字。

「妳是從哪邊過來的，歐布萊恩同學？」

「體育館。」我立即顫聲答道。

「妳為何不在體育館內，愛莉？」

那一瞬間，我好想托出一切，卻被一道念頭攔住了，那就是，我並不想當告密者——儘管賽熙的聲音在我心中嘲弄，**妳這個逢迎拍馬的傢伙，愛莉。**

這一整天諸事不順。我無法想像，有些人會多麼幸災樂禍。

於是我選擇默然，只是茫然的呆望著狄恩女士。

「愛莉，妳一看就是有事不開心，妳若不告訴我是怎麼回事，我可沒辦法幫妳。」

「嗯。」我心虛的說。你有沒有單獨在走廊上跟校長談過話？感覺真的好詭異，狄恩女士的手機響時，我還嚇到跳起來。

「請等一下。」她轉身把手機貼到耳邊，我聽不清楚她對手機說什麼，好像跟打架有關，八年級生，還有她的辦公室……

我不再企圖去聽了，我想到自己穿著體育服站在這裡，看起來一定很可悲。我試著稍微挺胸，裝出不像哭過的樣子。我鬆開馬尾，把鬆緊帶套到腕上，可惜對這頭凌亂無章、垂披肩上的紅髮，幫助效果並不如預期。

振作一點啊，愛莉！我告訴自己。

狄恩女士對我轉過頭。

「愛莉，很抱歉，我得走了，去處理——」她頓了一秒鐘，深深吸口氣，「這樣好了，」狄恩女士又開始說：「妳何不跟我一起到去我辦公室，再告訴我發生什麼事。」

就在那一剎那，我衝口而出。

我不知道我怎會說出那種話！但話一出口，我就巴不得把話收回，塞進自己喉嚨裡。

「我月經來了！」我說。（我還沒來初潮，這也是一整個暑假，賽熙老愛指說我的一件事。「愛莉！」她嘲弄我，「可惜妳還不是個女人！」）

狄恩女士眼睛一亮，「噢，那我當然可以理解囉。」她笑著說，彷彿我們共享女生的祕密，如果你明白我的意思的話，可是**我**根本不了解自己在講啥！

突然間，我開始嘰哩呱啦講起話了。

我說的每一件事，都是更大的謊言。

「呃，嗯。」我說，「我經痛得要命，呃，我想上體育課，可是——」我把手按到下腹，好像突然變成經痛專家。「**真的很痛。**」沒一句真話。

問題每況愈下。

你以為我可以撒了謊還裝正常嗎？眼淚在眼中打轉，我是個不折不扣的乖小孩，真的。我不再說話，試圖打起精神，可惜要收手已經嫌遲了。

「噢！經痛是最慘的！」狄恩女士說，好像完全能了解我的感受，我切身的感受——如果我不是滿口謊言的話。「可憐的孩子！」狄恩女士看起來好像真的很替我難過，「妳覺得能再撐一個鐘頭嗎？」

我點點頭，用手指擦掉淚水鼻涕。

「試著深呼吸，好嗎？」

我再次點頭。

狄恩女士開始沿著走廊朝主辦公室走去，同時招手要我跟著她。

「我看看能不能讓妳舒服一點。」她說，不時的回頭微笑，這只令我心情更爛。

我要怎樣才能全身而退？

12 傑克

護士瞥我一眼，從辦公桌後方的椅子上跳起來，我猜是因為血的關係。

「媽呀！」她說，「你怎麼了？」

她晶亮的眼神帶著一絲瘋狂，頭上盤著黑紫色的頭髮，而且穿著睡褲般的豹紋褲及上衣，脖子上掛了一個聽診器。

「哇哩咧！」護士瞪大眼睛看我。「開學第一天就見血啦！」她的語氣幾近興奮。護士遞給我一條溼毛巾，「拿去，同學。進來坐下吧。」

我坐到窄床上，把鼻子上的毛巾拿下來，護士彎身檢查得非常仔細。

「嗯。」她說，「看起來沒斷……」她離我的臉大概一英寸，身上飄著花香。「我不認為你需要縫針，不過，媽呀！」她頓一下，咧嘴一笑，「今天很不順，嗯？」

我試著在窄床上坐直，卻止不住的發抖，大量的腎上腺素又在體內流竄。

「你何不躺上去？」她對我說。

這位護士跟去年的不一樣，我之前從沒見過她。

「我沒事。」我告訴她。

其實我不覺得沒事，我突然覺得好累，還有些暈眩。我雙手抓著床沿，試著扶穩自己。

「要不要告訴我，你的眼睛是怎麼回事？」她笑了笑，「看起來不像是今天發生的。」

「冰球打的。」我答道。

她眼睛放光，「冰球？太酷了吧！」

她的眼睛有種夢幻藍，是山米口中的那種辣妹。我看著她從迷你冰箱抓出一只冰敷袋，換掉我手上沾血的溼毛巾。

「看起來好像有點痛？」她問。

我聳聳肩，一副沒什麼大不了的樣子。不過其實蠻痛的。痛死了。

護士再次彎身仔細檢視，直視我的眼睛。

「視線會模糊嗎？」

我搖搖頭。

「雙重影像呢？」她問，「你會看見兩個我嗎？」她咧嘴一笑。

「不會，女士。」我答道。

「那樣就太可怕了，是吧？兩個我！媽呀！」她開玩笑的說。我發現她有刺青——是個騎著老虎的半裸女生。老虎刺在她的頸子上，朝皮膚上黑色花體字刺出的「無懼」兩個字爬過去，看來幾乎像是塗鴉。她看起來不像我以前見過的任何一位學校護士。

我試圖遮掩自己的凝視。

「好，那鼻子呢？」她問，「背後又是什麼故事？」

「呃。」我頓一下，思忖該說什麼。「我撞到牆壁了。」

「牆壁，嗯？一定是堵壞牆壁。」她哈哈大笑，笑聲溫暖而風趣。我斜眼看著她，因為我的鼻子腫起來了，視線被冰敷袋擋住了。

「甜心，你**真的**得躺下來。」她搭住我的肩膀，我身子一縮。「乖乖躺下吧，繼續捏住鼻子跟冰敷，OK？」

「好的，女士。」我說。

我緩緩躺回床上，枕頭感覺好舒服。媽呀！我的心還在狂跳，我太亢奮了！我躺在那裡，瞪著天花板上的方型瓷磚，腦中重溫打架的經過。我像體育臺播放精采片段似的在腦中回憶，就像觀眾看戲，宛如在YouTube上看超級慢動作的自己。

傑克．馬洛對決波特．吉普森，觀賞人次六十六萬。

我到底是贏了還輸了？我出了幾拳？我垂眼瞄著自己紅腫擦破的指節，猜想自己確實打中了！他朝我亂揮了幾拳，卻未真正擊中我，除了……呃，除了那道牆外……我好像餵了他兩三拳。我很確定自己占了上風。我個子小，可是並不好惹。他塊頭大，但我更強壯迅捷，而且……火力全開！我在腦中一再播放。天啊，我痛恨躲躲藏藏的男生，他很害怕，只會講狠話而已。我在戰鬥時，必全力以赴，無論面對何人，絕不退縮。

一開始我還以為自己在做夢，接著我發現原來是護士。

她這會兒正坐在窄床邊緣。「咱們就略過那些豐功偉業不說了。」她停下來笑了笑。「你的名字是？」

「傑克……」我告訴她，我起身有點過快了。「傑克．馬洛。」

「哇——」她再度搭住我的肩，「親愛的，放輕鬆，你真的得好好躺下來。」

我很不習慣別人叫我親愛的。

感覺好奇怪，可是這位護士有種非常平靜，讓人很舒服的氣質。

「仔細聽好了，傑克．馬洛。」她說，「我們要不要打個電話給你爸爸？」

真的假的？今天大概是我這輩子最奇怪、最幸運的一天，因為護士剛剛提到要打電話給我老爸的**同**一瞬間，有個穿體育服的女孩走進門了，而且她正在哭。她不僅在哭，而且是嚎啕大哭。我根本不曉得這個女生是誰，但我告訴你，我對她真的滿心感激。

救我一命的女孩，有一頭我見過最美麗的深紅色長髮，她眼眸碧綠，長了成千上百個雀斑，女孩**真的**很漂亮。我正想對她微笑，感謝她的救命之恩時，眼角餘光卻瞧見——

「馬洛先生。」狄恩女士說道，語氣十分嚴厲。

雀斑姑娘呢？她瞄著我，然後很快調開眼神，我看著她放下大書包，撲倒在我對面的另一張窄床上，然後把頭埋進手裡。護士直接走到雀斑姑娘身邊，狄恩女士則直接朝我走來。

狄恩女士從不亂開玩笑，她總是打扮得很體面，且看來十分嚴肅。她疊著手，站在那兒盯著我，感覺像過了幾百個世紀。我的心臟仍因打架而狂跳，鼻子裡塞著血塊，我突然覺得胃部打結──我以前**從來**沒惹過事。

「馬洛先生。」她終於開口了，「聽說你跟人吵架了？」

我沒接話。

「怎麼樣？」她問，「我這樣說正確嗎？」

「是的，夫人。」我輕聲答道。

「你剛才說什麼？」

「是的，夫人。」我重述說，抬眼看著她。

「傑克，你實在太令我失望了。」

一片死寂。

她長嘆一聲，「老實說，馬洛同學，剛才發生的事，我無法接受。」

我瞪著地板。

「是，夫人，但是他先開始的，他──」我正要解釋，又停下來。一，因為我講得越多，鼻子就越痛，第二，我剛剛聽到老爸的聲音在我腦中咆哮：**行動勝於雄辯，傑克**。

狄恩女士搖著頭，「我對你的期望不僅止於此，傑克，你的判斷力太差了。」

「是，夫人。」我答道。

「每個柴契爾中學的學生都拿你當榜樣。」

「是，夫人。」我說，喉頭哽到無以復加。

「你是八年級生，傑克。」（停頓良久。）「你是模範生哪。」（停頓良久。）「而且老實說……」她停下來，抬眼瞄著牆上的時鐘，「我很不想打電話給令尊。」

你明白那種快要哭出來的感覺吧？我咬住下脣忍著，把眼淚往肚子裡吞。

不准打冰球。

不准去朋友家過夜。

不准跟朋友玩。

沒有生活可言。

老爸說不定會叫我離開柴契爾中學，逼我去聖喬伊。

「傑克？」

我抬起頭。

「你還有沒有什麼話要補充的？」

「沒有，夫人。」我說謊。我知道不能說出心中的想法和感受。

「馬洛先生，目前……」狄恩女士看著自己的錶，然後回頭看我。「我打算暫時先不打電話給你爸爸，不過你周一得跟我好好的談一談。」

那一瞬間，我澈底鬆了口氣，可是接著我想到：**周一轉眼即至，應該不會有太大變化吧？**

我目送狄恩女士轉身離去。

「哇，慢慢來吧。」我聽到護士說，接著感覺她按住我的肩膀，「放輕鬆，」她說，「躺回去。」

我聽話躺了回去。

我投降了。

一切變得模糊不清。

我側身看著雀斑姑娘。

她看起來很不開心。

豆大的淚珠流下她的面頰。

「中學爛爆了，是嗎？」我低喃說，笑得極為輕柔。她看起來好悲傷。

「我整個人生都爛爆了。」她答道。

「是嗎？」我說，「我可以領會。」

「也許你無法領會。」她嘟囔說，「男生的日子好過多了。」

「呃，」我再次把頭轉向她，「妳剛才在看我嗎？」

雀斑姑娘露出淺笑，可是笑容一下便消失了，彷彿她想起了什麼。

「妳出了什麼事？」我問。

她看起來是如此……怎麼說……如此挫敗。她一個字都沒說，我挪開冰敷袋，好讓她看見我這張鬼臉。

「想交換位置嗎？」我說。

女孩差點笑出聲。

「好哇。」她答道，聲音如此輕柔，我幾乎聽不見。我看著她閉上眼睛。

「我們可以奇蹟般的交換人生，對吧？」她說。

我只是點點頭，然後也閉起眼睛。「妳變成我，」我低語道，「而我變成妳。」

「哇！那豈不是太有趣了？」我聽到護士說，「你們兩個作交換，小小變換一下！」她咯咯笑說，「互相幫助一番。」

這個護士有些瘋癲，但人還不錯。

房中變得好安靜。

燈光滅去了。

最後我只記得護士在黑暗中低聲說話，彷若施咒。**「以全新的眼睛觀照世界，直至爾等了悟其深義與真理。用心靈與勇氣發聲、感受，如此爾等方能返回真正的家。」**

13 愛莉

我聽到擴音器傳出狄恩女士的聲音，便醒了過來。

「由於六年級今天有迎新導覽，所有巴士都會遲到，請各位同學在教室多留十五分鐘再解散。」

沒問題，我心想。我慢慢張開眼睛，望著天花板。每樣東西都一片模糊，燈光昏暗，一時間，我有些困惑……例如——我是誰？我在何處？我怎會覺得像被卡車撞過？接著我想起來了。

我是愛莉。

是個魯蛇。

我躺在護士的窄床上。

我蹺了體育課！

我沒有朋友。

很好。

我沒有抬頭，沒有移動半條肌肉。我動也不動的躺著，不斷回想在更衣室發生的事。我閉起眼睛，試圖想出自己到底做了什麼，竟讓賽熙如此憎恨我。**我不明白自己做了什麼，或她為何恨我**。事態變化如此之快，實在匪夷所思。我願意做任何事，讓情況恢復以前的樣貌。

我用手擦去滑落臉頰的淚水，噢，天啊，我覺得眼睛又軟又腫，就像……臉上挨過揍似的。還有我的鼻子，痛死我啦！

而且我的頭在鼓痛，彷若撞到牆壁。

此時此刻，在這一瞬間，我發現護士並不在這裡。

護士跑哪兒去了？

房間裡好安靜。

安靜到詭異。

接著我開始想起來，我並不是獨自一個人。

我的天啊。

傑克・馬洛。

太丟臉了！竟然被柴契爾中學王子看到我穿著體育服在哭！傑克・馬洛，看到、我、在哭。

我的人生毀了。

我轉頭瞄著王子，他睡著了，結果——

怎麼搞——

我閉上眼睛，然後打開再看一遍。

我是在做夢，對吧？我在做夢，一定是的！

當我轉向傑克，就是剛剛我看到王子所躺的地方——躺在那裡的人並不是他。

而是**我**。

接下來我慌了！我跳起來，這件事聽起來完全不可思議，可是我走到我自己睡在窄床的身體旁邊，戳戳自己的手臂。

「喂！」我說，嘴巴發出沙啞低沉的聲音！這聲音聽起來——媽呀，聽起來像男生！

「喂！起來了！」我說。

這一定是在做夢，對吧？

我站在窄床邊，低頭望著自己的身體，身上還穿著藍色的柴契爾運動短褲和橘色T恤，睡得似乎極熟，而且嘴邊還流了點口水。我死了嗎？

我一定是有幻覺。

我又戳了一遍，這次使了些勁，接著我彎身靠近，把嘴巴湊到自己的耳邊。

「哈囉——！」我說。

沒反應。

於是我抓起一把散亂的紅髮奮力一扯。

看到我自己的眼睛刷——地張開，瞪回來時，我差點沒昏倒。

我們面對面，僅離一英寸。

感覺就像在照鏡子……

只是這裡沒有鏡子。

我看到的是——

我自己。

14 傑克

當然了，我以前頭部受過幾次傷。去年延長賽時，我的頭部受到撞擊，那種感覺超詭異，就像腦子懵掉一樣，有點像在做夢，幾乎像是飄在自己的上方，看著一切發生。

我醒來的時候，就是那種感覺，糊里糊塗的待在護士辦公室，有人戳著我的肩膀。

「醒來啦！」我聽到自己的聲音在耳邊大喊。

「喂！」我聽到自己說，「哈囉——！」

我一定是在做夢，對吧？

我揮開戳我的那隻手。

別煩！我心想，然後慢慢張開眼睛。

我的媽——呀！

我告訴你這話時，拜託別以為我瘋了。我敢對你發誓。

當我張開眼睛時。

我看到**我自己的臉**正在瞪著我。

有幾秒鐘的時間，我一定很像是個在玩躲貓貓的小寶寶。我緊緊閉起眼睛，然後再度張開。

閉上，張開！

閉上，張開！

閉上，再張開！

每次都是同樣的結果……我自己的臉離我三英寸，仔細盯著我瞧，彷彿我是火星怪物。

更糟的是，站在那裡的我，也就是我看到的那個我。

狀況看來實在不佳。

我的兩隻眼睛都有點像貓熊，鼻子撞傷了，上唇還有一道乾掉的血痕。

這真是場瘋狂的夢！我伸手觸摸自己的臉頰。我的臉往後一縮，我聽到自己的聲音發出尖叫。「哇！」

哇咧，事情越來越詭異了，我跟你保證，本人這輩子**從來**沒有尖叫過。

閉上，張開！

閉上，張開！

閉上，張開！

「你可不可以別再眨眼睛了！」那聲音——我的聲音說，語氣十分挫折，而且聲音比我平日聽到的還要低沉。

我重重吸氣，那一瞬間，我好希望哥哥們從護士的空辦公桌後方跳出來，大聲喊說：「哇！我們只是鬧你的，小傑！」他們會告訴我，「放輕鬆，沒事的！」可惜哥哥們不在，沒有人在這裡，除了——

「哈囉……？」我虛弱的說，意思是，我很不想承認正在對一個站在前方兩英尺，看起來像自己鬼魂的東西說話，而且我不想告訴你，從我口中吐出的聲音聽起來像**女生**！

「搞什麼——」我大聲嘀咕，我一定是在做夢吧？我對著自己說話，因此你可以想像，當我看到自己的身體——穿著**我的**淡藍色馬球衫和牛仔褲——一把抓住我的手，將我拉起來站著，朝掛在護士辦公室門背上的穿衣鏡走過去時，我有多麼訝異。

15 愛莉

「你看！」我指著鏡子。我們兩人站到鏡子前，並肩而立，我和傑克。只是，呃……我不知道該怎麼說，因為我若說了，若是大聲說出口，你一定會認為我——

「搞什麼鬼——」傑克開口說，接著我看到他盯住鏡子，「這……等一下，同學，哇咧！不會吧，同學！怎麼可能有這種事，根本說不過去嘛！」他抓住我的肩膀猛晃。

「住手！」我說，「你在幹什麼？」

「這是**真的**嗎？」他問。

我推開他，下手有些重，害他踉蹌了一下。

「這感覺像是真的了吧？」我說。

我們兩個轉回去看鏡子，好像鏡子會突然改變我們所看到的。

清楚得像大白天一樣的東西。

所知道的。

我在傑克的身體裡，而他則在我的身體中。

16 傑克

「我不懂。」我說。

事實上，我不斷重複這句話，「我不懂。我不懂。我不懂。」

我在護士的小房間裡來回踱步，從這張床走到那張床，來來回回，彷若這樣便能改變狀況。

更糟的是，雀斑姑娘哭得跟娘兒們一樣，只是——

她就是我。

我從不曾看過自己哭。

這實在太玄幻了。

「雀斑姑娘！」我發現自己連這個女生叫什麼名字都不知道，「這位同學，妳別再哭了行嗎？我快被妳嚇死了！」

「哼，你的鼻子才快把我痛死了呢！」她忍住哭聲說，「你到底把你的臉怎麼了？」

我回瞪她，我的意思是——

我回瞪著**我**。我看起來挺慘的，「這不是真的。」我說著，回頭看鏡子，「我好像在電影裡！」

「我們應該找人來，對吧？」雀斑姑娘強抑住哭聲，擠出一句話來。她盯著我，「我們應該去找狄恩女士或——」

「想都別想！」我打斷她說，「他們會以為我們瘋了！誰會相信這種事？我們要跟他們說什麼？」

「就跟他們說，我們遇到什麼事就好了！」雀斑姑娘答道，好像事情就是那麼簡單。

「最好是啦。」我差點笑出來，「我們可以告訴他們，我們睡著了，醒來後就在對方身體裡嗎？」

雀斑姑娘看起來好生氣。「要不然你有更好的辦法嗎？」

她撲倒在窄床上，「唉唷，我的頭。」她嘀咕說。

我把自己的舊冰敷袋遞給她，然後坐到她身邊。說真的，這是我這輩子，第一次不知所措。

快想辦法，傑克，快想。

上次記得還在自己身體裡，是什麼時候？

「是那個怪護士！」我看著房間對面，空掉的護士辦公桌，「她一定是——」

「對我們施咒了嗎？」雀斑姑娘把話接完，她看起來跟我一樣害怕。「我們該怎麼辦？」

她又哭起來了，「我們得找到那名護士，對嗎？」

「嘿！喂、喂、喂，專心吸氣，好嗎？冷靜下來。」我說。每次我一開口，就覺得快死了。我的聲音聽起來好柔——**好娘炮！**

我的頭好暈，便躺回薄薄的床墊上。很詭異吧？沒錯！我低頭瞄著自己——我的意思是，雀斑姑娘——緊貼的藍色運動短褲和纖細的雙腿，我很不想大聲說出來，可是我真的在一個百分之百的女性身體裡，包括上半身跟下半身，以及所有一切介於兩者間的身段！

噢，天哪。

我闔上眼睛，但僅閉了一秒鐘，因為門突然開了，輔導員布奇婻小姐走了進來。

「兩位同學還好嗎？有沒有好一些？」

我立馬坐直，什麼都沒說。

「幸好今天是星期五，對吧？」她對並肩而坐的我們兩個咧嘴一笑，「你們可以收拾東西離開了。下課鐘再十分鐘左右就會響了，還有——」布奇婻小姐頓了一下，「愛莉，妳還好嗎？」

「愛莉？」布奇婻小姐望著我重問一遍，奇怪了，她不是在跟——

噢。

雀斑姑娘用手肘頂我肚子。

「噢，呃——」我開口說，這是本人第一次以愛莉的身分正式發言，「應該還好吧？」

「應該還好，嗯？」布奇婻小姐站到我們面前，交疊著手，俯望我們兩個。「我走進這裡之前，**究竟發生**什麼事了？」她突然疑心重重的問。

愛莉跳起來。「沒事！」她說，語氣十足苦惱，但那是我的聲音，而且我的身體還走過房間，揹上我的背包，回頭看我。我心中有些驚惶，她要去哪裡？

「等一下！」我用新的女聲對雀班姑娘尖喊，一邊跟著跳起來。

布奇婻小姐走向門口，「你們兩個把自己打點一下，我剛才說過，下課鐘快響了。還有，門**別關**，不許在裡頭胡搞，明白了嗎？」

「是的，夫人。」我答道，「我們明白了，夫人。」

「謝謝妳，愛莉，說話這麼有禮貌。」

我瞄著愛莉——我是指**我**——發現我那對眼睛，在布奇婻小姐終於離開後，眼神有多麼的如釋重負。

17 愛莉

布奇婻小姐雖然叫我們別關門，我還是跳起來把門關上鎖住，以策安全。

「太瘋狂了。」我說。我不知道自己是在跟傑克講話，還是自言自語，反正我又開始慌張了，藏都藏不住。

「愛莉？」傑克說，「妳叫愛莉，是嗎？」

我點點頭。

「聽我說，」他告訴我，「我們沒有太多時間，不久下課鐘就要響了，這裡不會有任何改變，所以咱們得面對問題──」

「我是你。」我打斷他說。

「沒錯，妳是我，而我是妳。」傑克說著，露出第一次笑容。我知道這話聽起來很怪，但是看到自己的笑容，竟讓我略感平靜。

他再次咧嘴而笑，「我們只要撐過這個周末就成了，對吧？之後我們再回到這裡，找到那個怪護士，然後──」

「**周末**！」我打斷他，「你瘋啦！？」

傑克抬眼看著時鐘，「同學，別鬧了，妳想浪費時間吵架嗎？」

「算了。」我答說，「說吧，把你的偉大計畫說給我聽。」我的語氣略顯尖苛。

「好。首先，妳得跟我老爸回家，他會開一輛大卡車停到體育館門邊，然後——」

「什麼顏色？」我問。

「什麼什麼顏色？」傑克說。

「卡車呀？」

「黑色。」他答道，「同學，妳的問題太多了。反正跟我老爸走，然後閉上嘴巴就對了，別跟我哥哥說話，還有，不論妳做什麼，**千萬不要**跟我老爸講打架的事，好嗎？」

「好啦，隨便啦。」我回答，「我不會告訴他。」

「不行，這是很嚴肅的事，愛莉，妳答應我，行嗎？」傑克看起來真的很憂慮，我是說，我看到**自己**滿面的驚慌。

「好啦好啦，我答應就是了。」我告訴他，「可是他難道不會懷疑你的臉是怎麼了嗎？」

「就說是昨天晚上跟史托克在籠子裡打冰球造成的。」傑克答說。

「你跟一個叫史托克的人關在**籠子**裡？」

噢，天哪。

「史托克是我老哥，我有三個哥哥。」

我的嘴巴張得好大，「三個哥哥！」

「妳不會有事的，好嗎？待在我房間就對了，即使歐恩打電話，或任何人打電話來，都待在家裡，行嗎？」

「行。」我點點頭。

「我老爸有點……」他頓了一會兒，然後接著說，「他做事有一定的方式，所以……」

「怎樣？」

「盡可能少說話就對了。」

「好。」我告訴他。

「然後呢？」他問。

「什麼然後？」

「我呢？」他問，「我要怎麼樣——」他停下來，焦慮的看著我，「我該做什麼？」

我想像老媽開著車等在學校後面的情形，她說不定已經到了，正拿著點心和我的足球裝配等著。

我的天哪，足球！

賽熙！

我想起一切，開始驚惶，還有，是的，我感覺淚水又湧入眼裡了。

「同學，妳真的不能再哭了！」傑克告訴我，「如果妳想當我，就不能跟**女生**一樣！」

這個世界真的瘋了。

「我知道這件事很玄，」傑克說著伸手拉住我的手。感覺好奇怪，因為我從不曾想像自己會在七年級開學日，跟柴契爾中學王子手拉手。

或者，在七年級開學日，變成柴契爾中學王子。

他鬆開我的手，我有些心慌意亂。

「所以呢？我該做什麼？」他又問了一遍。

「呃，我媽媽在體育館後面接我，聽好了，第一：**別去**踢足球，無論我媽如何勸說，編個藉口，直接回我房間，在裡頭待一整個周末！」

「對，反正留在我房間。拜託你！無論我媽說什麼，都別去**任何地方**，好嗎？」

「好，不踢足球。」他重複說，「待在妳房間。明白了。」

「好的。」他答道，「安啦！」

「**不能**去踢足球哦。」我重申道。

「好的，不踢足球，我記住了，妳已經說過了。」

「還有無論你做什麼，別去人家家裡過夜！別去參加生日派對！」

「同學！」他說，「別緊張！我才不要去女生的生日派對！」

「你發誓？」

「我發誓。」

他突然又一臉擔心起來，「唉，天哪……」

「怎麼了？」

「冰球……」他話沒講完，一時間，我覺得他也快哭了。

「無論在何種情況下，千萬別去打冰球。」他告訴我。

「冰球？」我大笑說，「我連冰都不會溜。」

「很好，呃，嗯，反正……別去就對了，編個藉口什麼的，行不？」

「當然。」我聳聳肩，「沒問題。」

「愛莉，」傑克重重吸一大口氣，「我們得把這件事情搞定，ＯＫ？一個周末，只有兩天而已，對吧？會有多困難？」

他差點說服我了。

「會有多困難？」我重複說。

「星期一首件事，我們先在主辦公室碰面，就這麼說定了？」傑克朝我伸出我的手臂。

「就這麼說定。」我握住自己的手說。

還有，這實在有夠糗的，不過，呃，我真的再也憋不住了，所以我劈里啪啦衝口說道：「傑克，你，我的意思是我們……我是說……我得去尿尿。」

傑克把我推到護士房中的小浴室，打開門指著馬桶。

「我該怎麼做？」我細聲問。

「反正進去，就……」他畏畏縮縮的說，「反正就……」他停下來，重重噓著，顯然跟我一樣尷尬。

「就怎樣？」

「就抓住，瞄準，然後等尿完了，甩一甩。」

18 傑克

鈴聲響了，老實說——

是雀斑姑娘推我走的。

「要走就得趁現在！」她告訴我，然後抓住我細瘦的女生手腕，將我拉出護士房門口。走進擁擠的走廊，也許是我這輩子最恐怖的感覺。這裡跟瘋人院一樣，而且好吵，鬧哄哄的。每個柴契爾中學的學生似乎都在推擠高吼，我們兩人並肩站著，手臂相擦，背對置物櫃，呆呆的望著走廊上的景像。

我抓起愛莉的手，一下子又意識到這樣不妥。別人會以為我們是手牽手的一對，我很快鬆開她的手。

「傑克！你在幹麼？」

「我知道，只是——」我欲言又止，**只是現在我是個該死的女生！**

不過我沒吱聲，因為瞥見雀斑姑娘頂著我那張腫臉，站在柴契爾中學的走廊——眼圈發黑，鼻子腫大——她跟我一樣不知所措。

「嘿，」我揚聲說，讓她能在嘈雜的人群中聽見我的聲音，「數到三，咱們就走，好嗎？」

雀斑姑娘點點頭。

「好，」我說，「準備好了嗎？」

「準備好了。」她說。

「一，」兩人齊聲數道，「二……」然後——

就在我們數到三時，山米橫空殺出來，摟住雀斑姑娘的脖子，「怎樣，同學！」

她看著我，意思是，**這事還能再更奇怪嗎**？然後怒目瞪著山米，覺得他簡直有病。

說真的，有病的人是**我們**！

我朝她點點頭，意思是，**我是妳，而妳是我，記得吧**？然後好像光點頭還不夠，我又走到她身後，用手肘頂她的背。

「那是我朋友山米。」我悄聲說。

雀斑姑娘轉向我，「我知道他是誰！」

山米四下張望，完全搞不清狀況。「呃，你說的誰到底是**誰**，小傑？」接著他對附在雀斑姑娘身上的我點點頭，「看來美眉們都愛死你了，老兄。」

雀斑姑娘澈底呆萌的回望著山米。「呃，兄弟，」山米咧嘴一笑，「你還好吧？」

太荒謬了。

我實在看不下去惹。

我踏開一步。

「星期一。」我無聲的對雀斑姑娘說。

19 愛莉

我們走出體育館後門的入口，山米的嘴巴根本停不下來，而且他好噁哦！

「同學，等一下。」他對我笑著，然後清清喉嚨，吐出一大坨綠色的濃痰，濃痰在空中旋飛，最後落在人行道上。「不錯吧，兄弟！」

我一臉嫌棄的看著山米．阿姆斯壯，因為他真的很那個。「噁心！」我說，接著想起柴契爾王子大概不會說這種話。「我的意思是，呃，嗯，很酷，很酷。」我又試一遍，學男生那樣對他點點頭。

山米咧嘴對我笑著，「同學，你的頭到底是撞得多有嚴重？你真的變得好奇怪！」

我上下掃視後邊的停車區，看能不能找到我媽媽或傑克，可是我沒看見任何認識的人，更糟的是，山米一把拖住我，拉著我的手臂，而且很用力。

「甘納。」他說。

「甘納？什麼？甘納豆嗎？！」我四下張望，還往地上看。

「吼！」山米放聲大笑，「別鬧了，你快把我嚇到銼尿了啦，小傑！」他指著黑色大卡車，「是你老哥，甘納。」

「喂，」他稍微用力的推我一下，「你哥到了，同志！」

我看著停在路邊的黑色大卡車。**哥哥？傑克不是說他爸爸會來接他嗎？**

山米跟著我走到卡車邊，這車子好大，我是指這輛卡車。真的得用踏階才能爬到坐位上。車窗搖下來了，車裡正大聲播著鄉村音樂。我打開車門跳上去，瞄了駕駛座上的小伙子一眼，他看起來就像年紀較大、甚至更帥氣一點的傑克，如果傑克還有可能更帥的話。這人有著相同的酒窩，露齒的燦爛笑容，而且他穿著牛仔褲和一件緊度適中剛好襯出他二頭肌的灰色T恤。

他轉向我，「媽呀！你怎麼了，小傢伙？」

我在前座上坐定，心臟──傑克的心臟──跳得十分猛急，我飛快尋思該說什麼。跟籠子有關，但與打架無關，可是我還想不出半個字，山米已經搶過話頭了。他擠到我和卡車門之間，害我想關也關不了門。**我真的好想把車門關上。**

「這位同學開幹啦，」山米宣布說，「你真應該瞧瞧他當時的樣子，他把那傢伙揍慘了。」

「有你的。」甘納說著衝我一笑。

他扭開卡車引擎，但還是攔不住山米。山米跳到地面上，跟在我們旁邊跑。

「小傑，」他喊道，「如果你明晚不去歐恩家，老子會親自過去踹你屁眼！還有，傑克

──」

我扭過頭，看到山米追在卡車後方，「把手伸到窗外用力擠，感覺很像在擠奶噢！」

噢，不會吧。

「試試看！」他大喊，然後哈哈大笑，折彎了腰。

「這傢伙話真多！」甘納回頭望著身後，咧嘴笑罵：「神經病！」

我們離開柴契爾中學，來到大街上。

「你會訝異嗎？」他問。

「訝異？」我重複說。

很好，我到底要對啥感到訝異？

「上尉有工作要處理，所以變成兄弟時間了，小鬼！」

我扭頭望著窗外，**這個上尉又是哪號人物？**

甘納賞我一個奇怪的眼色，「你沒事吧，老弟？」

我點點頭，默默祈禱他看不出來我快要哭了。

可惜這招不管用。

「別這樣，別這麼孬！」他告訴我，「拜託，你可別告訴我，你會哭得跟小女孩一樣。」

我正是哭得跟小女孩一樣，我心想。我扭過身體，一直看著車窗外。

「把你的裙子脫掉啦，你這個大美女！」

蛤？

「老弟，放輕鬆。你為自己的立場而戰了，不是嗎？」

我保持沉默。

「你打贏了還輸了？」

我聳聳肩，不知道該說什麼。

他又問一遍，「你贏了還輸了？」

「好像贏了。」我終於擠出回答。

甘納臉上一亮，「屌耶，小傑！」他說，伸手捏捏我的肩膀。

屌？

「你會打理自己的事了，老弟，不過你也知道，這得付出一些慘痛的代價。咱們先別告訴上尉，OK？」

「什麼上尉？」我問。

顯然我的話很可笑，甘納哈哈笑著，然後看著我說：「你講話有些不著調，你是頭殼被敲壞了還是怎麼了？」

我再度聳肩。

我用眼角餘光瞥見甘納在照後鏡中檢視他自己，「今天光流汗就甩掉五磅重了，今早跟隊員溜得很過癮。要怎麼收穫，先怎麼栽，對吧？」

他打開音樂，「沒有什麼比車窗全開的車遊更爽的事啦，老弟！我可以大聲放歌，亂唱一通。」他頓一下，朝我咧嘴一笑，「我要停車理個毛，你要一起來嗎？」

「呃，好啊？」我說，根本不懂他在講什麼。

甘納一臉詫異，「真的假的？」

「當然。」我聳聳肩，不管我剛才說要做什麼，反正甘納聽了非常開心就對了。

他眼睛一亮，再度伸過手，這次他抓住我的膝蓋用力一擠，「很好！以你為榮，老弟，這麼懂得自制。女生對你的眼睛有何感想？」

「蛤？」

「看起來很帥，小傑。野獸風！」

男生真的好奇怪！

傑克的哥哥挺搞笑的，他很愛笑，「老弟，」他說，「跟不戰而棄的感覺相比，肉體的疼痛根本不算回事，對吧？另一個傢伙看起來啥模樣？」

「什麼另一個傢伙？」我說。

甘納縱聲大笑，「挨你揍的那個傢伙。」

「呃，噢，看起來不太好，我想。」是的，這時我只能瞎掰。

「你把他揍扁沒？」

「好像有。」

「那才對嘛，老弟。轟轟烈烈幹一架，展現你的男子氣概！」他朝我伸出手臂，然後揉著我——不，傑克的——濃密的亂髮。「給他點顏色瞧瞧！」

我鼓起勇氣再次看著他，我猜甘納大約十六、七歲，他跟傑克一樣，有對藍眼和同樣凌亂的黑髮。甘納發現我在看他，感覺好怪。「你確定你沒事嗎，小朋友？」

「沒事。」我勉強說，「我很好。」說著我發出緊張的笑聲。

其實我不太好！我坐在一個剛認識的傢伙的卡車上，而且我在傑克・馬洛的身體裡。

20 傑克

我一衝出體育館後門，就僵住了。小問題，對吧？我忘記問愛莉，我該找什麼樣的車了。

我站在那裡，望著家長接送子女的車龍，心裡不斷思忖，**我一定是在做夢……告訴我這不是真的。**可是我相當確定這是真的，不對，擦掉，我知道這是真的。線索一，我看到一名高大、留著波浪豔紅長髮的女士，穿著瑜珈服，帶著燦爛的笑容跳下一輛白色Volvo，對著指揮交通的先生示意她只會待一下下，然後直接朝我走過來。她沒有給我任何時間回避她的擁抱，這位女士一把將我拉過去緊緊摟住。感覺真的很怪，真的──我的新臉被壓在她的胸部上！

「第一天結束了，達令！」她在我耳邊低語，感覺好癢，「妳做到啦！」

你不必當火箭科學家，也能知道穿瑜珈褲的紅髮女士就是愛莉的母親。首先，她有雪白的皮膚和雀斑，就像，呃──就像雀斑姑娘一樣。第二呢，她喊我愛莉。其實是**愛莉，甜心**。整句話是：「愛莉，甜心，我有個最神奇的驚喜要送給妳！」她說話時，整張臉都在笑，而且她不單是說

「最神奇的」，她用的語氣是「最——神——奇——的！」

紅髮瑜珈褲女士的眼睛好大，而且是豔綠色的，她抱我時，聞起來好香，就像……我沒辦法形容，因為老實說，我很久沒被人這樣抱過了。她鬆開我的女生臂膀及肩膀後，伸手去拿愛莉的重量級書包，然後幫我背著！

也許我能習慣當愛莉，我心想，然後滑到前座上。紅髮瑜珈褲女士對我露出溫暖迷人的笑容，遞給我一袋奇普特墨西哥快餐店（Chipotle）的外帶和汽水。

「妳一定餓了。」她告訴我。

我只能這麼說。雀斑姑娘的媽媽漂亮得不得了，而且一點都不可怕，她聞起來好香，而且**還帶吃的給我**。不只是吃的，而且是烤雞墨西哥捲餅加酪梨醬、莎沙醬、起司以及酸奶酪！

我們離開柴契爾中學時，我心想，**也許情形並不算太壞，對吧？也許我可以做得到。**

我吸著捲餅的香氣，一副餓了幾天沒吃東西的樣子。上尉禁止我們吃任何類型的快餐。換種方式說好了：奇普特並不在馬洛訓練桌的許可名單上。我餓極了，忘記我也許該吃慢一點，而不是吞得跟難民一樣。紅髮瑜珈褲女士笑咪咪的瞄著我，「哇，妳真的是用吞的，妳一定餓了，嗯？」

「是啊。」我滿口食物的回答，一邊用手背擦掉下巴上的酸奶，心想，如果我在上尉面前這樣，他一定會氣死，上尉甚至不允許我在卡車裡吃東西！

紅髮瑜珈褲女士伸手放到我頸背上，「怎麼樣呀？」

我忍著不退縮。

「怎樣呀？」她又說了一遍，這回還捏我一把。「妳難道不會很想知道這個大——驚喜是什麼嗎？」

我很快做了決定：我越少說話越好。

我只要保持安靜就好，對吧？錯。

我越是安靜，聽到的問題就越多。

她瞄著我，綻出一大朵笑顏。「妳坐在那兒想什麼呢？」

「第一天上學怎麼樣？」

「妳為什麼還穿著運動服？他們有給妳足夠的時間換衣服嗎？」

「妳喜歡妳的課嗎？」

我繼續吃著，希望咀嚼能成為不回答的好藉口。

紅髮瑜珈褲女士似乎沒有很不高興，「嗯，這樣吧，沒關係，妳不必說話，放輕鬆就好。」

好滴，多謝您。我在心中默想。

她瞥了我一眼，對我燦然一笑。「還有驚喜的事？妳都不好奇嗎？」

「應該有吧。」我聳聳肩說。

「我要留著，等踢完足球再讓妳知道。」

「足球？」我衝口問，想起了雀斑姑娘的交代。

「心愛的，這件事我們已經談過了，我覺得妳不應該因為幾顆老鼠屎，就不去了。」

老鼠屎？啥意思？我轉開身，把頭貼到窗玻璃上，就像老爸在卡車裡訓我時一樣。

「卡洛琳教練在等妳呢，愛莉。」

有長長的數秒鐘，我們兩人都沒說話。

「愛莉，我在跟妳說話呢。」紅髮瑜珈褲女士第一次露出略為不悅的語氣。

「我不太舒服。」我說。**那倒不全是謊言**，我心想，一邊垂眼瞄著自己長著雀斑的女生膝蓋。

「愛莉，別鬧了，這由不得妳選擇，知道嗎？」她很快看我一眼，她看起來並**沒有**很生氣，不像上尉那樣。她看起來更像是在擔心，或關心。

「甜心，妳得去踢足球，而且妳不會有事的。在那兒好好的享受，ＯＫ？別把一切看得太嚴重！」

我靠回椅子上，看她開車。

我沒說話。

「是因為那一位的關係嗎？」她終於問道。

「蛤？」

「妳是在擔心，那位妳不想說出名字的人嗎？」

我莫名其妙的看著她。「什麼？」

「我還是要告訴妳那句老話，我知道妳都聽煩了，可是那是真的。甜心，妳越能說出心裡的感受，就越覺得好過。」

我點點頭，但心裡完全霧煞煞。

「妳很擔心嗎？」她又問了一次。

我聳聳肩，老實說，此刻我唯一擔心的事，就是我是女——生——，還有紅髮瑜珈褲女士又把她的手放到我脖子上了。

我們在運動中心前停車。我跟山米和歐恩來過這裡幾百萬遍了，生日派隊、鬥牛賽。我看著樓梯和幾十個拿著足球裝備的小鬼頭。我相當確定，管我要還是不要，我踢球踢定了。

愛莉的媽媽轉向我，遞給我一個拉繩式的足球袋——粉紅色的。

我反正沒得選擇了，只能接過袋子，拎著粉紅球袋，努力擠出笑容。

「妳可以做到的，甜心寶貝。」她說，「絕對沒問題！」

21 愛莉

我跳下巨大的黑卡車，跟著甘納走過小商城店前的人行道，因為我根本不知道剛才同意了他什麼，或我們可能會去哪裡。

甘納又來揉我的頭髮，「這些毛太礙眼了，老弟。」

「嗄？」我說。

「沒有什麼比在球季一開始就脫毛更棒的啦，得打理打理，對吧？」

我還是不懂他在講什麼，所以決定最佳應對之道，就是不斷的說「是」。

「是啊，嗯，當然。」我說，然後點頭表示強調。

甘納伸臂摟住我，兩人並肩走著。「怎樣，大個子？」他擠著眼，「拿著棍子跟一幫男生來來回回的打球，感覺很屌吧！」

「是啊。」我重複的學著男生點頭。

「老弟。」他開口道，「老實講，我在考慮來個強勢回歸，弄個胭脂魚頭（譯注：Mullet，一九七〇年代的流行髮型，前短後長，層次鮮明），前面搞得很正式，後面很狂野！」

我又忍不住奇怪的看著他，我喜歡他，可是他說的話我一個字都沒聽懂。甘納一直摟著我的肩。「今天辛苦啦，小朋友，咱們去振作振作，修復一下！」

他對我擠擠眼，然後突然在一扇門前停住腳，幫我拉著門。「你先走，小傑！」

理髮師名叫蓋諾。正確的名字是蓋諾．安瑟尼．狄安傑洛。我之所以知道，是因為我太害怕了，所以眼睛直盯著前方，靠在櫃臺鏡子上，框起來的理髮師執照。

我好像不小心同意，呃——

把傑克的頭髮剃掉了！

天啊。

我頹坐在大大的理髮專用的皮椅裡，渾身發抖。甘納拿出他的哀鳳開始拍攝，「瞧你那頭亂七八糟的拖把，小傑！」他大笑說，「小弟要脫毛啦！」

理髮師蓋諾看著我，「跟平時一樣嗎？」他問。

「我，呃——」

「唉，太老套了，蓋諾。」甘納替我回答，然後看著鏡子裡的我。「來個鏟清，行吧，同志？」

「鏟清？」我重複這個字眼。我嚴重懷疑男生們是不是只會講火星話。

甘納轉頭對理髮師蓋諾說：「這傢伙今天挺倒楣的，」他告訴蓋諾，「頭頂用二號，這對漂亮的大耳朵旁邊用一號。」他哈哈笑著坐到我後頭的椅子上。

一切發生如此之快。

理髮師蓋諾移到椅子後方，打開電剪，接下來我只知道自己看著鏡子裡，傑克大坨大坨的漂亮濃捲黑髮，就這麼從他頭上落下來了。沒有人說一個字，除了電剪嗡嗡響著，我們默不出聲的坐著。

蓋諾並未花很長的時間。

頂多七分鐘。

「好了。」蓋諾說著，拿起一面鏡子，讓我看看後腦勺，不過其實沒啥意義，因為除了一層薄薄的髮渣之外，傑克的頭髮——

不——見——惹。

22 傑克

我才踏入運動中心大廳三步路，附近某個女生，便用那種「撞死人不償命」的方式撲過來抱住我了。

「同學——！」她對準我耳朵尖叫，最後終於放開我。「唉唷，我的天哪！我幾百年沒看到妳了！」

我用「我認識妳嗎？」的眼神回望她。相信我，我若認識她，一定會記住的。我腦中彷彿聽到山米在說：「辣到冒煙！」

冒煙辣小姐有一頭陽光般的金髮、明亮的藍眼，根據繡在她胸口右上方的花體字看來，她的名字叫瑪肯齊。她身上有好多粉紅色——粉紅與白色相間的橫紋足球襪、粉紅短褲和連帽衫，前面橫繡著白色粗亮的「雷鳥」字樣。

「同學——！」瑪肯齊張大眼睛，「我們**真的**得常在一起聚聚！現在我上聖瑪莉山中學，在巴士上永遠都見不著妳了！我們好久沒聊天了！我有好多話要告訴妳！妳明天會去，對吧？」

「明天？」我說。老實講，我還超級不適應聽見自己嘴巴發出來的聲音。

「去克萊兒家呀，妳傻啦！」瑪肯齊說。

是的，我呆瞪著。你還能期望怎樣？我連跟女生說話都不會，何況是學女生說話！

「愛莉，妳保證一定會去，對吧？我好想妳，好想跟妳一起玩！妳會來的，對不對？」

我深深吸一口氣，還來不及回答，瑪肯齊已鉤住我的手，拉著我一起走了，她拖著我經過獎盃櫃子和點心吧，眼睛發亮的說：「看妳反應如此呆滯，我就不跟妳計較了！妳很緊張嗎？」

哈，我真的差點笑出來。**緊張？是啊，不能算妳說錯。**

「別擔心，同學！我們是巴士姊妹黨，記得吧，靠的是實力。」

蛤？

「愛莉，妳好像有點……不自在。妳絕對不會被刷掉的，妳那麼厲害，速度又快！」

瑪肯齊突然停下腳，轉身直視我的眼睛。媽呀，她真漂亮。

我勉強擠出一絲笑意。

「別害怕，OK？妳會進球隊的！」她說得好有把握，「一定會很棒滴！」

我跟個白痴似的站在那裡，點頭如搗蒜。我**真的**很緊張，可是並不是因為我害怕雀斑姑娘的足球甄試，而是因為我從瑪肯齊的肩膀望過去，看到翠綠色的球場草地上，有二十多個女生坐著拉筋，我意識到**得換衣服。換我的衣服了！**

「很好。」我嘟囔說。

「什麼很好？」瑪肯齊問。

「噢，呃，嗯……」

「愛莉。」她把聲音壓成低語，「妳的舉止怪怪的，說真的，妳還好嗎？」

「我好得很。」我說謊。我停下來，把手臂探到雀斑姑娘的粉紅袋子裡，撈出她的布鞋和運動衫。去他的廁所！我站在那兒，當著所有人的面把運動衫（粉紅色的）跟短褲（還是粉紅色的），直接套到身上的體育服上頭，然後一屁股坐到冰冷的水泥地上，把跟瑪肯齊同款的粉紅條紋襪穿上去。整裝完畢。

「呃，愛莉？」瑪肯齊一臉困惑，「妳不……不換個衣服嗎？」

我正在繫雀斑姑娘的布鞋鞋帶，抬頭說道：「不用了。」說罷我站起來。

「妳到底怎麼了，同學？」她大笑說，「是不是忘了什麼？」

我低眼瞄著，相當確定女生不用戴護套的。

「護腿呢？」她說。

「噢，呃，對齁。」我竟然沒想到，真是糗斃了。我從愛莉的袋子裡挖出護腿，塞到襪子裡，這令我想到冰球，搞得我又擔心又害怕。我是隊上最年輕的隊員，這輩子從沒缺席過一場練習！我只能禱告，愛莉會乖乖待在房中，不會搞砸我的前途。

「哈囉——！」瑪肯齊在我眼前揮著手，「妳確定真的沒事？」她不解的說：「我真不敢相信，甄試怎會把妳搞得那麼緊張，愛莉！妳很棒的！妳幾乎比隊上所有人都厲害十倍！」瑪肯齊靠過來，把手圈到我耳邊。

我跟你說過，我是八年級最害羞的學生，對吧？老實講，我這輩子從來沒有跟女生靠得這麼近過。

我重重吞著口水。

「如果妳覺得有些緊張……」瑪肯齊頓一下，重重吸一口溫暖的氣，「那就裝作不緊張，直到達成目的。同學！妳可以的。」

23 愛莉

我跟著甘納走過曲折的石徑，來到房子前方，但我並沒有直接走進去。沒有。我站在門口，像朋友或訪客似的望著蜜棕色的牆壁——然後我一下子想起來了。

我是**傑克**。

我的頭被理光了。

我應該就住在這裡！

我的鼻子痛死了，而且頭也還在痛。

我看著甘納把卡車鑰匙掛到小鉤上，對著門邊鏡子欣賞自己的新髮型。蓋諾也幫甘納剪頭髮了，現在我們看起來相似得嚇人，就像一對海軍陸戰隊的雙胞胎兄弟，但我有黑眼圈、一張腫臉，而且我其實是占據傑克身體的女生。

「蓋諾搞砸了，對吧，兄弟？」

「搞砸什麼？」

「他把完美給破壞掉了，小弟。」甘納重重拍一下我光禿禿的頭頂，然後跳上樓梯。

「等一下！」我喊道，發現自己的語氣極為急切。「你要去哪兒？」

甘納回頭垂眼看我，「哈哈，愛你哦，老弟。去休息吧，明天是大日子！」

我好想追著甘納，像兩歲大的孩子一樣緊抱住他的腿，不肯鬆手。我好想問他「大日子」是什麼意思，更甭提那些更重要的事，例如**傑克的房間在哪裡？以及我現在應該做什麼？**

可是呢？我只是孤零零的站在入口通道上，肩上掛著傑克的袋子，我偷瞄一眼鏡子，用手撫著蓋諾善心大發、留在傑克頭上四分之一寸的短髮。

唉，真的。**傑克一定會宰了我。**

到了樓上，我試開的第一道門並不是傑克的門。我知道，因為我一開門，就有人朝我的臉扔布鞋。

「讓我瞧瞧你的毛，小傑！」我聽見對方說，便將門稍稍打開些。

二號哥哥穿著灰色運動褲，光著膀子躺在床上，我立即往後退開。「對不起！」我說。

「給我回來，你個大美女！」

我把門打開一條縫，往裡窺探，這位應該就是大哥了。他有著跟傑克一樣的——我的意思是，跟傑克之前一樣的——濃黑而較長的捲髮，而且他戴著超人式的黑框眼鏡，讓人一看就覺得很聰明，加上他正在看書，讀書的男生看起來最聰明了。

「我的媽呀！你把那頭拖把剃了！你竟然剪掉了，小弟，你以前頭髮很漂亮的，我還以為你死都不肯剪？不過也該是時候了！」他仔細端詳我一會兒，臉上一直掛著笑意。「剃髮，然後在整個球季慢慢長回來。不錯嘛！」

二號哥哥帥到掉渣，我剛剛好像有提到他沒穿上衣吧？我很確定自己的臉頰變得羞紅。

「別氣惱，小弟，會長回來的。」他大笑說，「六個月就留回來了。」二號哥哥笑到樂不可支，惹得你很難不笑，於是我站在門口，咧嘴跟著笑起來了。

「沒什麼大不了的，小朋友。頭皮雖然會覺得有點涼，但不會減損你的魅力。」他把另一隻布鞋往我頭上扔，「你還在那裡等啥，呆子？還不快滾過來坐下！」

我走進房間，立即發現一件很糟糕的事。這裡臭死了，飄著像屁味和腳臭的味道。

「抱歉，老弟。」他說著從書上抬起頭，「我一整天都在彈臭屁。」

我掃視房間，看能否找到任何線索，知道我到底在跟誰說話，可是除了擺放一堆金色和銀色冰球獎盃、勳章的書架，以及三件加了玻璃框、掛在牆上的運動衫外，這裡看起來一點也不像青少年的房間。我的意思是，這房間一點都不亂，其實還非常非常整潔，就連二號哥哥，都是躺在床鋪**上面**，而不是鑽在被子底下的。他的床鋪整理得完美無瑕，床單平整，床沿未掛任何長物。一切都塞得妥妥當當，摺好了放在條紋羊毛毯上。地板上甚至沒有任何雜物！**老媽一定會愛死這個孩子**，我心想，然後坐到床尾的最邊緣。

我尷尬無措的默默在那裡坐了幾秒鐘，超人克拉克・肯特則回去繼續在潔淨無瑕的房中看他的書。我不知道自己到底應該做什麼。

接著他說話了，不過臉還埋在書裡。「聽說你在學校跟人打架了。」他說。

我點點頭，至少我知道那是真的。

他抬眼一瞄，「那傢伙亂吠還是怎麼了？」

「亂吠？」我重說一遍，不解的看著他。

「你現在是在跟我開玩笑嗎？」他搖搖頭。「你削他了？」

「削他？」我說了又停下來，聽得毫無頭緒，希望他繼續說話。

「老弟，你太好笑了。」他頓住，「你給他顏色？扁他了嗎？」

「好像有吧。」我重複給甘納的回答，但不完全確定自己到底「有」什麼。

「老實講，你的臉看起來有點慘。」二號哥哥哈哈笑著搖頭，「上尉一定會氣炸，老弟。」

天啊！我聽了半天才想到，**上尉一定就是傑克的老爸**。

「我不會告訴他。」我很快的說。

他擠擠眼，「這計畫很優，小朋友。」

坐在他床尾邊的我，往後一倒，仰視天花板。天花板上沒有虛假的太陽系、沒有免費的願望，只有一扇攪動屁味和腳臭的風扇。我閉起眼睛，只閉了一秒鐘，這時我感覺有隻腳重重的踹在我肋骨上。

「哎唷！」傑克的聲音被我說得尖聲細氣。

「別緊張，莎莉，冷靜。」他搖搖頭。

我看著他，意思是「誰是莎莉？」

「給你個建議，小傑，冷靜的人要幹架不容易，不過在學校開架有點蠢，有點難看。這點你自己要搞清楚。」

我不知道傑克在想什麼，或為何跟人幹架，甚至是跟誰開打！

二號哥哥用腳頂我，「下次別這麼傻了！」

我點點頭，竟對他的建議心生感激，雖然不是給我的。

「哈，大概是菜鳥才會幹的事吧。」他闔上書，在床上坐起。我發現他脖子上也掛了一條相同的細鍊子和小金墜，跟……

我抬手摸著脖子，跟我的一樣。

「如何？」他抬眉問道，「除了幹架，開學日過得如何？有瞧見任何漂亮美眉嗎？」

我用「你到底在講什麼？」的眼神看他。

但他咧嘴一笑，「用平常心處理事情就好了，老弟。努力奮戰，達成目標。來，笑一個，大美人。」他又來踹我，這次比之前用力。「我家小弟長得好快呀。」

24 傑克

難怪我不會跟女生搭訕，女生實在太難懂了。我放下袋子，坐到球門前的草地上兩秒鐘後，便得出這個結論了。草地上其他雷鳥隊員——而且每個人都一致的——正在為甄試做準備。

我才坐下來，便有個活蹦亂跳、極為友善、滿面笑容的女生一屁股坐到我旁邊。「咋啦？」她說，語氣超像山米，「妳個人啥時候？」

「我個人？」我重講一遍。

「嘿喏，跟教練咩！」她哈哈大笑，滿嘴矯正器，每顆牙都用螢光粉紅色的橡皮筋圈住。

「噢，呃，我不確定。」我答道。至少那點是真的，我試著去看繡在她帽兜上的名字。

她的名字叫珊米。女的山米！

「別緊張，同學！妳看起來真的很驚恐耶！她也許會把我們一個個叫過去，對吧？」

「當然，呃，我想是吧。」我說著四下尋找教練。我很難跟你形容，我有多麼希望結束甄試。

「哇哩咧！」女山米仰躺在草地上，然後閉起眼睛。她穿著相同的粉紅裝束，從頭到腳趾都是。我覺得這人實在很搞笑，看著她，我都差點笑出來了，這時她張開眼睛，坐直了身體。

「我的天啊，愛莉，我是說，希望我們兩人都能入選，那樣的話……」她抓住我的手腕，用力將我拉向她，「妳就能跟我廝混一整個足球季了，很興奮齁！」

我只希望妳能鬆開我的手，謝謝妳。

女山米的笑容突然一斂，沉聲說，「來了！」說著她朝前努努下巴……

我順著她的方向看過去，賽熙．根妮斯和新來的女生艾絲本，正朝我們這邊走過來，她們也穿著相同的雷鳥連帽衫、頭髮綁起來、相同的粉紅色束髮帶。我看著她們在兩英尺前停下腳步，兩人背對我們，把袋子扔到草皮上。我不想說假話，賽熙．根妮斯是個很吸睛的女孩，你得費點勁，才不會一直盯著她，可是賽熙看見我時，並未像在學校那樣，或整個暑假在泳池邊那樣對我微笑。沒有，她怒目瞪著我。

「哼。」她說，扭頭直勾勾的望著肩後的我。「怎麼會有人覺得，可以把足球衣套在體育服外面呢？」

艾絲本也回頭瞄看，皺著眉，縮抬著鼻子。「就是嘛，真可悲！」

賽熙轉頭對艾絲本說：「超奇怪的，妳在講事情時，怎麼有人老是喜歡自己對號入座。」

「就是嘛。如果妳是要跟**某人**講，」艾絲本嗤道，「自然會直接跟**她**說。」

賽熙開始發出歇斯底里的尖笑，「我也正在想這件事誒！我們竟然會在同一瞬間，想**同樣**

一件事！」

「就像雙胞胎一樣！」兩名女生尖喊說。

賽熙的確長得很正點，可是怎麼會一開口，她的分數就從十分掉到剩兩分。簡直是女丑一枚。我冷眼看她，然後搖搖頭。意思是，我若是在更衣室，有個男生對我講那種話，我會朝他的頭扔膠帶，叫他閉上狗嘴。「嘴巴放乾淨點，」然後大笑，「你就只剩一張嘴嗎？」大家就會瘋掉了，可惜我不是在男生更衣室，也不懂女生之間的應對之道，所以只好低著頭，煩亂的穿著雀斑姑娘的粉紅條紋襪。

女山米挨過來，「真是的，愛莉。」她說，「兩面人其實一點都不好笑。」

我聳聳肩，「那女的是個小丑。」我低聲說。

「什麼？」

「噢，我的意思是……」我停下來憋住話，努力思忖能講些別的什麼，其實我想說的是：「我才不在乎賽熙．根妮斯，那女的是個笑話，就這麼簡單。」

別擔心！我沒說出來。

我起身開始踢球。我從九歲之後就沒再踢過足球了，上尉不相信「賽季之間」這種東西。這是他人生格言單上的第四條：「成功必須目標單一。」我們全年都在打冰球，參與上百場賽事，即使我想踢足球，也沒辦法。冰場外的訓練、舉重、在籠子裡練擊球、看比賽影片——冰球是個二十四小時、全年無休的工作，沒有停止的時候。哥哥們和我一周訓練七天，時間總是花在這上頭，而且總是可以變得更強壯、堅強、快速。

我四處踢球玩了一會兒，然後便聽見集合的哨聲了，可是我不懂她幹麼吹哨子。其實教練擁有很能令所有人專注的那種聲音。

「聽好了，各位同學。」她喊道。教練看起來更像位嬌小的體操運動員，而不是足球明星。她穿著黑色薄夾克，拉鍊整個拉起來，頭戴鴨舌帽，在後面綁了條馬尾，而且笑臉迎人。

她等了幾秒鐘，讓躁動竊語的女生們安靜下來。我瞄著四周，努力不讓跟我站在一起的二十名女生嚇著。包括我在內，共有二十一名女生。我的耳朵發癢，兩手冒汗，這麼短的時間，改變如此巨大，實在太誇張了。

「今天跟周日早上，是淘汰前的最後兩次甄試。」教練看著我，「我只留十個人進五人制足球隊（譯注：Indoor Soccer，又稱室內足球賽，Futsal是國際足總正式認可的足球比賽型式），最後就看誰最努力——最想進球隊了！妳們想進球隊嗎？」

「想！」她們齊聲用最大聲量尖喊。

我的媽呀，我得拚命忍耐，才不用摀住耳朵。

所有人把手伸出，疊到教練的手上。「數到三喊雷鳥。」她說。

我四顧尋望，看是否有人能真的理解我的困境……能知道我不是雀斑姑娘！我是**傑克**。

星期一非得趕快來不可。

接著，當一切又開始平靜下來時，瑪肯齊橫空殺出來，擠進人群站到我身邊，攬住我的肩膀。我們靠得好近，她的臉頰擦在我的臉上，我的心臟開始以每分鐘千次的速度急跳。反正……我真的沒別的事做了。**管他的。**

我也把手伸進那堆手裡。

經過二十分鐘的跨步蹲、下蹲後伸腿、衝刺和軍式暖身運動後，我真的笑不出來了。雷鳥隊不是鬧著玩的，我全心投入愛莉的甄試，就像在執行任務。我僅有一種驅動模式——拚盡全力。這點去問我老哥就知道了，我們常打得難分難捨，無論我做什麼，這輩子差不多都用同樣的方式打球，那是我的天性，我很好強，喜歡贏，痛恨輸球。

賽熙一整段時間都在對我吠。「有些人應該懂得別自我羞辱，乾脆放棄算了。」她揚聲嚷嚷，故意讓我聽到。

真沒種。

我這輩子絕不會打女生，可是偷偷告訴你吧，我真的超想讓雀斑姑娘的拳頭，落到賽熙的腦袋上。

教練在分組賽前，把我叫過去。我無法立即反應過來，我若是聽到「馬洛！」或「小傑！」一定會跳起來。教練喊了我整整一分鐘，實在不是什麼好兆頭。等我終於意會到每個人都在大喊「愛莉！」，而愛莉就是本人在下我後，連忙朝站在球員休息區旁的教練奔過去，我彎著身，用手撐住膝蓋，拚命喘氣。我真的快掛了。

這些女生真能踢。

教練甚至不太曉得我站在那裡，她把筆記板抓在胸口，「開始了，克萊兒，注意第一腳的控球！（譯注：first touch，足球中，迎接來球時的控球動作）」她喊道，「賽熙，頭抬起來，妳得看清周圍的狀況。瑪肯齊，助攻很棒，預判得很漂亮，繼續保持！」她終於轉向我了，「愛莉．歐布萊恩！」

「是的，夫人。」我答道。

她一臉訝異。「是的，夫人？」她笑出聲說，「妳可真有禮貌，愛莉！」

我們坐在球員休息區的鐵長椅上。

「天啊。愛莉，妳可以再坐近一點。」她微微一笑，「我身上又沒長蝨子。」

「對不起，夫人。」我說著挪近一點點。

「所以呢？」

「什麼事，夫人？」

「開學日如何？」

「什麼開學日，夫人？」我重複道，不確定她的話是何意思。

「學校呀。」她有點奇怪的看著我，「妳還好嗎，愛莉？妳的舉止有點異樣。」

我澈底僵掉好幾秒鐘。

我並不好。

「我很好，夫人。」我勉強表示。

她垂眼瞄著筆記，然後又回來看我。「妳知道，如果有什麼事，妳可以跟我說的？」

我點點頭，「是，夫人。」

「是這樣的。」她嘆口氣，「我有些重大決定得做，到時我只會讓六個人上場，妳準備好踢任何一個位置了嗎？」

我唯一能夠確定的是，愛莉叫我連足球都別踢。我努力思索。

「愛莉？」

「是，夫人。」

教練看起來很擔心，「妳確定妳沒事嗎？」

其實我相當確定我很有事。

「我得很坦白的跟妳說，愛莉……」她停下來，停了好一會兒，害我覺得非常不妙。「我認為，到目前為止，速度是妳的強項，至於弱點呢？妳得更相信自己！我想看到更多其他難以衡量的特質——自信、冒險精神。妳得冒點險，而不是老傳球而已。妳要自己去攻球，如果因此失球，能糟到哪兒去？妳有速度，可以把球搶回來。讓我看到妳想進球的決心。」

我開始飛快的動著腦子……也許我能幫上忙，你知道嗎？**也許我可以讓雀斑姑娘有所表**

現，做點什麼讓教練注意到。

「愛莉？愛莉！妳有沒有聽進去？」

「噢，有的，夫人。」我說。

「妳是個非常乖巧的孩子，愛莉，只是有時候太乖了。妳有速度、有技巧，可以是個厲害的球員。妳的技術沒問題，妳能帶球，對球賽的觀照力也強。我需要妳負責攻擊，當前鋒，前鋒得有自信。」她頓一下，笑著抬眉說：「妳有的是能力，愛莉，在球場上要澈底發揮出來！揮灑妳的創造力，讓踢球變得有趣。」

她是如此正面而具說服力，比我遇過的任何教練都更務實。那一瞬間，我澈底忘記一切，忘記自己是誰，或身在何處，或……

「妳還在等什麼，小女孩？」她笑了笑，然後跳起來。「去踢球吧！」

25 愛莉

我一進傑克房間，便確定那就是他的房間了，因為牆上有張車牌照——仿的，是那種七歲生日時會收到的假牌照——上面寫著「傑克」。所以，很好，至少我確信自己應該到這裡。

房間不是很大，但我立即發現，這不只是傑克的房間，因為裡頭還有另一張床，而且灰色地毯中央貼了一條粗厚的白膠帶。房間兩邊幾乎一模一樣，每邊各有一張單人床，一張書桌，一個擺滿金色和銀色獎盃的書架，還有各種用彩帶掛著的勛章。

我僵立幾秒鐘，才踏入房中三步，便突然覺得自己也許該脫掉傑克的臭布鞋。這裡就像博物館之類的地方，讓人不敢亂摸任何東西。這裡……跟我的房間截然不同，連我都承認自己的房間像鬧過風災，但柴契爾王子的房間，大概是地表最乾淨的房間了！地板上沒有層層疊疊、堆積如山的衣服，所有東西都井然有序，一塵不染，排放得整整齊齊。兩張床都鋪得好好的，被子平整，連絲皺摺都沒有。

我走到房間中央。要不然我還能怎樣？我穿著襪子，沿白色膠帶中央的白線走著，像拿著平衡桿的體操員。我搖搖擺擺，左跳，右跳，等走完之後，是的，我辦到了。我雙手往空中一伸，笑得跟電視上的奧林匹克少女選手一樣。

這時我聽到鼓掌聲。

羞愧到很想死。

我遇到三號哥哥了，是年紀稍大版的王子。他渾身肌肉，同樣是黑頭髮。我能看出他有肌肉，是因為三號哥哥跟隔壁的超人一樣，沒穿上衣！六塊腹肌尚無法形容馬洛家兄弟，十二塊肌還比較恰當。他們就像活色生香的動作片英雄，你可以看到每塊突起的精緻肌肉，連一丁點肥油都沒有。在我提醒自己別盯著看，不要因為被人窺見學奧林匹克體操選手在白膠帶上跳來跳去，就羞到臉紅時，他說話了。

等一等，不對，他先是哈哈大笑，搖搖頭，然後才說話。

「幹麼，帥哥？」他說，「我不想問你剛才在幹麼，娘娘腔！」

謝天謝地，他的注意轉移到……

「哇哩咧小寶寶的胎毛剃啦！」

我連想都不必想，就明白他的意思了。我抬手撥著蓋諾施恩留下的短毛。

三號哥哥連警告都不發，直接朝我走來，兩手蓋住我的頭頂開始搓揉，把我當成幸福的菩薩護身符就對了啦。

「太不可思議了！」他笑著說，但笑容旋即消失，因為三號哥哥的腦子終於意會到我的鼻子又裂又腫了。

「等一等，那該不是昨天在籠子的結果吧？」他真的看起來很擔心，「小傑，如果是我把你的臉搞成那麼醜，那我真的灰熊抱歉。」

「不是你啦。」我很訝異自己突然輕易的變成傑克專家，「我，呃，我跟人——」

「你跟人幹架啦，老弟？」他打斷我，一副比贏了一百萬還要興奮的樣子。

「算是吧？」我答說。

「老弟，有打就是有打，沒打就是沒打，看你那個樣子，八成是被海扁了。」三號哥哥躺回床上，把枕頭塞到脖子下，雙臂疊放胸口。

「我才沒被海扁！」我大聲說。奇怪的是，我竟突然用起今早醒來時我還不知道自己會用的語彙。「是我揍他的！」我又補了一句。

「好啦，別緊張，老弟，算你厲害。你把他揍慘了，但也不必像小寶寶那樣嚷嚷吧，真是的。」他在床上翻身背對我，抱住枕頭蜷起身子。「我要瞇一下，準備應付明天的硬仗。」

我坐在傑克的床沿，心想如果我真的躺下去，把鋪整完美的床單弄亂，不知會不會被捕入獄。還有，他說的明天是怎麼回事？硬仗是指什麼？我的心臟開始亂跳。我坐在床上，學今早老媽的樣子，深深吸氣，然後慢慢吐出長氣。我一而再的做吐納，直到——

「媽呀！小弟，如果你要那樣大口呼吸，去浴室搞啦。」

「對不起。」我悄聲說。

「小傑？」

「蛤？」我答道。

「我錯了，你是對的，我很笨，你很聰明！我很醜，你很帥……」他輕聲的笑，三號哥哥還是背對著我。「正面迎擊，以你為榮，老弟，別擔心，我會幫你保守你的小祕密——」

那一瞬間，我以為「天哪，他知道了！」，可是轉瞬便明白他的意思了。

「我不會跟上尉說的，臭小子。」他說。

「謝了。」我答道。

我在床上靜坐良久，久到知道了三號哥哥的名字叫史托克——因為他床上掛了一個刻字的大金牌，上面寫著史托克．馬洛，十四歲職業聯賽AAA 級銀棍賽獎。

史托克這名字挺酷，很適合他，我心想，看著他的背部隨呼吸起伏。

我四下望著安靜的房間，傑克的書桌看起來根本不像有人真的坐在那裡，上面只有一個加框照片。我拿起相片，小心翼翼的不發出任何聲響，以免吵醒睡在三英尺外的高大青少年。

銀色相框裡的人是傑克無誤，但年紀更輕，也許十一歲吧。他旁邊——一定是他的母親。同樣的黑色捲髮，同樣如泳池般清澈的藍眼，她長得好美。

我拿起相框細看，讀著相片下方的刻字：

媽媽，永存我心，永存我念，永不遺忘。

我凝視那行字，身邊的一切突然變得陰暗起來，我覺得好難過，傑克的媽媽，她——

我甚至說不出口。

她——

「我也很想她，老弟。」我聽到靜謐中傳來史托克的聲音，「我沒有一天不想她。」

26 傑克

踢完足球後，我溜到雀斑姑娘媽媽的車子前座，盡可能的少講話。為了幫助自己做到這點，我盡量坐遠，疊手望著窗外。

紅髮瑜珈褲女士問了我一大堆問題，套用老爸的話——我都沒有「展現該有的聆聽態度」。我違反上尉所有的規矩，沒有正眼面對說話的人，沒有及時或做禮貌的答覆，而且我扭頭看著車窗外，避開眼神的接觸——對上尉而言，這簡直罪無可赦。不過我可沒說我**沒有**聽她說話，我聽了**一半**，等我們離開運動中心，雀斑姑娘媽媽說的一些話，鑽入我耳朵裡了。聽起來不妙。

「甜心，我知道妳累了，可是施雯森醫師幫了大忙，才把妳排進去的。」

「施雯森醫師？」我重述道。對了，我現在都用這招，重複別人說的最後一句話，這雖非上上之策，但——

我瞄向紅髮瑜珈褲女士，她也轉過頭看著我。「這全是我的錯，甜心。」她說著，一手離開方向盤，放到我腿上。一開始我抽開身，接著——我感覺她手上的暖意，就任由她了。我覺得好累。

「是我不好，我完全忘記妳的健檢表了。」她接著說，把手放回方向盤上。「我知道妳很不想做健檢，可是除非妳做健檢，否則連周日最後的甄試都不能參加了。」

我喉嚨一緊。「健檢？不行！」

「說真的，愛莉，人家施雯森醫師臨時緊急幫我們安排，已經很運氣了，我們去露個臉，很快就出來，寶貝，不會痛的。」

我走進候診室，整段時間——我每用長著雀斑的纖腿踩一步——都在思忖逃避的辦法。我的意思是，你應該也同意吧？身體檢查！**女生**的身體檢查！這在許多層面上都很不應該。雀斑姑娘的母親在牆邊一排淡綠色的塑膠椅前停下來。

「妳何不先坐下，心愛的，我去簽到。」

我兀自站著，「拜託，咱們走吧。」我試著說。

「別傻了，寶貝，一切都會沒事的。」她對我笑著，撥開我眼上汗溼的頭髮，我們站得好近。「深吸一口氣。」

我重重坐到椅子上。

噢，我的天啊，這實在是——

實在是太瘋狂了！我瞪著地板，我還穿著雀斑姑娘的布鞋、兩件短褲、兩件T恤、可笑的粉紅條紋襪，還有，是的，沒錯，一件胸罩！（雖然目前就我看，雀斑姑娘並不是真的需要戴。）我慢慢吸氣，抬起頭，然後四下張望。候診室裡滿滿是人，而且飄著嘔吐味。有寶寶正在大哭，一個掛著鼻涕的兩歲小孩，還有一個小女孩哭得好凶，渾身抖動，大聲尖叫：「我要回家！」女孩嗚咽道：「我要回家！」

是啊，我心想，然後直勾勾的看著她。

我也好想回家。

二十分鐘後，我跟隨一位穿綠色圓點衣的矮胖護士走過彩虹走廊，護士停到一扇打開的門前，指著一間小房間，裡頭有張檢視臺，上面鋪著鮮潔的紙。

「施雯森醫師幾分鐘後就會到。」她告訴我們。

是的，我們。我不是故意要像個害怕的小寶寶，可是我很難告訴你，當雀斑姑娘的媽媽站起來，陪我一起走過走廊時，我有多麼如釋重負。那並不表示我很享受做健檢，只表示……

天啊，我也不知道那表示什麼。

呼吸，傑克，呼吸。

我靠牆而立，雙臂交疊，瞪著房間對面——一張有巨大耳朵的光面海報。雀斑姑娘媽媽坐在洗手臺邊的椅子上，讀著她從候診室帶過來的雜誌。我們兩人默默待了不知多久，最後我終於受不了了。

「我絕不脫衣服！」我衝口說。

她抬起頭笑了，揚著眉說：「甜心，我覺得妳根本不必脫衣服。放輕鬆，只是簡單的檢查。」

我吐了一大口氣。

她看我一眼，「嘿，怎麼了？」她問，聲音十分溫柔，「妳還好嗎？親愛的？」

「我很好。」我答道。

「今天相當漫長，」她溫柔的笑說，「等我們回家後，妳可以好好泡個澡，妳覺得如何？」

泡澡？我已經……兩百年沒泡過澡了。我繼續站著呆望那幅巨大的耳朵。

雀斑姑娘媽媽埋頭看書。

至少沒有大幅的陰莖海報，我心想，輕聲笑了起來。

她抬眼一望，咧嘴笑說：「妳怎麼啦？」她張大眼睛，「妳有大祕密哦？」

經過冗長的十分鐘後，施雯森醫師飄進來了，笑得像是她這輩子最快樂的一日。「愛莉！」她說，「拜託別跟我說，妳已經上七年級啦！」

「我是八年——」我差點說漏嘴，我連忙打住，「是，夫人。」我答道。

施雯森醫師有些訝異，我發現在這種非常時刻，我應該先戒掉上尉的規定。

「呃，我是說，是啦。」我尷尬的喃喃說，希望聽起來正常一點。我聳聳肩，看著醫師。她有柔滑的棕色皮膚，以及我見過最明亮的笑容。她穿著白色的醫師袍和聽診器，令我想到學校的護士，這又讓我想到——

「妳還好嗎，愛莉？」施雯森醫師問。

我再次聳肩，「很好。」

她垂眼瞥著攤在手中的檔案夾，「妳是來做運動健檢的，妳今天要踢足球呀？」

我點點頭。

「聽說妳很厲害。」她說。

「我想應該還算不錯。」我答說。

醫師從辦公桌下拉出一張凳子坐下，面對我。「妳今年一直都健健康康的，沒生過病嗎？」

這可問倒我了！我猶疑著，看向雀斑姑娘媽媽。

「是啊。」她代我回答了，謝天謝地。「壯得跟牛似的。」

「很好。」施雯森醫師點點頭，「有任何困擾妳的疼痛嗎？」

當然有，我心想，卻搖頭表示沒有。

施雯森醫師轉向紅髮瑜珈褲女士，「夏兒，妳有任何問題或擔心的事嗎？」

等一等，**夏兒**？她的名字叫夏兒？像春、夏、秋、冬的夏？太酷了吧……

「嗯，有問題嗎？我想想看。」夏兒綻出一大朵笑花，「妳能設法讓她整理她的房間嗎？」

大夥笑了幾聲，然後——

「聽我說，」施雯森醫師的語氣突然變得十分嚴肅。「我的患者若到了這個年紀，我想他們應該有權利獨自跟醫生談話——」

噢，慘了。

不行，不——要——！

「所以啦，母親女士。」施雯森醫師站起來，「我們現在要把您踢出去啦，您還能接受吧？」

我看著雀斑姑娘媽媽，或夏兒，或紅髮瑜珈褲女士站起來，衝我一笑。「完全沒問題！」她說。

與施雯森醫師獨處，時間彷彿停止了。我可以聽見所有聲音——頭上燈具的嗡嗡聲、時鐘滴答響、我的心跳、愛莉的心臟跳得像瘋了一樣。

「妳最近如何？」醫師問，「家裡一切都好嗎？」

「當然。」我盯著自己的腳答道。

「現在家裡只有妳跟妳媽媽一起住，對嗎？」

我怎會知道。我點點頭。點頭是安全的做法。

「狀況如何？」她問。

「呃，我想還好吧？」

「我知道離婚很難過，對了，妳爸爸搬去哪兒了？」

我閉著嘴。

「西雅圖嗎？」她問。

我聳聳肩。

「妳好像不想談，嗯？」

「不是很想。」我很快答說。

「噢，愛莉。」施雯森醫師重重的吸口氣，「我可以理解，過程一定很難受。」

她闔上檔案夾放到桌上。「今天是妳第一天上柴契爾中學，是嗎？」

我點點頭。

「學校還好嗎？妳有很多朋友嗎？有沒有最要好的朋友？」

我想到了歐恩和山米，真的咧嘴笑著答說：「有啊。」

「很好！那麼——」她停下來對我一笑，接著向前傾靠，「有沒有任何妳想趁媽媽不在這裡，要說的話？」

我搖搖頭。

「分享妳的情緒，真的會很有幫助，愛莉。」

「我沒事。」我說。**拜託，能不能速戰速決。**

施雯森醫師站起來走向我，「好，這樣吧，我很快聽一下妳的心肺，確定一切都健康無恙。」

只要妳別逼我轉頭咳嗽，都沒問題。

施雯森醫師靠得真的好近，就在我旁邊，她極為熟練的把聽診器塞到我的兩層T恤下頭，我被她一碰，跳了起來。

「對不起，甜心，我知道聽診器很冰。」

「是啊。」我小聲同意，聲音近乎呢喃。

「哇，愛莉，妳的心跳相當快，妳該不會是在緊張吧。」施雯森醫師往後退開，直視我的眼睛。「妳確定妳沒事？」

「我沒事。」我重申道，聽起來不太耐煩，而且有些頂撞，雖然我不是故意的。

施雯森醫師移到我後方，把聽診器貼到我背上，這回我忍住沒跳起來。

「做幾個深呼吸，」她告訴我，「好，很好，很好。」等我吐氣後她又說。

她檢查我的耳朵。「不錯！」看看我的嘴，「還是沒有蛀牙，愛莉，非常棒！」

她摸摸我的脖子。「好。」檢視我的眼睛，「我會用這個燈很快的照一下，然後——」她頓住看著，「妳有一對非常漂亮的綠色眼睛！」

醫師用那種小小的塑膠槌子敲打我的膝蓋，「哇！反射力絕佳，愛莉！」

施雯森醫師坐回凳子上，把凳子挪得稍近。「妳看起來跟平時一樣漂亮健康，愛莉。沒有什麼能阻止妳開心的踢足球。」她停頓下來，在檔案夾裡的表格上簽名。「妳的健檢正試過關，可以踢球了。」她說著抬眼看我。

我立即從檢查臺上跳下來。「謝謝妳，夫人。」

「哇，等一等，別急。」施雯森醫師把我叫回去，「我想再跟妳多聊一會兒。」

我根本連坐到皺巴巴的鋪紙上都省了，只是用屁股靠在臺子邊，緊疊著雙臂，等著聽我們究竟還有什麼沒談完。

「愛莉，」施雯森醫師停住，笑了笑，「我發現妳今年抽高了，妳開始來月經了嗎？」

噢，天啊。

你知道小孩子會摀住耳朵開始唱：「我不聽，我聽不到！」吧。此時此刻我正在考慮這麼做，我的意思是，事情還能比這更糟嗎？是的，可以！

施雯森醫師坐到我前面，等我回答。我知道自己若不說點什麼，只怕走不了了。我有一半的機會，「呃，沒有。」我結巴的說，「應該還沒吧？」

「好，所以有沒有人跟妳談過，月經來是怎麼回事？」

我覺得熱氣爬上面頰，開始冒汗。我挺直身子，用那種**拜託別這樣對待我**，**求求**妳的眼神看著她。

可是她只是再次微笑。「愛莉，聽我說，妳不需要尷尬，這對女生來說是**完全正常的**

事。」她頓一下，接著繼續說，「妳已經開始青春期了，所以最好有所準備。」

「準備？」我重述說。

「我相信妳一定在猜，到底什麼時候會來，對吧？也許還想著會是什麼感覺，以及月經來時妳需要做什麼……」她停了一秒鐘，「妳還好嗎？看起來好像很害怕。」

我沒敢接腔。

一個字都沒說。

「妳好像有點害怕這件事。」她微微一笑，「我看能不能讓妳覺得更自在。第一次來潮通常會伴隨經痛，下背或肚子會有些不舒服，然後妳會看到一些血，有時一開始不是鮮紅色的，反像是深棕色的血，不過沒有關係。看到血流出來，也許有些嚇人——」

「好了，可以了。」我打斷她說，「我沒事，真的，妳可以不用再說了。」

施雯森醫師抓住桌邊一推，把椅凳的輪子向我推近。「愛莉，我知道談這事也許讓人不太自在，但那真的是成為女人過程中，一個美麗的環節。仔細想想，其實是很神奇的，不是嗎？」她對我露出真誠快樂的表情，「愛莉，世上每個女孩都會經歷初潮，那表示一切正常運作，從妳的腦、卵巢到子宮，就像一座神奇的時鐘！真的是不可思議，而且非常正常。」

我重重吸口氣，回瞪著她。

她還在微笑。

「妳確定妳沒事嗎？」她問，「沒有什麼想告訴我？」

「我好得很。」我堅持說，希望就此結束。

施雯森醫師終於站起來，把一疊粉紅色小冊子交給我，「把這些收起來，留著想讀的時候看。」她告訴我，「下次妳來就診時，我們再聊好嗎？」

我點點頭。我們兩個站在一起，門打開了，我的腳有一半踩在外頭的彩虹走廊上。

「妳若有任可需要，可以跟我說，好嗎？」

「好的，謝謝。」我客氣的笑了笑，退後一步。

「愛莉？」

我轉過身。

「有時人生很艱難，失去至親實在——」施雯森醫師頓住了，她伸手搭住我的肩膀，「我只是想說，很遺憾妳經歷這樣的事。我知道其中的辛苦，如果妳想找人談，就來見我，好嗎？」

27 愛莉

「該走了，大男孩。」

「起來了！」

「起床了，打屁股時間到了！」

「快點叫醒他！」

有人在大聲講話，一時間，我徹底忘記自己身在何處，接著我張開眼睛，瞪著笑嘻嘻的俯望著我的史托克・馬洛。

「起床了，成龍兄！」他說，身上還是沒穿T恤。（譯注：成龍英文名字為Jacky，跟本書主角傑克同名）

閉眼睛很痛，可是我還是閉起眼睛，感覺就像半夜被公車撞到。

「好消息是，在上尉認定你遲到前，你還有五分鐘。壞消息是——」史托克停下來，開始不可抑制的大笑。

我再度張開眼睛，不知怎的，一個哥哥變成了好幾個。甘納也低頭看著我，他頂著超短的軍人頭，咧嘴笑著。他也在大笑，「我看到你撐帳篷啦，兄弟！」

蛤？

我看到超人克拉克・肯特戴著眼鏡，露出稜角分明的二頭肌，頂著一頭剛睡醒的凌亂黑髮，出現在他們後邊。「出啥事了！」他問。

「出大事啦！」史托克笑到不行，他掀開我的被子，「傑克勃起了！」

我整個人變得非常遲緩，動作慢，呼吸慢，也很慢的才理解他們在說什麼。我看著超人，尋求協助。

「幹得好。」他咧嘴笑說，「別擔心，小弟，我們早上全都會勃起。」

這時史托克已倒回床上狂笑了，我還是沒搞清楚狀況，直到我坐起來，然後——

我——的——媽——呀。

對不起，傑克。我真的很抱歉，因為我稍稍發出尖細的尖叫。

甘納對我擠擠眼，「一日之計始於此，對吧，老弟？」

超人伸出手，我拉住他，任他輕而易舉將我拉起來。「安啦，老弟，」他告訴我，「只要把小底迪壓下去調整好，就沒事了！」

甘納在衣櫃裡翻出一條運動褲和一件黑色連帽衫，從房間另一頭扔給我。「你的臉怎麼樣，變種人？」

「好得好。」我說，鬼才信。

甘納好笑的看著我，「說真的，你沒事吧？你看起來怪怪的。」

我點點頭，把褲子緊抱在胸口，彷彿那是我的安全毛毯。「呃，我只是需要上廁所罷了。」我企圖解釋。

史托克又站起來了，「要去快去，兄弟，不過動作要快，你還得鋪床，快要沒時間了。」他朝傑克書桌上的時鐘努努下巴。

「才凌晨五點！」我衝口而出，時間也太早了吧。我的肚子開始緊張到揪結，心臟咚咚的跳，我真的差點哭出來。

史托克和其他男生盯著我瞧。

「你是在搞笑嗎，小弟？我們每天都同一時間起床！」超人抓住我的肩膀搖著我。「小老弟，天就要亮了，咱們得快，沒空胡搞了！」

他輕輕推我一把，我便朝史托克飛過去了，他適時的把我的頭緊挾到腋下，害我吃得一嘴腋毛和體香劑。

「有福同享，有難同當！奶油寶貝，大聲說！」

「你快把我勒死了！」我大叫。

他挾得更緊。「說出來，小傑！」

「說什麼啦？」我求道。

「有福同享，有難同當！」他告訴我。

「有福同享，有難同當！」我重複說。

「還不夠好，成龍兄。」史托克緊緊挾住，「這位小姐，您太陰柔了。講大聲點，溫室小花！」

「有福同享，有難同當！」我尖聲大喊，聲音被他毛絨絨的腋下悶住了，直喊到他鬆開手為止。我摔在地板上，摸著自己的脖子，緊抓住鍊上的小墜子。

「走了，兄弟。」甘納說著拉我起來。「這小鬼的臉爛成這樣，上唇還有塊難看的血痕。」甘納伸手揉著我新剪的砂紙頭。「快走了，這位仁兄。我從沒想過自己會說這種話，不過下不為例，我就幫這一次。」

「呃？」我說。

甘納大笑，「我會幫你鋪好床，準備做檢查，臭小子。」

我奇怪的看著他，「等一等，什麼？檢查？」

「快去啦！」他們立刻一起大叫。

我怯怯的朝門口退去，看著他們三個——每人各自不同的衣衫不整——三兄弟瘋狂的幫我整理剛才睡過的床。史托克穿著四角褲，整平枕頭，甘納穿著運動褲和T恤，整平床單塞妥。超人頂著凌亂的頭髮，穿著運動褲，光著膀子，抖平毛毯，小心翼翼的鋪到床墊上。他抬頭看到僵立在門口的我，瞄到我的眼睛。「笑一個，老弟，硬起頭皮撐過去，事情會好很多的。」

我在走廊的浴室裡，往臉上潑水，盡可能的洗乾淨，然後尿尿（我坐在馬桶上，後來才想到男生不會那樣尿尿），穿上運動褲和連帽衫，循著三兄弟的聲音下樓。他們穿著運動褲和連帽衫站成一排，只是還有第四個人在，而且此人毫無笑容。

我張著嘴，抬眼看著上尉的眼睛，彷彿他是某位神話英雄，而他看起來的確很像。上尉長得精壯帥氣，跟傑克和幾位哥哥一樣——有同樣湛藍的眼睛、超人般壯碩的運動員肩膀——只是年紀老了些。他花白的頭髮幾乎短至頭皮，方正的下巴有片隱隱的白色鬍渣。

「你的髮型有顯著進步。」上尉對我招呼說。

我的心跳得好快，雙手哆嗦。我咬著發顫的下唇，幾乎不敢看他，我不知道該說什麼。

「謝謝您，長官。」甘納悄聲催我說。

「謝謝您，長官。」我重講一遍，重重嚥著口水，我看到上尉盯著我臉上的傷。

「你究竟發生了什麼事？」他問。

我偷眼瞄著旁邊的甘納，不過出面解救我的人是史托克。

「是我不好，長官。」他說，「我昨天在籠子裡用冰球把他的眼睛打個正著。」

我瞥著三兄弟，他們各個站得筆直，肩膀往後挺。我突然也跟著站挺。「我沒事，」我衝口說，「我沒事，長官。」我又試了一遍。

我又不是笨蛋。

大夥默默站了整整一分鐘，然後上尉靜靜的笑了，先是對我，然後沿著隊伍朝甘納、史托克和超人——**我還是不知道他叫什麼名字**——笑了笑。上尉查看他的手錶，調了一下，打開前門，一個字都沒說。於是我做了唯一能想到的事，我跟著大夥一起出門，跑步。

傑克

天黑了，我勉強躲過泡澡。晚上吃夏兒做的千層麵，我下頭穿著雀斑姑娘的印花毛絨睡褲，上面穿著在她地板上找到的寬鬆愛國者隊T恤。她的地板？這件事咱們得好好談一談。沒有一個東西是收好的，她的衣櫥像被炸過似的，連哪裡踩下去是安全的都很難知道，地板上幾乎全堆了東西——發皺的衣服、書籍、糖果紙。衣櫃抽屜全是開的，而且沒有書桌。我站在地板邊緣，重重吸了口氣。

我不知道她怎麼受得了，我的意思是，這簡直就像——

「這裡也太亂了吧。」我大聲說。

可是我實在累到沒勁兒了，我這輩子應該沒這麼累過。

當別人實在讓人筋疲力竭。

我關燈，穿越衣服堆，直接踏在上面，然後讓身體癱倒在雀斑姑娘亂到不行、卻舒服到不可思議的床上。這床好大，就像老爸睡的那種雙人床。

我閉起眼睛，想像自己的房間、我家和我的床。**但願雀斑姑娘沒事**，我心想，我望著她床鋪上方的螢光星星，希望史托克沒有太找她麻煩。今天何其瘋狂。「星期一。」我對著星星喃喃說，心想**只要撐到星期一就好了**，然後開始數星星，我睡不著覺時，就會這麼做，我會數東西，自從……

這樣說好了，我經常睡不好。

就在我快要睡著時，我想起自己忘了一件事情。我把腿晃過床邊，踏到地上，跪下來，在地毯上騰出一塊空間。**兩百個仰臥起坐和伏地挺身**，我告訴自己，然後開始運動。

愛莉的身體不及我強壯，但我不打算停止。我分段一次做十下，中間便躺在地板上數星星。我花了一些時間，但都撐過去了。做完運動後，我依舊跪著，照母親教我的方式，做每晚要做的事——念七次聖巴塞斯琴禱文。

唯一欠缺的就是寫我的筆記。

我跳起來，扭開床几燈，踢開愛莉的東西，直至找到紙筆。接著我坐到雀斑姑娘的床上，就像每天晚上那樣，寫出自己的夢想。我這輩子所做的一切，就是為了使夢想成真。我邊寫邊想像自己所追逐的夢，並藉此提醒自己追尋的目標。沒有人會替你追夢，我願意盡一切力量。

1、進波士頓大學球隊。

2、被國家冰球聯盟（NHL）選中。

3、簽下國家冰球聯盟合約。

寫罷，我小心的把紙摺起來，塞到床頭几上雀斑姑娘的書本底下，然後關燈，這時——

「甜心？」我聽到聲音。黑暗中我幾乎看不清楚。夏兒站在門口，不知道她究竟在那兒站了多久，又看到多少。

「噢，我的天，愛莉，心愛的，我幾乎沒辦法走進妳房間。」她笑著說，我可以看出她的笑容，以及她長髮的輪廓。她過來坐到我旁邊的床沿上。我蜷成一球，把被子蓋到下巴，在頭底下塞了顆枕頭。

「愛莉，甜心，一切都還好嗎？」夏兒按住我的額頭，然後用手指輕輕撫著雀斑姑娘的長髮。我不想說謊，那感覺好舒服，我已經好久沒有這樣了，自從……

「我沒事。」我終於低聲說，然後轉過頭。

「妳並不好，寶貝，這是非常明顯的事。」她頓一下，深吸口氣。「甜心，妳都不開心成這樣了，還硬拗自己沒事，實在有點可笑。」

我不知如何應答，只好吞著口水，翻身面對另一邊牆壁。

「愛莉？」

「我沒事，真的。」我輕聲對著黑暗重申。

房裡一片死寂，我閉著眼，我們兩個就這樣靜默良久。這裡好安靜，夏兒把手探到被子底下，找到我的手握住。我沒抽開手，任她握著。我動也不動。

「噢，寶貝。」她嘆道，「我知道妳爸爸離開後，妳很難過，而且……」她語音漸落，我感覺她抱住了我。

她挨得好近。

我咬著脣。

「甜心，」她說，聲音近似竊語，「我知道想封閉自己，卻硬要敞開胸懷，是多麼困難的事。」她頓一下，朝我暱近，我可以感覺到她的心跳。

好長一段時間，我們兩個都沒說話。

「我知道妳很受傷，心愛的。」她告訴我，「妳不必把話都藏在心裡。」

我可以聞到她的髮香，聞起來就像……我深深吸氣，試著嚥下喉頭的哽塊，努力忍著不說話。

「噢，愛莉。」她對著暗夜低語，緊抱住我。謝天謝地，這裡好黑，沒有人看得出來，沒有人會看到不斷從我臉頰上滴落的淚水。

愛莉

我們在靜謐的漆黑中，往上山的陡坡衝刺整整一英里路，我一路奔到山頂空曠的泥地上，才四肢跪地的大口喘氣，我吐了。我的心猛烈的撞擊，雙腿灼痛，我相當肯定自己不應該停下來。

因為這會兒我雖趴在地上快掛了，甘納卻站在我旁邊大吼。

「繼續跑！」他大喊，「振作點，兄弟！你是鬥士，小傢伙，沒有壓力就沒有收穫，兄弟，站起來！」

我沒動，我動不了。嘔吐物沿著喉嚨灼燒，從我鼻子滴出來。這裡好靜好黑。超人、史托克和上尉已經準備要下山了。

「咬緊牙，兄弟，站起來！」我感覺他用腳戳我身側。

「別再鬧了，小傑！你明知道得碰到才算數。」

「碰到什麼？」我回問，但我相信他沒聽到，因為我說話時面部朝下，額頭埋在泥地上，嘴巴下方還有一堆樹葉。

「你在開什麼玩笑！」甘納十分吃驚，我用眼角餘光看到他的腳踝。他的襪子、布鞋和褲管上滿是泥土和露溼的青草。

「不管你用什麼辦法，兄弟，咱們走了！」

「我辦不到。」我說，聽起來像在發牢騷。

「當你剛才**沒講**那句話。」甘納的嗓門越提越高，「你到底是怎樣，老弟？你不能放棄，**永遠都不能放棄。**」

兩人沉默幾秒鐘。

我轉動頭部，嘗到土味。把頭貼在地上，感覺舒服得詭異。

甘納此時已咆哮起來了，「走了，兄弟！快起來！」

我不動，保持絕對靜止。我緊閉著眼睛，想著傑克，以及他大概在我床上，蓋著我的被子。**他倒輕鬆！**我好冷，我剛奔了一英里的上山路，這輩子大概從沒這麼早起過。

甘納蹲下來靠近我，「我知道你有多渴望成功，老弟。保持呼吸，繼續呼吸。」我聽到他說，「我們走。跌倒七次，就站起來八次。」

我的手好冰，而且在我身體下發顫。

「走了，兄弟。」他頓一會兒，然後更大聲的喊，「我叫你聽見沒，起——來——。」

傑克的聲音在我腦中響起——**如果妳想當我，就不能跟女生一樣！**

「兄弟，」甘納又開始嚷了，「你要再那麼孬，我就把你踹起來，你覺得如何？」

我感覺他用力大無窮的雙手抓住我的手臂，將我拔起來，直到我們面對面站著。

「很好！這就對了！咬緊牙關，兄弟！」他高呼，嘴巴笑得裂到耳根，他拍掉我肩膀胸口的樹枝和沾泥的溼葉子。「你的身體什麼都辦得到，老弟，但你的腦子得先說服身體。」

我透過升起的晨光看著他，他的臉和頭髮被汗水浸透了；冰藍的眼睛瞪得老大，整個人幾乎在發光。我覺得他真的**很喜歡**跑步。

「快做！」他命令說。

「做什麼？」

「真受不了你，小鬼。」他搖著剃過的頭，仍咧著笑。「去摸折返石！」

我順著他的目光，看向一塊從懸崖邊緣突起的平滑巨石。太陽剛從遠處的綠丘上升起。

「去。」他說著對我點點頭。「跟平時一樣去摸一下，否則咱們得在這裡站一整天，老頭子不會太高興。」

我勉強虛弱一笑，開始小心的走向岩架。我的腿像軟趴趴的麵條，我伸手輕輕把手放到冰涼的岩石上。說也奇怪，當我觸到岩石，用手貼住它時，我發誓，一股涼意竄過我身體，突然間，我覺得自己做到了。好酷啊，我熬過去了。我重重吸口氣，俯望山谷。清晨的天際泛著如夢似幻、粉紅與橘色的彩條，可以一望無際看到鎮上。視野如此遼濶寬廣，我甚至能看到遠方近乎碧綠的湖泊。我朝崖邊踏近幾步，俯瞰我們剛才爬上來的陡斜草山。我們竟然攀到山頂上，簡直太誇張了！我居然醒著，原來我平常還在沉睡時，竟會有這麼多的事情在進行。這時我突然意識到周圍一片死寂，然後——

「嘿！」我大喊著轉過身。「甘納！」我喊著找他。

「甘納！」我大喊，可惜太遲；他已經出發了。我看到他飛奔下山，停都不停。

「你是鬥士！」他的聲音在清晨的空中回響。「你是頭野獸，老弟，快上工啦！」

我不知道是因為太陽升起，還是碰觸岩石後的緣故，我也解釋不清楚，但有種感覺向我撲來，我覺得，**我可以做得到。**

「我可以做得到！」我喃喃自語，然後扯開嗓門，「耶！」我對浩浩長空發出呼嘯，然後離開山腰，開始奔跑。

我一路跑回傑克家，竄過荒草蔓生的陡峭山腰，躍過岩石、樹枝和滑溜的樹葉、穿過三戶人家的後院、衝過陽光滿布的街心，一路奔馳，直到我衝過彎曲的小路，摸到傑克家的前門為止。

「Yes！」我大聲對自己說，然後忍不住驕傲的輕聲尖叫。就在這時，我看到他了。

甘納在籃球網下彎著身，用手撐住膝蓋，正在喘氣。

「幹得好，小傑！」他露出酒窩對我笑說，「咬牙撐住，果然是條漢子！」

「謝謝。」我告訴他，然後癱到他旁邊的車道上。

甘納低頭瞪我，「你在幹麼？老弟？」

「我在休息！」我答說。

「說真的，你越來越不行了。」他哈哈笑說，然後一臉憂心。「老弟，你瘋啦？想給大夥惹麻煩嗎？快起來，免得讓上尉——」

我看到甘納的笑容一凜，眼神游移，我的胃突然不太舒服，就像腦子裡有個聲音說：**上尉就站在我後面，是不是？**

沒錯。

我慢慢站起來轉身，用袖子背部擦掉眼睛和臉上的汗珠。

「很高興二位小姐能加入我們。」上尉說。

他幹麼叫我小姐？我不解的想，一邊瞄著甘納。史托克和超人也突然出現了，兩人都站得挺直，動都不動。我模仿他們雙肩往後一挺，看著上尉。

「**渴望是一回事，行動是一回事。**」他說。

「是，長官！」他們齊聲喊道。

我的動作慢一兩拍。「是，長官！」我說。左右瞄著傑克的兄長。此刻沒有人在大笑或開玩笑，太陽照在我眼上，我們四周的世界甦醒了，我可以聽得一清二楚，整個人格外清醒。對街有隻狗在吠，小鳥在我們上方鳴唱——

「如果你不能百分之百、每個清晨、每一天都投入其中，」他頓一下，直視我說：「如果你不願意做那種犧牲，你的渴望，就沒有你想像的那樣炙烈。」

「是，長官！」我尷尬的說，但這次回答的人只有我。其他人全鼓著嘴，看得出他們都在忍笑。

我覺得頭腦發熱，心臟亂跳。上尉清清喉嚨，「跑到山上的人不能就此偷懶，快去做訓練，孩子們。拚命練習，要做正確。」

這次我準備好了。

「是，長官！」我說。我一心想回答正確，結果時間點又沒抓準，搶先其他人一拍了。

這次大家真的忍不住了。

上尉抬起眉毛，淡淡一笑。「今天要訓練下盤。有強健的腿，狼才能吃飽，孩子們。」

有強健的腿，狼才能吃得飽？這是瞎毀？（Legs feed the wolf，譯注：冰球名教練Herb Brooks鼓勵球員加強腿部訓練時的話。）

「要訓練肌肉，不是炫耀肌肉。」上尉接著說，「硬舉、分腿蹲、地雷管後跨步、速度梯訓練、推雪橇、跳箱訓練——加強爆發力。最後結束前做負重雪橇牽拉。」上尉停頓住，然後走向超人。

一片死寂。最後上尉終於說了：「杰特，我相信你會遵守一切？第一次就要做對。」

杰特！他當然要有個酷酷的名字了。我瞄著他，除了我們各自戴在脖子上的閃亮金墜子外，他裸著胸，將汗溼的頭髮往後撥，看起來宛若神鬼戰士。

「傑克！」

噢，慘了，他們在跟我說話。

「你們所有人。」甘納說著指示我開始動作——但我根本不知道要幹麼！

「呃。」我心慌意亂，遲遲不動作的回望他。

甘納朝地面點點頭，「你知道咱們一向先從什麼動作開始，老弟！暖身運動。開工了！」

他的話一點幫助都沒有。

大夥全瞪著我等著。杰特、史托克、甘納，還有**上尉**。

「呃。」我茫然的望著所有人，然後——

謝天謝地，史托克伏到地上，「我先來！」他為我解圍。史托克開始猛做伏地挺身——跟吃大白菜一樣輕鬆，像軍人一樣，我們也全都跟著伏到地上。我雙手抵住車道粗糙的地面，**不會吧？摸黑跑完山路後還要做這個？**我跟上伏地挺身的節奏，傑克的身體輕鬆的動作，幾乎像是本能。「一、二、三、四、五、六——」男孩們吼著數，我也跟著做，傑克沉穩沙啞的聲音混在數數聲中。「二十、二一、二二、二三——」

天哪，我昨天醒時，怎麼也料不到今天竟會在王子家的車道上做伏地挺身，更別說是變成**王子**了。我們做到一百下後停止。史托克衝我一笑，沒有人幫忙拉我。

我是自己跳起來的。

30 傑克

我在雀斑姑娘房中醒來，躺在雀斑姑娘的公主床上，兩手緊抓住她破舊的泰迪熊，整個人半睡半醒，完全搞不清狀況。我腦中掠過上百萬個問題，相信你現在應該知道是哪些問題了……**我在哪裡？怎麼會發生這種事？我為何會在一個女生的身體裡？**當然了，我必須承認，我張開眼做的第一件事，就是掀開雀斑姑娘篷鬆的被子，瞧瞧被子底下是否——

沒錯。

依舊是女的。

我再次緊閉眼睛，試圖想像哥哥們若是我會怎麼做——或者，如果他們此時就在這裡，杰特大概會說，「好了，兄弟！」然後叫我要微笑，堅強，忍下來，不能示弱。**不能因為是女生就變懦弱**。哈！這種話說得通嗎？

我哈哈一笑，翻到另一側。老實說，我從沒想過我會說這種話，但是我真的好想我哥，他們三個都是你會希望結交的類型，他們知無不言的教導我，每天挑戰我、驅策我。我們追逐相同的夢想，也盡一切所能去達成目標。他們知道精益求精要付出什麼代價。

我等不及想與他們團聚了。

「再四十八個小時。」我大聲說，打著呵欠把手臂伸到頭上。隨便啦，反正事情有可能會更糟。我躺在超級舒服的床上，享用最最柔軟的床單，窩在溫暖舒適的被子下。我把頭埋進入枕頭裡，太陽從窗口灑了進來，而且——

十點半。

我猛然坐起。

如果太陽已經出來了……我轉身，驚慌的看著床邊茶几上的鬧鐘。

「哇咧。」我悄聲說，想不起自己最後一次如此晚起，是什麼時候。

呼吸，傑克，呼吸。

我又躺回去閉上眼睛，想像哥哥們在做什麼。每天早上同樣的事，像電影似的在我腦中播放：日出時衝到岩石邊，在車道上做伏地挺身，在籠子裡訓練腿力。我打開眼睛，看著雀斑姑娘褪色的熊熊釦子眼。

「希望愛莉沒事。」我喃喃說。是的，我真的瘋了！現在竟然跟布娃娃說起話了。哈。還有我的媽呀，我的口氣聞起來像腳臭。「噁心，兄弟。」我大笑，「用牙膏刷啦！」

可是哥哥們不在身邊，我是在自言自語。

我翻身撥開蓋在眼上雀斑姑娘的亂髮，我趴在床上把臉埋到床墊裡整整十分鐘，直到靈光一閃。我知道該怎麼做了。

我花了整整四十五分鐘，澈底將雀斑姑娘的房間整理成上尉的標準。首先我將她所有發皺的衣服分類，我無法分辨哪些是乾淨或骯髒的，這些衣服都不臭，我乾脆摺好收到她的衣櫃裡，或掛到大衣櫥中。

是的，包括內衣褲。不必客氣。

我在衣服堆下找到四個空掉的，狀似科學實驗用的玻璃杯。

「嗯！」我嘀咕著把杯子排到門邊。是佳德樂運動飲料嗎？還是……我拿起一個杯子湊到鼻子上──也許是夏威夷果汁？乾掉發霉的柳橙皮、吃了一半的餅乾、瘻掉的蘋果核。我像投籃球似的把這些東西扔過房間──兩分射球──丟進垃圾桶裡。我將書本層層疊放、把足球用品堆到一塊兒、把十七隻填充動物和三個娃娃像最好的朋友般並肩排在遠端整片牆邊。最後，我開始整理床鋪。我看見床沒鋪好，就會去整理，這是本能。也許閉著眼睛都能做：我拿起床單從一側平鋪到另一側，將邊緣與床墊尾端對齊、拉緊，依照醫院的方式以四十五度角塞摺進去，用手撫平上面的皺褶。我抖開被子，鋪到床墊上，離枕頭十二英寸距離，將枕頭打鬆，擺到床頭，把泰迪熊放到前面中央。有何不可？

之後我坐到床尾的邊緣，檢視成果。

「還不賴。」我聳聳肩。不過老實說，雀斑姑娘的房間絕對過不了上尉的檢查，垃圾得清空，地毯得吸，還有……我四下張望，看著娃娃和填充動物、書架上堆擠的書、床頭几上的糖果、三顆足球……這裡東西實在太多了，上尉一定不會喜歡。上尉不喜歡雜物。

「生命中最棒的東西不是物品。」他總說。

我躺回床上看著更多的星星，在天光中，它們看起來只是無聊的黃色貼紙罷了。

我才剛閉眼，就聽到敲門聲，接著：「早安，愛莉寶貝！」夏兒在門口唱喊。

我僅認識她一天，但我完全可以想像她在門後微笑的模樣、她亂七八糟的紅色長髮和成千上萬的雀斑。

「早。」我回喊，看著門打開，夏兒走進來，她的笑容立即照亮整個房間。

「噢，我的天哪！」她張嘴瞠大眼睛說。「哇！哇！愛莉，甜心，這實在——」她閉上嘴，打開衣櫥，用手撫著以同樣方式吊掛的衣架。「我簡直說不出話！」她叫道，「我的意思是說，妳真是太棒了！」

我聳聳肩，「還好啦。」我試著裝酷，可是能令她如此開心，感覺還蠻好的。

夏兒轉過身，她身上還穿著睡衣——一件絲質紫色浴袍和毛絨絨的兔子拖鞋。她笑時，一對綠眸閃閃發亮。

「哇！哇！哇！」她笑到樂不可支的說，「我不知道妳是**怎麼回事**，可是我超喜歡！」夏兒撲到床上躺在我身邊，用一個大擁抱勒緊我，然後在我臉上印了一個溼溼的大吻。一開始我有些退縮，可是——

我的意思是，我不想顯得沒禮貌，她抱住我時，我融化了，沒有抵抗。

她在離我三英寸的地方說話，「甜心寶貝。」她說，聲音再次放柔，輕若低喃。夏兒深深望著我，笑臉迷人的撥開我眼睛上的頭髮。我試著不別開眼神，就這麼看著她，結果我就盯著她看了。

「親愛的。」她又說了，我們的鼻子幾乎碰在一起。「我覺得這種稀罕卻絕妙無比的事，應該值得慶祝一下，妳覺得呢？」

「什麼意思？」我問。

「我的意思是，我們得慶祝一下，這實在……」她靠過來，兩人額頭相觸。

「這又沒什麼大不了。」我說著往後抽身，「這真的沒什麼，沒關係。」

「沒關係？妳在開我玩笑嗎？這可是──」夏兒站起來，「天大的事呀！」

好吧，沒關係。當夏兒要我「爬回床上舒服的休息」時，我並未認真與她爭執。哥哥們跟我，甚至常常不蓋被子睡覺，這樣我們就不必在早上五點鋪床，不會把被子弄亂了。可是，我的意思是──畢竟雀斑姑娘交代過我，要待在她的房間。

有何不可！

我輕鬆的鑽回被子下，陷在雀斑姑娘舒適的床上。過了三十分鐘，翻了四十頁的《哈利波特》後，夏兒端著一大盤食物出現了，就像客房服務！像旅館一樣！我坐起來，把枕頭塞到背後，狀似經常如此。

夏兒小心翼翼的把食盤擺到我的大腿上。「愛莉公主殿下，」她咯咯笑說，「我們為公主殿下您準備了——」她頓一下，坐到我旁邊的床沿。食物簡直色香味具全！昨天我還在死命吞著菠菜魚油糊，而今天……我把焦點轉回夏兒身上。

「我們準備了香蕉煎餅加新鮮覆盆子、鮮奶油、熱楓糖漿、培根、兩顆水煮荷包蛋，最後還有很重要的——」她遞給我一杯現榨柳橙汁。

「哇，這也太……」我搜尋適當的詞，「太謝謝您了。」我望著盤子，我已經很久沒吃這麼多碳水化合物了，自從——

自從好久好久以來。

去他的規定，食物看起來太美味了！

我聽到史托克在我腦中說：「耶，老弟！」我舉起滿叉子的煎餅塞到嘴裡，有時細微的事，也能帶給人最大的快樂。

夏兒一臉詫異的看著我，「哇，喂，吃慢一點，妳一定是正在抽高，嗯？餓成那樣，也許我沒把妳餵夠！」

「不是，實在是因為太好吃了。」我邊吞食邊說，並提醒自己下次要先吞下去，別滿口食物的說話。

「慢慢吃，記得咀嚼。」她笑著說，然後像沒見過人吃飯似的望著我。我們靜靜的又坐了一會兒。

「所以，」夏兒表示，「我一直想問妳，甜心，施雯森醫師有沒有跟妳談——」她打住話，接著笑意更深了。

我茫然的看著她。

夏兒伸手輕輕撩開我眼上的頭髮，幫我掖到耳後。「我討厭看不到妳的眼睛，甜心。」她頓住，「妳最近那麼累，情緒又不穩，還有，天啊，妳餓了吧！我想也許這是討論妳身體變化的好時機，還有，妳也該**是時候**了——」

我從盤子上抬起頭想了一秒鐘，「等一等，該是什麼時候？」我不解的問。

「來月經啊。」夏兒的聲音輕柔而平靜，眼睛閃閃發光。

別——又來了！

我拿起柳橙汁大口灌著，掩飾自己的神情，我的表情大概是：**拜託別逼我再討論這件事了！**可是為了預防萬一，我放下玻璃杯，盡力做好畢生唯一一次的模仿女生。我嘟起嘴，前往探身，然後模仿女生的動作，甩開落在眼上的頭髮。

「呃，」我說，「我們能不能拜——託別談這件事？」是的，我故意把聲音提到極高，

「求妳啦！」我又說。

夏兒淡淡一笑，「噢，親愛的，我知道這件事有點尷尬，可是我們**都會**有月經，妳將來也會有。」

「我沒事。」我說。

「我知道妳沒事，」她答道，「說真的，甜心，妳的舉止很不一樣，妳確定真的沒事？」

「我沒事。」我重申道，然後笑一下。

「好吧，我明白了，我明白了。」她停下來注視我良久。「也許妳現在不想談，可是萬一妳想談呢？如果妳真的想談的話呢？」她笑了笑，「就來找我，好嗎？」

「好的。」我同意道。

「真的嗎？」

「真的。」我說完在嘴裡塞進一整條培根。

夏兒起身往門邊走，「嘿，記得昨天我說過有個大驚喜嗎？」

我點點頭，吞掉剛放入嘴裡的半片煎餅。

「等妳吃完，洗漱穿好衣服後，我要帶妳去大冒險！」

「冒險？」我又說一遍。

夏兒兩眼放光，「母女日！」

我知道這不在我跟愛莉的約定範圍，但我是個住在十二歲女生身體裡的十三歲男生，在這裡沒啥分量，沒法硬要待在家裡。而且，問題是，我並不想一個人待著。我不會到電視聯播網上去張揚這件事之類的，可是……事實上，我覺得既鬆了口氣，又挺興奮。夏兒有種令我平靜的特質。

我每天都想念我媽媽。

我好想她。

「好啊。」我露出微笑，「母女日是嗎？有何不可！」

31 愛莉

在籠子裡，沒有半個男生說話，我的意思是，有粗重的呼吸聲，齊飛的汗水，有人吐了（史托克），有人流鼻血（甘納），一直等大夥從陡斜的地下室樓梯爬上來，我跟著史托克穿過後門，來到院子裡後，大家才慢慢恢復人樣。

「兩小時舉重。」史托克秀著巨大的二頭肌，「看看這兩坨大炮，炫爆了吧，兄弟！」

我點頭微笑，然後倒在柔軟的草地上。

「哎唷，不錯哦。」史托克說，「我喜歡你的態度，兄弟。」他癱到地上，離我一英尺。「跟我室友一起休息，就是要這種小確幸，對吧，成龍兄。」

我側身一笑，我們兩都仰躺著，這是整天下來，我第一次好像了解他。

「是啊。」我嘆口氣，仰望無雲的天際。「小確幸。」

史托克伸手把手掌放到我胸口，我感覺他手掌上溼沉的熱氣，直透我汗溼的T恤。「老弟，你的蹲步挺強的。」

「謝了。」我答說，心想他的手究竟只是放著休息，還是打算跟我摔跤或把我的頭按到地上之類的。我轉身看著史托克，他閉著眼睛，張開嘴，沒講話，也沒動彈。

我看著汗水從他頭側滴落，近距離細看他上唇的鬍青。他不勒我的時候，看起來挺可愛平和的，史托克的年紀大約十五、六歲吧，說不定要刮鬍子了。

史托克大聲吐口長氣說：「我最後都快被袋子壓死了，老弟。」

我甚至不必說話，只要點頭就好。

「比賽衝第一，訓練墊第二。」我同意道。

「說得一點都沒錯，成龍兄！」

史托克的聲音突然壓低到近乎呢喃，可是他不是在呢喃。「沒有什麼比看到自己的小弟一路撐過來更棒的事了，對吧？你今天超猛的。」

我對著天空微笑，「謝了。」我告訴他，「只要以後不必再走路就行了，」我停下來哈哈笑說，「我覺得咱們挺棒的。」

「是啊，」史托克說，「要怎麼收穫，先怎麼栽，兄弟。」

「要怎麼收穫，先怎麼栽。」我喃喃回道。

我們兩個留在草地上，排成兩個大字。太陽如此和煦，我的嘴唇嘗起來鹹鹹的，感覺有點奇怪，但挺好。老實說，紋風不動的躺著，從來沒有感覺這麼美好。但就在此時，我聽到甘納在草坪另一頭喊道：「你們過來幫個忙行不！」

我抬起頭，他看起來不太開心。甘納打著赤膊，頭上舉著兩個巨大的塑膠垃圾桶朝我們走來。

「是啊，別賴在那兒不動，同胞們！」杰特喊道。他跟在甘納後面，也光著膀子，把另外兩個大塑膠桶舉在頭上。

我跳起來。

史托克也是。

「走了，兄弟！」杰特把桶子放到草地上，瞪我們一眼，他身上每條肌肉都在陽光下閃動。

我大概盯著看了一下。

「去拿冰！」他大喊。

等我們從房子旁車庫裡的巨大冷凍櫃裡，把八個十磅重的塑膠冰袋扛到後院後，我覺得史托克和我好像應該往後站開。甘納和杰特對自己所做的事，似乎非常熟稔。甘納把裝冰的大袋子倒空，放進四個並排的塑膠大桶子裡，杰特拿著水管走到他後邊，小心的在每個桶子裡注水。史托克和我乖乖站在一側，直到——

他們三個人毫無預警的開始**脫衣服**！鞋子，然後是襪子，接著……是的。呃，**我的天哪**。再講清楚些，我要說的是，**他們在脫衣服**！我用手遮住眼睛。

「你們在幹麼！！」我尖聲說著從指縫間偷窺，看到三個肌肉結實而潔白的光屁股，遁失在冰寒的水裡。

史托克尖聲大叫，「媽呀，凍死啦！我去！媽的，我恨死這個了！瘋啦。我們得整個泡進去嗎？」

杰特絲毫不以為意的滑進去，當然了。他摘下眼鏡拋到草地上，「泡到胸口乳頭的地方，不許作弊。」

甘納整個人泡進去，在冰水下消失一秒鐘，然後才像殺人鯨似的冒出來。「呼——哇——！痛死我啦！」他大聲吼叫，皺著臉說：「天殺的＃％＊＆＊＠冷！！！」

我再次遮住臉，然後看——

他們三個人全都從各自的冰桶裡回瞪著我。

「我才不要進去！」我明確的聲明說。

打死我都不要脫光光，休、想！

甘納看起來真的很不爽。「別孬了，老弟，進去！」

「不要。」我連忙說，「休——想。我不必了，我在這裡很好。」

我往後退開幾步。

「你到底是怎樣，老弟？」杰特問。他背抵著桶子，雙臂靠在桶端。「一定是因為昨天跟人幹架的關係，嗯，老弟？我現在真的快被你氣死了，別那麼膽小！」他頓一下，「快進來！」

我又退開一步，差點被後邊的甲板絆倒。

「快進來呀，小弟。」史托克也幫腔說，「你是哪根筋不對？拿出你的男子氣概，小傑。你明知道我們每次都這麼做，明天就會覺得好多了。快打起精神，老弟！進來！」

我猛力搖頭，看杰特往裝滿冰塊的塑膠垃圾桶裡深坐，水都從頂邊溢出來了。

我的嘴巴張得好大。

「別那麼嬌貴，」杰特大喊，黑色的頭髮往後滑貼，「說真格的，你若不進來，老子就出去把你拖進來，性感小妞！」

氣氛瞬間一鬆，幾個男生鬨然大笑，但也就在那一瞬，杰特的語氣變得更嚴肅了。「十分鐘，兄弟。咬緊牙關，開始！」他蹲回冰水裡。「你自己想清楚，小傑，你不來，我們就不開始計時。」

史托克把手臂往後一伸，朝我的頭部扔來一坨冰塊。「快點啦，小寶寶！」他叫得如此大聲，我發誓所有鄰近的人都能聽見。「老弟，帶點種！你什麼時候變這麼弱了？是怎樣，變女生還是怎地！」

才不是。我不再猶豫。

不再多想。

先脫掉布鞋，然後襪子，接著我把傑克的四角褲脫了──並沒有，我還是穿著短褲，你別想太多。接著我大步前進，抬腿跨過桶子邊緣，然後──

「哇──哩──咧！！！」我竭力高叫，接著不再尖叫，因為寒氣害我喘不上氣了。

我聽見他們幾個男生大聲爆笑，我的腦子澈底空掉這輩子最長的時間。我閉起眼睛，雖能聽見他們說話，感覺卻像悶在金魚缸裡，一切變成超級慢速。

杰特：「控制你的呼吸，只要撐過一分半，狀況就會好轉。」

甘納：「簡單得要命，老弟，皮繃緊撐過去。」

史托克：「這次別尿在褲子裡啊，小傑。」

杰特：「呼吸，專心呼吸。」

杰特說得對，刺痛持續約一分鐘，然後一切就麻掉了。我打開眼睛，斜眼看他們三人。甘納在第一個桶子裡，接著是史托克，然後是在我旁邊的杰特。我在最尾端。

我模仿杰特，把手臂放到塑膠桶邊緣。

「別去想，」他告訴我，「就當是另一個上班日，對吧？」

「呃……我，我——」我在努力。

「咱們來聊天。」杰特說，他對我點頭笑一下，「別去想冷的事，咱們兄弟來談心。」

我聳聳凍僵的肩膀，「你想談什麼？」我問他。

「何不告訴我，你昨天為什麼跟人打架？」

「呃，嗯。」我開始結巴。

接著想到一個主意，**我只要描述賽熙就成了。**

「呃，問題是——」我看著杰特答說，「有人說了非常尖酸刻薄的話。」

「非常**尖酸刻薄？**」杰特哈哈一笑，「你怎麼講話跟娘兒們一樣文謅謅？」

「是嗎？如果我是女生呢？你打算怎麼辦？」我開玩笑回答。

瞧，我也玩得開，我對杰特笑了笑。

「哎唷，嘴巴很利嘛。你是要那樣就對了是吧？」他逗我說，「實在有夠莫名其妙。」

「我的意思是……」我又試著換成馬洛家的用語說，「那小鬼是個智障。」同時想到學校食堂裡的賽熙。「她老是嘲笑我，對我翻白眼，講些三五四三——」

「她？」杰特揚起眉毛笑說：「老弟，你被凍傻了嗎？」

「我是說**他**，對啦，呃，就——」我欲言又止，不知如何解釋。「我只是……」我試著說明，可是放棄了。

「首先，老弟。」杰特猶疑著，語氣突然變得嚴肅起來。「你跟他幹架真的很帶種，你是漢子，夠屌。你知道我會永遠支持你。」杰特頓住，直視我，點點頭，然後握起拳頭。

我們的指節相撞，冰水從兩人的桶子裡溢出來。

發現他要跟我以拳觸拳時，我挺興奮。

「不過咱們也要老實講，」杰特把話題拉回來，「激你出手，只會讓那些小丑更引人注目。」

我聳聳肩。「大概吧。」

他眼睛一亮，「答案就在那裡了，老弟。基本上，別理那傢伙，你的生命不需要那種東西，別理他。」

我點點頭。

杰特對我燦然一笑。「腳踏實地做自己，小傑。別在討厭的人身上浪費時間，保持正面態度，努力工作，態度謙遜，結交益友，專注在自己能夠掌握的事情上。」他擠擠眼，「保持前進。」

我點頭聆聽，雖然無法完全理解他的意思，但每次杰特說話，都會令我思索。他就是帶有那種氣場，是一位非常自信的人。杰特說話時，你會聆聽並真的相信他。我的眼睛瞥見杰特脖子上的細鍊，鍊子上掛著閃亮的金墜子。我本能的抬手摸向自己的脖子，拉住傑克一模一樣的金墜，像護身符般的捏在指間。

「這樣吧，」甘納插話說，「杰特說得對，小弟，我沒法比他講得更好。男生很愛亂嗆，別去管人家怎麼說你，那種事別往心裡去。你得知道何時可以打架，何時該扭頭走人。」

「膽怯的狗吠得最大聲，老弟！」史托克說，「那傢伙聽起來很蠢，說不定他是在嫉妒。」

賽熙……嫉妒？我用冷得直打哆嗦的混沌腦袋思忖這件事，又過了漫長的幾分鐘，我們四個人靜靜的泡著，直到——

怎麼都這樣毫無預警？

杰特直挺挺的站起來！

直挺挺。站起來。

是的，我看見了，我看到——

全部看——光——光。

「過癮哪，兄弟們！」杰特朗聲說，冰和水從他身上淌下。杰特跳出桶子，冰水從桶子一側湧出。至於我有沒有閉起眼睛？我被凍得反應有些遲緩。

不過我還是閉上眼睛，緊緊的閉上了。我心想：**哇，竟然就那樣。**我笑出聲來，昨天醒來前，我從沒想過自己會看到**小底迪**。

等我打開眼睛，他們三兄弟已經渾身精肉的站在草地上，用白毛巾緊緊圍住腰際，把我當白痴似的直衝我笑了。

「跟這小子在一起從來不會無聊。你也太沒默契了，老弟。」甘納看著我搖頭大笑，「出來吧！你會覺得屁股上好像有塞子被拔掉！覺得像一具機器！相信我，老弟。」

我緩緩站起來，勉強爬出來，幸好沒有一頭趴倒到草地上。離開冰桶後，我的腿幾乎像燒起來一樣，空氣比水溫暖好多。我站在甲板旁邊，緊抓住雙臂打哆嗦。我相當確定我的嘴脣變青了。

「嗚——哈——！感覺超爽吧！」史托克尖叫著用毛巾包住我的頭。我學他們把毛巾緊繫到腰間，我們四個人除了年紀，以及我和甘納的短髮，簡直長得一模一樣。

杰特摟住我，將我一把抱過去。他飄散著鹹鹹的汗味，像勞動過後。「你知道這就是有兄弟最棒的地方。」他頓一下，用最溫和的眼神看著我，「我們可以跟你無所不談，沒有祕密。」

「謝了，老哥。」我靜靜回道，「沒有祕密。」我重述一遍。

老實說，有一秒的時間我覺得有些難過心痛，像是撞見某種特殊的事，但我其實不該看到。我兀自愣想著，史托克卻已偷偷溜到我背後，扯掉我的毛巾，然後是——

我的短褲。

傑克，我對不住你。

「住手！」我說。好吧，其實我發出了尖叫、哀嚎，吼出最大的叫聲。

他們三個人笑到快炸了。

甘納笑到連話都說不出來，「有時候『少』比『多』更有看頭，小傑，現在正逢其時也！」

杰特搖頭咧嘴笑著，「記住啦，小傢伙，一切都會縮小的！」

史托克終於把毛巾丟還給我，「別嚇著，小弟，那種樣態不會持續太久！」

我火速套回四角褲，把毛巾緊緊纏到腰上。

我根本沒聽懂剛才的話，可是他們還笑個不停，彷彿笑什麼已經不重要了。我們大夥又累又溼，渾身痠痛汗溼，老實說，這情況也令我發笑。

「什麼啦？」我看著他們咧笑。

甘納走過來揉我的頭笑說：「小弟，有時候你真的比石頭還笨，不過我愛你，我真的超愛你。」

32 傑克

夏兒開著車，一慣的笑著。她瞥著我，「我覺得咱們血拚得還不錯！」

「應該是吧。」我努力壓抑如釋重負的語氣。我做夢也沒想到，竟然能挨過母女的購物狂歡。夏兒從座上伸過手搭住我的頸背。感覺雖然有點怪，但說實話，我還挺喜歡。

「瞧瞧我們家的時髦小少女，」夏兒眨著眼，「我真不敢相信妳長得這麼快，跟妳在一起好開心，愛莉，而且我好喜歡妳挑的新衣服。要妳試穿慢跑內衣時，好像有些折磨妳，不過妳需要一些好的衣服，親愛的。」她望著我，然後笑道：「妳真的在長大耶！」

我用微笑回敬她，不想表現得忘恩負義。「所以我們都買完了，對嗎？」我問，「我的意思是，我們現在要回家了嗎？」我想回雀斑姑娘的房間和她的大床，好好小憩一會兒。

「回家？」夏兒吃驚的問，「妳在開玩笑吧？哈囉！還有大驚喜呀！」她笑得花枝亂顫。

「噢，是嗎？」我咧嘴一笑，跟夏兒在一起，很難不對她笑。

「妳可以嗎？妳很累嗎？」夏兒問。

「不會，我很好。」我覺得為了雀斑姑娘，為了夏兒，我一定得努力撐下去。

「好吧，關於那個驚喜，我給妳一點暗示。」她告訴我，「還有，也許妳一開始會排斥，但妳先聽我說。」她側過臉對我一笑，「會稍微修掉一點點頭髮。」

「一點點什麼？」

「只剪一點點頭髮。」她答說。

「等等，什麼啦？」噢，天啊，雀斑姑娘和我可沒談到這點，「呃。」我遲疑不決。

「我們真的得整理一下妳的頭髮了。」

媽呀，萬一雀斑姑娘敢動我的頭髮，我一定會炸掉。可是我該怎麼辦？

「只是修一點點而已，甜心，因為都沒人能看到妳的眼睛了！」

「好吧。」我答說，「只修一點點。」話說出口後，我才知道已經回不了頭了。

十分鐘後，夏兒和我走入蝴蝶沙龍水療中心，我站在一張晶亮潔白的辦公桌前，後面背景是一道瀑布，一道真正的，流著水的瀑布。

「瞧，心愛的。」她悄聲說，「妳不覺得這個地方超有禪意嗎？氣氛很讚，對吧？」她臉上綻出一朵最大的笑花，「等妳遇到黛芬就知道了，她是個不折不扣的藝術家，到時妳就明白了。」

幾乎就在同一時間，一位大學生年紀的女生走向我們。「嘿，二位美女。」她開朗的笑著打招呼。

女孩穿著紅色短洋裝和高筒牛仔靴，我努力不讓自己的下巴掉下來。這位妹也長得太正典了吧。

「對你來說太辣了。」甘納一定會這樣講。

她真的長得像電影明星，烏亮的黑髮，無可挑剔的面容，千金難換的笑容。

她直直的用一對明眸看著我，「嘿，小美女！」她面色泛光的說，我立即緊張到不行，因為她實在太漂亮了，令人一見傾心。她抱住夏兒，兩人像老友似的彼此擁抱。

「真開心看到妳，親愛的。」夏兒親吻女孩的臉頰說。

等兩人終於鬆手後，夏兒對著我笑。「黛芳，這位是我女兒，愛莉！」

我的心開始狂跳。「很高興見到妳。」我伸手說，但願我的手心沒有冒汗。

黛芳握手的勁道十足，相當結實。「我很榮幸，小愛！」

小愛。唉呀，我好喜歡她喊我的方式，**小愛**，**小愛**——，**小愛**，**小愛**。

黛芳揚起眉望著我們兩人，「好啦，二位大美人！咱們走吧。」她擠眼說。

她的聲音令我背脊酥麻。

「好滴。」我的聲音聽起來跟女聲一樣尖高熱切，「我是說，好吧，酷。」我又試了一遍。

黛芳要我跟她走。

我乖乖照做。噢，非常乖的照做。

我企圖讓自己冷靜，不要盯著她走路的模樣。我真的很努力了。我們來到寫著舒壓室的房間門口，黛芳停步再次微笑，我深吸口氣，但幫助不大，因為她聞起來像——

媽呀，她聞起來好香。

「所以，小愛。」她的眼睛好美，「這邊是更衣室。」

「呃，我不需要換衣服。」我告訴她，努力不盯著看，「我沒關係。」

「相信我，」她遞給我一件鬆軟的白袍子，「這個穿上去非常舒服，放輕鬆，妳慢慢換。」她往下一瞄，「噢，還有把鞋子換成這雙拖鞋。」她指著一雙整齊擺在長椅邊的毛絨白拖鞋。「換上拖鞋，把所有煩憂拋到腦後。」

說實話，剛剛穿上袍子和拖鞋時，我覺得好蠢，可是等我走出來，看到黛芳後，我根本沒時間尷尬害羞。

「很舒服吧？」她問。

我點點頭。

「妳好可愛呀，小愛。」她深吸口氣，衝我一笑，「好——我送妳到舒壓室。」

我跟著她走進一間鋪著木質地板的大房間，天光從一片窗牆潑灑而入，裡頭空空的，只有一個水槽和兩張令我想到蓋諾理髮店的大皮椅，這裡除了椅子之外，沒有一處像蓋諾的地方。

「歡迎蒞臨我的小天堂！」黛芳說。

她走到水槽邊，拍拍椅子。

「好啦，小姐，妳就坐在這兒靠著，放輕鬆。」

我坐到椅子上。

「很好，現在請往前挪一點。」她頓一下，「就是那樣，往後靠到水槽的這個小凹處，讓頭靠著休息。很好！」

我按照她的指示去做，椅子很舒服，每次我吸氣，都會聞到黛芳的香氣。

我抬眼望著後方的她，她顛倒著看，竟然更漂亮。

「我們先開始按摩頭皮好嗎？」

我目不轉睛的望著。

她垂眼對我笑，「哇，妳的綠眼眸也太美了吧！」

哇，妳的也不遑多讓。我心裡這麼想，但沒說出口。

我聽到放水的聲音。

「妳媽媽幫妳訂了脈輪頭皮深層穴道按摩治療，非常神奇的，妳一定會愛死。眼睛閉起來，小愛，就是那樣。很好。放鬆。」

我閉起眼睛，溫水感覺好舒服，她的手指將洗髮乳按揉到我頭皮上，感覺有點奇怪，卻是非常非常舒服的奇怪。我深深吸氣。「好香啊。」我脫口而出。

「就是啊，是不是？」黛芳嘆道，「很棒吧！」

我斜斜瞥她一眼，她仍掛著笑意，即使我閉著眼睛。

「因為混合了各種精油，迷迭香、薰衣草、茉莉花。我好愛好愛茉莉花，超滋潤的。」

她越專注按摩，我們便越少說話，直到房中一片靜謐，我的眼皮有如鉛重。我從沒想過自己會坐在椅子上，讓一位生平僅見的大美女按摩頭部。通常我很討厭讓任何人碰我。

無論如何，這實在太舒服了，就像——

我渾身鬆頹，陣陣酥軟，雙肩、脖子，我深吸幾口氣，感覺像是……投降了。

「妳覺得如何？」我聽到黛芳問。

「好**神奇**。」我喃喃說。

「是啊，這是所有人最喜歡的一環，讓渾身氣血與脈輪通暢和諧。妳最近幾天是不是很累？」她問。

「是啊。」我點著頭，**可以那麼說**。

「那麼妳來對地方了。」黛芳說。

我甚至不必回答任何話，她就是那麼酷。我感覺她把毛巾塞到我頸下，輕輕鋪到我耳背上。

「好了，小愛。」黛芳非常安靜的說，讓我慢慢清醒過來，「妳可以慢慢坐起來，然後過來這邊。」

接下來，我只知道自己坐到理髮椅上，陽光像聚光燈似的從窗口灑進來。雀斑姑娘溼長的頭髮被梳理開來，垂在肩上，黛芳就站在我後邊。

「小愛，」她邊說邊用手指爬梳我的頭髮，對著鏡裡的我微笑，「我們今天要怎麼剪？」幸好她在我回答之前，便瞪大眼睛。「哇，」她抓起一束頭髮仔細檢視，「有多久了？」

「什麼有多久了？」

「妳上次剪髮有多久了？」她問。

「噢，呃。」我支吾著，真希望自己口齒能更伶俐些。

我看著她在鏡子裡研究我的頭髮，「咱們先把髮尾修掉，然後把層次打高。」她頓一下看我，「聽起來還可以嗎？」

「應該吧。」我咧嘴一笑。

「OK。妳要短的層次？還是長的層次？我們可以把眉毛的瀏海剪齊？」

「嗯——」

「好，咱們試試看。」她擠擠眼，「妳是那種綁好馬尾就可以出門的女生嗎？我不想把妳的頭髮剪成妳不想要的髮型。」

「是啊。」我輕聲笑說，「我也不想那樣。」

「妳想留住長髮？」

我立即點頭，我不想被雀斑姑娘宰掉！何況愛莉的頭髮確實漂亮，真的很美，跟夏兒的一樣。

「好。瞧，咱們進行得挺順利，小愛。」她燦然一笑，「我只把長度修掉一點，但會讓妳的五官更亮眼，頭髮更飄逸，表現頭髮天然的質感。聽起來不錯吧？」

「當然。」我害羞的笑了。

我根本不懂她在講什麼碗糕。

一開始我盯著鏡子看，她動作專業的拉起一段段溼髮修剪，並不時停下來，然後瞪大眼睛，嘴巴很甜的說：

「哇，妳的髮色好美，小愛，就像深色濃烈的紅銅色，超級鮮豔明亮！」

「謝謝。」我回道。

「說真的，小愛，我知道有好多人巴望有這種頭髮，太美了。」

我看著黛芳……

剪、剪、剪。

又過了幾分鐘後，我閉起眼睛。什麼都不做的感覺真好，但我還不太習慣。

那是我對剪頭髮時，記得的最後一件事了，另外還有黛芳的聲音：「放輕鬆，小愛，一根肌肉都別動，我們就快剪好了。」

我都不知道吹風機吹頭時，竟然有可能睡著，不過感覺真好，那熱氣和花般的香味。

我被黛芳的聲音喚醒。「繼續閉著眼睛喔。」她悄聲提醒我，語氣非常興奮。「妳簡直就是明星，小愛。哇！我得去找妳媽媽來。妳能繼續閉著眼睛嗎？」她問。「保證不許偷看喔？」

「我保證。」我說，而且繼續閉著眼。

我聽到她們兩人走回來。

「準備要看了嗎？」我立即認出夏兒的聲音。

「當然。」我回道。

「OK！」

「所以我可以張眼了嗎？」我確認的問。

「可以了！」黛芳說。

我打開眼睛。

哇！

黛芳定定站在我身後，兩手搭在我肩上，對著鏡子裡的我說：「妳會不會漂亮得太誇張！」

「哇。」我輕聲說。

雀斑姑娘看起來美呆了。

我左右轉著頭，對著鏡子檢視。我用手指撥弄頭髮。「哇。」我目瞪口呆的講了第三遍。

「終於能看到妳的眼睛了！」夏兒歡呼說。

「妳一定覺得整個頭輕了十磅，我剪掉好多頭髮！妳瞧。」黛芳頓了一秒鐘，用手指梳過我的頭髮，「這長度剛好在妳的顴骨下，妳的臉型太美了，小愛！我好愛這個長度，喜歡長髮的層次襯出妳臉型的樣子。」

我咧嘴一笑，好像臉都紅了。

「妳好**漂亮**，小愛。漂亮的膚色，可愛的雀斑，碧綠的眼眸。」黛芳用手指耙梳我的頭髮，「妳根本不需要化妝！我覺得女人素顏看起來更性感，妳們不覺得嗎？」

「沒錯。」夏兒同意道。

我大概明白她們的意思，許多柴契爾中學的女生過於濃妝豔抹，愛莉是那種標準的美人胚子，根本不需要塗塗抹抹就天生麗質了。

「小愛，妳的頭髮好美！」黛芳仍對著鏡子裡的我講話，眼睛炯炯發亮。她又用手指撥梳我的頭髮，「濃厚而飄逸，就像——」她停下來，搖搖頭，然後笑說：「妳好漂亮，小愛，真的。」她擠擠眼，「我很難想像，妳的朋友們會有多麼嫉妒妳。」

33 愛莉

冰浴過後六個小時，我站在歐恩．卡席曼家門口，想鼓起勇氣抬手按門鈴。上尉載我過來的，我連說話的餘地都沒有。我在傑克床上睡死了，直到我聽見電話響起，才猛然坐起，這時上尉出現在門口。

我甚至不知道他在家。

「剛才歐恩的媽媽打電話來。」他告訴我，「咱們走。」

我知道傑克叫我待在房裡，可是如果你看見上尉，看到他瞪我的樣子，你一定會跟我一樣不敢怠慢，立即跳起來洗臉，乖乖跟著坐上卡車。

我穿了傑克的牛仔褲和早上穿的連帽衫，雖然有點發臭了。

我們坐在車裡，默默於夕陽中馳行。上尉只講了三次話。

車子停在停止號誌，準備右轉前：「平凡與出眾的差異，就在於多下功夫。」

我們經過高中旁邊的足球場時：「如果你習慣安逸，就永遠不會進步。你必須了解，你是在爭取一份工作。」

還有當車子來到歐恩家，長長的三線車道上時：「我期望你能抓住機會，展現自己，我知道你做得到。關鍵在於持之以恆，每個人都很強，競爭十分激烈，要準備專心面對明天。」

「是，長官。」我回說，很驕傲能做出正確答覆，但我不太確定自己該專心做什麼。

他看著我，我跟你發誓，我真的在腦袋裡數到五十，他才終於開口。

「洞六洞洞，你可以嗎？」

「是，長官！」我一拍都不敢落下，雖然我真的不知道他在說啥。**洞六洞洞到底是什麼碗糕？**

我終於鼓起勇氣把手指放到門鈴上了，我為自己加油打氣。

我可以辦得到，我告訴自己。到男生家過夜有那麼難嗎？跟今天我做的一切相比？

我笑了笑，想到甘納會說什麼。

「**咬緊牙關，兄弟！你可以辦到。**」我聽到他的聲音在腦中說。我按下門鈴，往後站，門幾乎立刻開了。

「嗨，傑克。」一位女士說，我猜她是歐恩的媽媽。「你不必敲門哪，小傻蛋！」

我只是站在迎客的門墊上望著她。

「哇，頭髮理得好精神哪。」她瞪大眼睛笑說，「快進來，他們都就位了！」

「就位了？」我重述著努力尋找線索。

歐恩媽媽奇怪的看著我，「你很有趣耶，傑克．馬洛。」她輕聲笑說，「他們在地下室，你最愛的另一個家。」

「噢，是了，地下室。」我點頭說，但仍待在原地，把傑克的鬆牛仔褲往上提拉。

她搖搖頭，「傑克．馬洛！你來過這裡多少次了？你那麼客氣的站在門口我是很感激啦，可是說真的，其實你可以大大方方的自己走進來。」她揮手要我進屋，帶引我到廚房門邊，然後打開門。「快下去，」她告訴我，「男孩們看到你一定樂死了！」

34 傑克

做完水療的回家路上，夏兒把車停到一棟白色大屋前，屋側的院落裡有秋千，巨大的楓樹下有個粉紅色的玩具屋。

「我們要幹麼？」我問。

「妳說我們要幹麼是什麼意思？」她回問。

「意思是，我們為什麼要停車？」

她瞄我一眼，好像我瘋了。「親愛的，真的假的？妳還是不想去？」

「去哪兒？」話一出口，我就希望能收回來了。**我的問題聽起來超智障**，不過我是真的不知道我們在這房子前要做什麼。

我轉身看向窗外，我知道我們在哪裡，歐恩家就在這條街上，離我的小學過去三棟房子，而且對面就是一大片操場，我們天黑時，會在那邊玩奪旗。我在這個小區夜跑不下上百遍了，只是……**我們究竟來這裡做什麼？**

我回頭看著夏兒，她正望著我笑，我們坐在停下的車子中，不知道她在等什麼。

她伸手撫著我的頭髮，「終於能看見妳的眼睛了，真好，甜心。」她端詳了一秒，「我們今天玩得很開心吧？」

我點點頭，靜靜對她微笑。

「妳覺得還行嗎？」她問。

「很好啊。」我答說，然後別過頭。

她重重吸口氣，「究竟怎麼了？」

「我很好。」我重申說。

「那好。」她笑說，「好好的去玩吧！」

我驚慌的轉向她，「什……妳這話什麼意思？好好去玩？我們不是要——」

夏兒打斷我，「噢，對了，我都忘了！」她眼睛一亮，我看著她跳下車，聽到後車廂打開，接著她回到車座上遞給我一個禮品袋，頂端冒著亮晶晶的薄紙，還用一大條粉紅彩帶把袋子綁起來。「差點忘了！」

我一看到袋子便想起來了。雀斑姑娘有交代「不許參加生日派對！」。

「唉，天啊。」我嘟囔說，留在前座上，僵住不動。「我，呃……我非去不可嗎？」我試著反抗。

「甜心。」夏兒嘆口氣，掃視我的臉，「妳為何如此害怕參加克萊兒的生日派對？到底發生什麼事了？是跟賽熙有關嗎？」

賽熙？我望著夏兒，聳聳肩。我被搞糊塗了。

夏兒笑嘻嘻的對我攤開手，幾秒過後，我才意會她在等什麼，我也跟著攤攤手。一時間，兩人坐在車裡，誰都沒說話。不知夏兒會不會讓我回家，也許她看得出我在害怕，她許她會讓我離開。

可是呢？

夏兒捏緊我的手，「心愛的，妳不必跟賽熙在一起，那裡有很多妳喜歡的女生，別管賽熙，跟其他朋友在一起就好了。」

我重重吸口氣，別開頭看著外面。我看著修剪完美的草坪和房子，以及前階上的花卉。

「好好去玩吧，別太擔心，就一個晚上而已。」她頓住，我回頭看她。夏兒笑得好燦爛，「就睡一晚而已！」

「睡一晚！」我不可置信的又說一遍，可是我驚慌失措的表情完全不起作用。夏兒先是有些不解，隨即又露出深深的笑意。

「妳以前又不是沒去過！妳去別人家過夜上百萬遍了！」

我緊揪著座椅邊緣，**我死也不要下車！我不下車！絕不下車！只是——**

夏兒超不配合。她瞄著我這一側，探手把車門打開。「下車去玩了，傻瓜！」

「可……可是……」我結巴著不肯移動。

夏兒靠過來，我還沒弄清狀況，臉頰就被她印了一個大大的溼吻。「去啦！」她又笑盈盈的對我說一遍，「好好的玩！」

我下了車，把打著摺邊的禮品袋拎在離我一英尺的地方，好像裡頭發臭似的，然後在屋前人行道上拖行幾步，直到確定夏兒、她的白色Volvo，和她愉快的笑容已離我遠去，看不見我要做什麼為止。你很好奇對吧？我想做的就是溜之大吉！我答應過雀斑姑娘不會去生日趴，所以我絕對不去！就這麼簡單。我環視四周，上下探視街道。興起了躲到歐恩家的念頭，只是我如何用這副身……算了，那招行不通。

我看著旁邊院子，想籌畫逃亡路線，就在我想撤到歐恩家後面的林子時，前門開了，一位穿圍裙的女士開始跟我講話。

「唉呀，妳來啦！」她揮著手。

我站在前院，一手插在新牛仔褲裡，一手抓著摺邊禮品袋。

那位女士開始朝我走來。「嘿。」她笑著說，「妳是來參加生日派對的嗎？妳若是來參加克萊兒的生日派對，那麼妳找對地方了！」

我只是瞪回去。

「我知道我們見過面，我真的很抱歉，」她尷尬的看著我，「坦白說，我不記得妳的名字了，我是蘿絲，克萊兒的媽媽，妳是──」

「我是，呃──」我不自在的頓住，然後，「小愛。」我告訴她。我學黛芳的說法，「小愛。」我讓名字從舌尖溜出來，然後客氣的點點頭，淺淺一笑。努力裝出正常的女生樣，而不是像──

我。

女士報以微笑。「小愛，沒錯！就是小愛！」她招手要我過去，「小愛，來，請進！」

那一瞬間我考慮再次落跑，我看著左邊，再看看右邊，想像自己衝進對街的操場，留在那裡，在星空下睡一夜。天啊！我真的好慌。

女生的派對！還要過夜？不會吧！

穿圍裙的女士感覺我在遲疑，「進來吧，小愛。」她笑著又說一遍，「有一大群女生在地下室開舞會，妳又不是沒見過，沒什麼好怕的！」

「我的天哪。」我嘀咕著，勉強踏前一步，然後再踏一步。真不相信我的腳竟然朝屋子移動，跟著她，走上屋前的磚頭階梯，然後踏進屋內。

克萊兒家又大又漂亮，而且飄著爆米花香，我已隱隱聽到笑聲和女孩的尖叫從某處傳來了。我跟著克萊兒媽媽穿越客廳，經過克萊兒的爸爸和弟弟身邊，他們就坐在一片巨型平板銀幕前。我斜眼看著分數：聖母大學隊二十三，密西根隊十六。

「加油，給他們好看！」我看到聖母大學隊的後衛衝過右側線時，忍不住喊道。哥哥們現在很可能正在休息，歪在沙發上看這場球賽。「那傢伙跟坦克一樣！」我捶著拳說，然後很快想起……

「哇！太讚了！竟然有女生喜歡美式足球！」克萊兒的媽媽驚訝笑說，「好酷啊！」

我衝她一笑，「我可以坐在這邊看一下比賽。」我總得試試看，對吧？

克萊兒的媽媽哈哈笑說：「噢，可是那樣妳會錯過所有好玩的事！妳要的話，我可以把妳的禮物跟其他禮物放在一起，或者妳可以把它放到桌上。」她指指廚房桌子，上頭堆滿彩紙包裝的禮物、亮晶晶的禮品袋，和一大疊用兩條巨大彩帶綁起來的盒子。我怯怯的踏進廚房，把夏兒的摺邊袋放下來。

我兩手深插在新牛仔褲口袋裡，克萊兒媽媽就站在那兒對著我笑。

「不好意思，」她說，「只是，妳的頭髮——我忍不住一直看！這深紅色也太美了。」她頓一下，眼神發亮，「我想一定很多人稱讚妳，嗯？」

我聳聳肩，「好像是。」我答道。

克萊兒的媽媽帶我走過掛著幾億張加框家庭照的豔黃色長廊，我們繞過轉角，往下沿著一道樓梯走，她邊走邊說：「我們有很多食物，小愛，希望妳餓啦！披薩、沾醬和薯條，還有我最愛的美味沙拉！」她哈哈笑說，「一大堆垃圾食物和蛋糕，很多很多蛋糕喔！那些東西妳至少會有一樣喜歡的吧？」

「是的，夫人。」我忍不住說，「我是說，呃，是的，謝謝妳。」語氣十分狼狽。

我繞過樓梯底下的轉角，壓根沒料到會是這種情形。房間被天花板上懸掛著的炫光四射的狄斯可球照亮，音樂從兩個高大的音箱中轟出來——超大聲。四處都有人癱著：兩人躺在懶骨頭上，四個人橫在沙發上，兩個人在平板銀幕前毛絨絨的厚地毯上玩《勁爆熱舞》（譯注：

Dance Dance Revolution，日本公司推出的電玩遊戲）。我想我是唯一沒穿睡褲和足球T恤及花邊條紋襪的人。

我退開一步，而不是往前，考慮再次開溜。

讓我離開這裡吧！

我的喉嚨發熱揪緊，真希望自己是在歐恩家打《決勝時刻》，可惜我是在瘋狂睡衣派對的邊陲，跟一群學校女生廝混，她們全都是七年級生。人超多的，我掃描她們的臉——凱特琳、布蕾兒‧湯普森、垛莉、賽熙‧根妮斯、艾絲本、女山米。除了昨天踢足球時，我這輩子從沒跟她們任何人說過話。我說過我很害羞，不跟女生說話，不像山米。我不是那種知道要說什麼的男生，有幾秒鐘的時間，甚至沒有人注意到我站在那兒，接著——

「各位女生！」克萊兒的媽媽揚聲蓋過喧鬧，整個房間突然安靜下來，連音樂都轉小了，她們每個人停下手邊的事，轉頭看我。

「小愛來了！」她宣布說。

老實說，本人從不曾如此狼狽過，我站在那兒，所有眼睛盯著我的新紫色毛衣和新牛仔褲，我緊張的抬起手撥弄頭髮。我說不出話，還要努力擠笑點頭，一邊猜想克萊兒究竟是哪位，我要如何知道誰是她？這時有個綁著短馬尾、身上T恤用亮片在胸口橫寫著「生日女神！」字樣、頭戴鑽石髮冠的嬌小金髮女孩，對著我衝過來。我記得在踢足球時見過她。

「小愛！」她尖叫道，「唉唷喂！我好喜歡妳的新稱呼！小愛！聽起來好有氣質！」她對著我耳朵尖嚷，跳起來撲抱我。「噢，我的天哪，我好高興妳來了！」她說話又急又大聲，「妳看起來美死了！妳的頭髮，酷斃了！妳真的超級無敵美！好漂亮呀！辣翻了！」她嚷說。

我往後退開，非常努力的按捺自己的表情，不露出「**哇咧，同胞，妳講話也太大聲了**」的表情。我只是……靜靜的說「謝謝」，然後微笑。

我站到樓梯底處，一時手足無措，接著我看到瑪肯齊了。足球隊的瑪肯齊，那位**美若天仙的瑪肯齊**。只是這次她穿的不是雷鳥制服，而是跟其他女生一樣穿了睡衣，她長長的金髮垂放在肩上。

「小愛！」她從房間另一頭喊道，也朝我衝過來。我任她抱住，「我們以前怎麼都沒想到這麼棒的稱呼。小愛！我好喜歡，**愛死了**！」她抱了我整整五秒鐘，我有數。她聞起來像肉桂，瑪肯齊牽起我的手，將我拉到雙人座，坐到離我一英寸的地方，用手鉤住我的手，我努力裝酷。「過來窩著！」她說。

我的心跳加快，手心出汗，我盡量不盯著她的曼妙身材或藍色眼睛，專心看著布滿她睡褲上的粉紅心形。

「噢，天哪！」她大聲說，發現我瞪著看，「這**真的**是我穿過最舒服的褲子！」

我頓了一下，努力思索。「是啊，呃，看起來很酷。」我點頭說。

很會掰嘛！才怪。

瑪肯齊站起來瞪大眼睛望著我笑說：「我真的好喜歡妳現在的髮型！看起來好正點，同學，我是由衷讚美唷！」

我靦腆的笑了笑，環視四周失控的跳舞和尖叫，這裡吵死了。還有呢？我的心大概一分鐘跳兩百下，因為瑪肯齊又坐回來了，而且繼續拉著我的手，兩人肩挨著肩，一起擠在沙發上。

「嘿，對了。」她靠過來用手圈住我的耳朵，「聽說**某人**最近很莫名其妙。」瑪肯齊不再竊語，我循著她的視線，看到一群女生在房間對面另一張沙發上看我們。瑪肯齊邊看邊挨得更近，然後用手指握住我的手指。我的胸口咚咚亂敲，我坐在情人座上，離瑪肯齊僅兩英寸，而且此生第一次握女生的手。媽呀，我還能更忐忑嗎！感覺好怪，美妙的奇怪。我彷佛聽見山米說：「兄弟，她超正點的！」

若說我沒注意到她很漂亮，那是在騙人，我知道這聽起來很娘，但瑪肯齊有種不一樣的氣質，她真的很友善、放鬆而善良。

我深吸口氣，四下看著房間。**媽呀**，我是不是在流汗。**吸氣，傑克，吸氣**。

我閉眼半秒鐘，心想自己是否在做夢，但我知道不是，因為當我張開眼睛時，瑪肯齊的手指又握得更緊了，她把我拉向她，再次在我耳邊低語：「說真的，她以為她是誰呀？那麼沒禮貌真的很糟糕！我就是不喜歡那樣。」

我根本搞不懂瑪肯齊在說什麼，因為我一心只想到兩人緊貼的手心、她身上的香氣，以及自己多麼渴望她繼續對我低語。我覺得有點罪惡。

拜託，請繼續耳語。

「我是說真的。」她接著說，「你如果討厭一個人，別理人家就好了，幹麼那麼臭美。」

「沒錯。」我點頭答說，急欲給她留下好印象，「如果有人敢惹妳，我就把他們的頭扯掉！」我告訴她，然後才意識到自己講了什麼鬼話。

「哈，謝啦，小愛！」她哈哈笑著，與我挨得更近了。「不過我可不是開玩笑的，」她頓一下後接著說，「老實講，她是個誇張天后！」

「等一等，」我怯怯一笑，「妳在說誰呀？」我終於問。

她靠上前。

更多私語嗎？好的，非常歡迎。

「**賽熙！**」她輕聲吹氣說。

愛莉

我來到樓梯底處，房間一片漆黑，唯一可見的光源，來自巨大的電視銀幕。我盡力表現自然的跨過三個空掉的披薩盒，坐到大型皮沙發末端，併起膝蓋，雙臂緊緊交疊。我努力不去想自己跟著六名八年級的男生，一起坐在幾乎全黑、氣味不佳的地下室裡。他們全打著赤膊，穿著露出四角內褲的牛仔褲。

「兄弟，歡迎來到咱們巢穴！毛剃得不錯唷，同志！」

我認得那聲音，是**山米**。

「噢，呃，嘿。」我努力裝輕鬆，「怎樣，同鞋？」我差點笑出來。

我是從哪兒學來的？

現在我可以看到他的臉了，是山米，他在微弱的光線下微笑時，眼中透出調皮的孩子氣。他坐在我對面的沙發上。「同胞，你的鼻子後來怎麼樣了？女生喜歡你的肥脣嗎？」

「沒事。」奇怪，但這是我首次覺得自己講話像傑克。

我坐回去，保持沉默的觀看大銀幕上的槍戰，聆聽爆炸聲。

歐恩攤在地上，沒用枕頭。「**決勝**太誇張了。」他說，聽起來像沉迷在電玩裡。

「什麼決勝？」我重複問，我不是故意的，只是衝口而出罷了。

「同學，阿就《決勝時刻》啊，」山米告訴我，「你有毛病咩？」

「哈。」我尷尬的笑說：「逗你們的咩。」

「同胞。」第四個聲音說，「你把我的K. D. 值搞砸了啦（譯注：電玩中，殺人及被殺次數的比例）！這傢伙跟職業長跑員一起跑，從背後捅我一刀。」

接著第五個聲音說：「噢，耶！坐下來！釘給你死！看見沒？」

又有個聲音說：「我可以在這裡坐一整晚快掃。」

蛤？

等眼睛適應黑暗後，藉著電視螢幕映出的閃光，我看到房中的幾張臉孔，他們全是整個暑假跟傑克在泳池邊廝混的同一批八年級生。其實這幫人我一個也不認識，但我知道他們是誰：歐恩、山米、狄馬利斯、還有這個叫泰瑞的小鬼，加上另外兩名男生——我之所以知道他們是誰，是因為布雷登和多明尼克．賀須跟我上同一所小學，他們是雙胞胎。這裡聞起來像飆汗的臭腳丫，有洋芋片、空掉的汽水罐。我其實沒資格說人家髒，但這裡真的有夠噁。我蜷在沙發上，把雙腿盤到身體下，直到歐恩起身走過來，把電玩搖控器塞到我手裡。「喂，」他告訴我，「我得去撇尿，你接手一下！」

「什麼？不行！」我講得有點太大聲，還把那塑膠玩意推開。

歐恩震驚的看著我，「同學，你功瞎咪我根本聽不懂，你是在開玩笑嗎？你不想打？別鬧了，我的K.D.會掉很快，同學。」

「不用，我真的不想玩。」我答說。我蟄坐著雙手，往沙發裡深坐，「我在旁邊看就好。」

「你瘋啦，同學？那我來打！」狄馬利斯從歐恩手上抓過搖控器，「我生平第一次看到傑克・馬洛拒玩《決勝時刻》，我看大概是絕無僅有的一次！」

我耐著性子，在那裡坐了……我不知道有多久？至少有一小時吧，都沒半個人講話。感覺超詭異的！我只是看著巨大平板銀幕上的槍戰，然後看各種爆炸、射擊，偶爾聽到幾句諸如此類的電玩評語：

「同鞋，我剛剛**攻占**你了！」

「同學，我把你澈底毀了！」

「同學，小心，他們有camping。」

什麼camping，紮營嗎？（譯注：電玩用語，意指「埋伏」。）

「同胞！那個房間裡有兩個伏兵，小心啦，兄弟！」

第二個鐘頭的狀況幾乎一模一樣，除了山米三不五時會提到女生之外。如果你願意想像一下，反正記住，男生——這些男生？——跟彼此交談時不會停下手上的事。他們會在專心射殺殭屍時說話，而且是突然說些亂七八糟的東西。

山米：同學，說真的！你們知道誰很辣嗎？

泰瑞：艾絲本嗎？

山米：噢，同學，她超正點的！

布雷登：她有十分，同學。

多明尼克：沒錯，她穿瑜珈褲超美的。

山米：天啊，她一定會哈死我！

泰瑞：最好是在你夢裡啦，你比任何人都更適合當閨蜜，同學。

山米：隨便啦！不是我故意吹牛，不過你等著瞧，看我怎麼做。

多明尼克：山米，你真的不能再說話了！

所有男生都笑翻了，甚至包括山米。

我閉起眼睛，今天已經累斃了，爬山訓練、籠子、冰浴……

我不知道自己究竟睡了多久，張開眼時，屋子裡還是黑的。我斜眼看著銀幕上槍擊和爆炸的閃光，男孩們仍黏在電玩上。我又默默坐了幾秒鐘，歐恩的媽媽便帶著幾盒披薩進來了，盒子上放了一份十二罐裝的汽水。那也許是我一整天中看到最棒的東西。

除了我，沒有人在看她。

「歐恩，」她說，語氣似乎有些不悅，「歐恩，放下搖控器，看著我，拜託！」她站在門口，滿手東西。「男孩們，我幫你們拿了一些披薩、炸雞翅——特辣雞翅——和汽水下來。拜託別把這裡搞得太亂，行嗎，孩子們？各位！歐恩！」

歐恩火速抬眼一瞄，「對不起，老媽，現在沒空說話，我……」他語音漸落，接著又說，「同學！不會吧！你看到沒？澈底把他滅了，跟壯漢來比啊，小子！」

歐恩媽媽把披薩盒、雞翅和汽水放到桌上，我跳起來幫她清出一塊空間。我無法描述我有多麼想吃。食物耶！她看著我打開盒子，拿起熱騰騰的披薩，放到紙盤上，把盤子一一遞給男生。

「傑克．馬洛，」她感激的說，「你真是一位值得信賴的小紳士。」

吃過披薩後，我們又玩美式足球，不是在戶外，我們仍待在半黑的地下室裡。除了我，每個人都還光著膀子。我們玩的是另一種電玩，歐恩打得特別厲害。

「我可以打一天一夜的《勁爆美式足球》（Madden），寶貝！」他瞪大眼睛說，「誰敢跟這個機器為敵，就給他死得很難看！」

「同鞋，我看你真的打電動打到起肖了！」狄馬利斯說。他故意開玩笑的把歐恩推到一旁，但歐恩立刻彈回來，眼睛依舊緊黏著銀幕，咧著嘴，牢牢緊握著電玩搖控器。

大夥全笑了，連我也不例外。歐恩實在善良又可愛，根本不可能不喜歡他。管他的，我豁出去也下海玩了。我抓著搖控器猛壓按鈕，雖然不明所以。我微笑的看著手中的小人兒奔過球場，把球挾在腋下，群眾對他歡呼加油，我根本不在乎被他們嘲弄。

「太粗魯啦，小傑。」泰端大笑說，「別跟我們玩了，你個大菜鳥！」

「唉唷媽呀，別鬧了兄弟。」狄馬利斯說，「你跑錯方向了啦！」

「幹得好，兄弟！」多明尼克鼓掌嘲笑我說，「你太棒了，才怪！」

老實說呢，能坐著打電玩而不必說話，讓人覺得很輕鬆。我真的打得挺開心，甚至「很好玩」。我心想，**其實變身並沒有那麼糟糕**——但就在這時，山米像抓準時間似的，講出他今晚的計畫。

他晃著手機說，「唷，同鞋們，我剛剛收到簡訊。」他頭都沒抬的告訴大家，「你們想不想到操場跟女生會面？」

屋中靜默了令人難安的幾秒鐘。

女生？噢，天哪。

泰瑞打了好大一聲嗝，我都能聞出是義式香腸披薩。「有誰會去？」他問。

「我未來的老婆會去，」山米抬起眼說，「是真的，賽熙、艾絲本、克萊兒，全七年級的女生都會到。」

狄馬利斯轉頭對山米說，「同學，賽熙．根妮斯嗎？她有夠辣的，可是她——」

「她妝化太濃了，兄弟。」多明尼克把話接完。「加上她話超多，多到連啄木鳥都會頭痛。」

「同學，」山米辯說，「她有十分的水準！她正點到爆，身材簡直好到失控！」

「不，同學，我不是說她不正點。」狄馬利斯停下來繼續說明：「我同意她是個尤物，可是她實在有夠聒噪，我只想叫她閉嘴。而且她很沒禮貌又很假仙，一心想搏取別人注意，感覺就沒那麼可愛了。你有沒有聽她講話超過五秒鐘？她只會取笑別人，我根本不想待在她旁邊，我覺得她太幼稚了！」

布雷登重重坐回沙發上，把腳蹺高，「那才是爺們，心裡有什麼就說出來，狄馬利斯，這就是所謂的真誠！幹得好，同學！」

「哈，是啊，我就是那樣。不客氣！」狄馬利斯大聲笑說，「說真的，沒有什麼比一個貌美如花卻心如蛇蠍的女生更糟糕的了。」

我胸口一緊，耳朵發燙，覺得聽到某些我不該聽的事。我把搖控器遞給歐恩，疊著手，假裝完全沒在聽他們說話，但其實我正豎耳聆聽。

我不希望他們停止談話。

「喂，馬仔。」布雷登朝我抬手，要跟我擊掌，「那小妞愛上你了。」

唉唷我的天，這話題越來越尷尬了。

泰瑞拿枕頭丟我，「這小子的頭跟平常一樣楞。」

「說真的，馬仔，」布雷登點頭說，「你可以否認，不過人家賽熙・根妮斯對你是全程緊盯啊，兄弟！你沒看到她整個暑假在泳池邊盯你的樣子嗎？跟蹤狂哪，兄弟。」

「隨便啦。」我咕噥說，搖搖頭，極力掩飾心中的不自在。

多明尼克哈哈笑道：「老實講，同鞋，我們都知道女生們哈死你了。坦白面對吧，你就算不耍帥，還是帥，你得好好利用，多把幾個馬子！」

噢，我的天。

「哈！看到沒，他沒有否認，你這匹種馬！」泰瑞笑說，「看他笑得一臉死相，喂，小傑，我想大部分男生都很想當你吧。」

我得趕快改變話題了，再講下去實在不妙。

「夠了，拜託別再說了。」聽到自己講這種話，都覺得可悲，「我的意思是，鬧夠了吧？閉嘴啦！」

布雷登在嘴裡塞了一大把爆米花，「你怎麼像個娘們，連話都不會講了。你真的好逗比，馬仔！」

我假裝也哈哈大笑，覺得臉頰發熱。

山米站起來拍掉牛仔褲上的餅屑，「好啦，都沒問題的話，咱們就去了，是吧？我們要去見她們？誰要跟？」

歐恩瞄著我，眼睛在我跟銀幕之間游移。「我們不能待在這裡就好嗎？」他問，語氣有些緊張，「我們可以玩《當個創世神》（Minecraft）、《最後一戰》（Halo）、《勁爆美式足球》……隨便你們選。山米，我們可以玩任何你想玩的遊戲。」

歐恩放下搖控器，然後站起來，走到沙發邊，一屁股坐到我旁邊。「問題是，」歐恩邊說邊看著山米，「要是被逮到，我就完了，你根本沒問題，你爸媽讓你做**任何事**，山米。說真的，你幾乎幹任何事都不會受罰，兄弟，對你來說是不一樣的。你不會懂啦，傑克和我會被永遠禁足。」

山米呵呵一笑，然後對歐恩微笑，「把你的衣服穿好，同學！你跟本大師在一起，安啦。你媽媽絕對不會發現的。」他轉頭對我們剩下的人說。

「你們幾位小姐呢？」山米問，眼中閃著光。

泰瑞跳起來，「我去！」

「我想想，」布雷登說著站起來，「去見一群辣妹，或跟一群臭男生待在地下室？哈。我決定了，咱們去。」

狄馬利斯聳聳肩站起來，「山米，你有病哦。不過好吧，算我一咖。」

山米最後看著我，「小傑，面對現實吧，別那麼慫，你是個不折不扣的種馬，女生愛死你惹。」他咧嘴一笑，酒窩超深。「走吧，兄弟，我們偶爾都需要放鬆一下。來啦，同學，要還是不要？」

所有男生看著我。

等著。

彷彿我說了算。

連歐恩對山米的大計畫似乎也突然興致勃勃起來，希望我能說好。他站起來，對我比了比大拇指。

「如何？」山米又問一遍，「咱們去吧，同學。傳奇人物，鐵錚錚的男子漢，傑克・馬洛說一聲吧？」

大夥全站在我前面，他們光著膀子，牛仔褲幾乎從屁股上掉下來，露出四角內褲，咧嘴傻笑的瞪著我。

「走啦，兄弟，放輕鬆。」山米瞠著雙眼催道，「別這樣，小傑，你怎麼決定？去還是不去！」

那一瞬間我覺得自己好威，挺享受的。在山米的蠱惑下，我壓根沒考慮傑克會希望我怎麼做。我交代他別去克萊兒的派對，他絕不會去，所以根本不會知道。我竟覺得異常勇敢大膽，這是長久來，我第一次不覺得緊張或害怕。

我無法相信自己竟說出這兩個字，但我說了。

我聳聳肩，「我去！」。

而且還咧著嘴笑。

36 傑克

你知道指甲塗成加亮粉的粉紅色，有多娘嗎？

「好美呀！」瑪肯齊說，她挪到我身邊沙發上，「拿去。」她挑了一瓶亮晶晶的桃色指甲油，「妳幫我擦！」

「不要吧，我很不會塗。」我搖頭答說。

「妳瘋啦？」她笑著拉起我的手，「妳瞧，這多美啊！拜託啦？」

我接過瓶子扭開瓶蓋，她把手放到我的**大腿**上。我必須竭盡心力的專注心神。這不就像給模型汽車上漆嗎？我那樣告訴自己，我並不是在塗指油，我才不會讓這種娘到難以消受的事情折磨至死。太荒謬了。**塗指甲後，本人的男性尊嚴將永遠掃地**，我默默心想，然後差點笑出來。

事後，我率先去吃披薩（重起司）、醋味洋芋片和軟糖。我用冰涼的桃子茶把食物全沖下肚子，然後又吃了三片蛋糕（香草加巧克力糖霜）。接著是「禮物時間！」克萊兒拿起我的袋子時，我看著她期待的翻過薄棉紙——我根本不知道自己送她什麼。反正你想笑就笑吧，當我看她瞧見禮物，瞪大眼睛尖聲歡叫時，我笑了——「噢，我的天，是寵物抱枕耶！我好喜歡，小愛，真是太謝謝妳了！」克萊兒從沙發上跳起來緊抱住我，在今晚之前，我連寵物抱枕是啥都不知道。**幹得好**，我心想，一邊往沙發窩得更深。

接下來，克萊兒堅持要我也穿上睡衣。她把我拖到她樓上的房間，挖出抽屜裡的鬆軟紫色睡衣扔給我。「妳摸摸看！」她大聲說，「這是我最愛的，最舒服的睡褲。超級柔軟！」

好吧。

我穿上褲子。

現在，我坐在L型的大沙發裡，沐浴在狄斯可球炫光中，看著平板電視上的女性電影，身上是借來的長袖雷鳥隊T恤，和紫色繫帶睡褲。我的指甲塗成了粉紅色，窩在女山米（這位同學真搞笑，又很酷）以及瑪肯齊之間。我並不討厭瑪肯齊把腿跨放到我的腿上，我若告訴那幫兄弟，此刻我人在何處，絕不會有人信我。杰特總是說：「你得懂得享受當下，老弟。」我想他是對的。

我環視房內，大夥整晚首度如此安靜，每個人的眼睛都盯著銀幕上的電影，我心不在焉的聽著，幾乎快睡著了。這時我聽到克萊兒說：「妳認識那個叫山米．阿姆斯壯的男生嗎？」

「噢，我的天哪。」一垛莉說，「他好俊哦！」

坐在我們對面沙發的賽熙嗤道：「呃，才不，他才不俊，品味那麼差，也太不幸了吧。他真的一點都不迷人。」

山米嗎？我得挺自己兄弟。「我認為那傢伙真的很不錯！」我很訝異自己竟然這麼說，我點點頭，微微一笑，以示強調。

「拜託，有人問妳的意見嗎？」賽熙啐道，「閉上妳的嘴，沒人在乎好嗎！」賽熙說罷哈哈大笑，艾絲本也跟著笑。瑪肯齊鉤住我的手，把我拉向她。

「別理她。」瑪肯齊低聲說，「我不知道她是哪裡有病。」

一時間，沒有人說半個字。接著——

「沒——事——！」賽熙爆出高笑，緊盯住我說，「這就叫**開玩笑**。別放在心上，天哪，妳們怎麼會那麼幼稚！」

我在陰暗中望著房間對面的賽熙，**這女的來真的還假的？**媽呀，我現在不是本尊，算她走狗運。如果她是男的，敢這樣跟我講話，老子早就給她來個死都不放的鎖喉了。我重重吸口氣，搖搖頭。**真是個跳梁小丑！**賽熙．根妮斯在這裡的表現，跟她在泳池畔，或過去一整年在學校走廊上的舉止，根本判若兩人。她在我身邊時總是笑咪咪的稱讚我，而我這輩子甚至不曾跟她說過一個字！

賽熙突然從沙發上跳起來，大步走到房間中央，手扠著腰擋住電視。「把電視關小聲點。」她命令說。

房中安靜下來，唯一的光源來自她身後的巨大平板銀幕。所有目光都聚集在賽熙身上，以及她燙直的絲滑黃髮、豹紋睡褲，和她那緊到不行，短至肚臍上的T恤。她用手把頭髮撥到後邊。

「嗯哼。」她似乎很樂於成為矚目的焦點。

「好。」她頓住一笑，然後發出咯咯的笑聲，跟她那一小撮同黨——凱特琳、垛莉、艾絲本、布蕾兒——交換會心的眼色，翻著白眼，這群真人版的芭比娃娃肩並肩的坐在遠處沙發上。「這電影也太無趣了，咱們來聊男生！」（停頓等大家尖叫。）

「等一等，首先——」賽熙停下來看著她那群朋友。「誰幫我拿蜂蜜芥末洋芋片來，我超想吃的！」

垛莉像條狗似的，順從的跳起來，幫賽熙拿來一袋洋芋片，甚至還幫她打開。

「妳真是我的守護天使，啾咪，愛妳唷！」賽熙說著又坐回去。

「好啦，魯蛇們！」垛莉挪到賽熙所站的地方，「說出一個妳們喜歡的男生名字。我先說！」她停下來咯咯的笑，「我真的超級無敵喜歡狄馬利斯・瓊斯。」

「我的天呀，太棒了！」凱特琳尖叫說，「他好帥哦！」

「萌翻了。」克萊兒同意道。

「而且人家還很聰明呢，他跟我一起上數學課。」布蕾兒補充說。

「瑪肯齊，妳說！」賽熙在沙發上指示。

所有人轉向瑪肯齊。

我的心開始亂跳，我無法相信自己會講這種話，但我希望她說出我的名字。

「我不知道。」瑪肯齊聳聳肩，「叫別人說吧，這實在有夠無聊！」

「是啊，就是。」我低聲回道。

兩天前，我甚至不知道有瑪肯齊這個人。現在？我重重吸一口氣，感覺她的肩膀揉擦著我。

「好吧。」賽熙轉向女山米，「換妳了，性感小貓！」

「好吧，呃，不許笑人家唷。」珊米皺起鼻子，收攏膝蓋抱住，然後說道：「好！妳們保證不會笑？」她咯咯的笑。

「我們保證！快講啦，珊米！」艾絲本催道。

「我愛上歐恩．馬修斯了，他很風趣，又很——」

「又很酷！」我忍不住把話接完，差點失控大笑。

珊米用手摀著臉，「哎呀，天哪，拜託千萬別說出去！」

就那樣——話匣子打開了，她們全開始講起話，好像我認識的每個男生都被點到名了。

垛莉喜歡多明尼克：他確實很可愛，這點不能騙人。

凱特琳喜歡泰瑞：他人很好，去年每天幫我指點法文作業。

賽熙喜歡布雷登：呃，天哪！噁心。

布蕾兒喜歡山米：我覺得山米真的超可愛，但他也超級花心，從不會只跟一個女生約會，他會到處劈腿。

艾絲本喜歡奇崗．羅威：他有點幼稚。

珊米喜歡梅森．萊斯：他挺迷人的，看得出很多女生會喜歡他，可是那傢伙才六年級！所以，算了！

克萊兒喜歡丹尼．金：他非常非常聰明，我跟他一起上科學課！

珊米還喜歡艾佛瑞特．麥奎格：他雖然可愛，卻是個爛人。

坐在這裡聽她們說長道短，我覺得自己比枕頭還要軟棉。我正想站起來，躲到廁所裡，這時有人提到波特．吉普森了。

女山米的語氣變得嚴正很多：「他真的是個大混球，不過，我還挺同情他的。我爸媽跟他爸媽是朋友，波特的哥哥去年骨癌死了，才十五歲啊，太教人難過了。波特難過到不行。」女山米靠向我說，「真的很悲傷，對不對？」

我甚至不敢看她，眼神直視前方。一切變得模糊起來了，我瞪著電視的光，當下覺得想吐。難怪波特老愛找碴，我真的替那傢伙感到難過，那是真話。天啊，萬一我哥哥出事——

我的心開始狂跳，腦中閃過幹架的畫面——我的血濺在襯衣上，一拳將他撂倒。我將他撲倒！把他壓在地上，火力全開，絲毫不手軟。

我坐在沙發上，被珊米和瑪肯齊夾成三明治。那感覺就像在短短的幾秒裡，房中沒有半個人了，一切都消失了。我的肚子從來不曾那麼難受，我開始想到媽媽。媽媽去世的那天起，一切都跟著變了。所有的一切。那記憶清晰如昨日。我把所有情緒硬往肚子裡吞，我歪抬著頭，不讓淚水流下。

「嘿，」瑪肯齊悄聲問，「妳還好嗎？」

「嗯。」我點點頭，擠出淡淡的笑。

瑪肯齊嘆口氣，把頭靠到我肩上。「我會支持妳的。」她輕聲說，不讓別人聽見。

賽熙這會兒是全場焦點，她又來到我們面前，不斷談論一名所有女生稱為「王子」的男生。

「大家之所以迷戀王子的原因，我沒有按照特別順序唷。」賽熙宣布道，「第一個原因！」她誇張的停頓，「他帥到掉渣，而且眼睛超漂亮，睫毛又長，就像……唉呀，我的天——哪！」

「帥到都快沒朋友了！」布蕾兒大聲說，「他什麼都很拿手！」

「而且超有禮貌，可愛死了。」克萊兒說，「他很粗獷，但是又很紳士，就像個武士！」

「就是啊，對不對？」連女山米都說話了，「他很有自信，但不會猖狂，他人好好唷！」

「妳們有沒有看過他的二頭肌？」凱特琳咯咯笑說，「說真的！我的——媽——呀。簡直……哇，無法用文字形容！還有他的頭髮。」

「性感哪！」垜莉接完話，「超夢幻！看上去美死了。天啊，也太萌了吧！」

「沒錯。」艾絲本嘆道，「沒有半個男生能及得上他的十分之一！」

「他是很可口。」賽熙宣稱說，「我澈底愛上他了，而且我**真的不是開玩笑的！**」接著她聲音一沉，幾近低語，顯然是希望我們所有人留意，「我不想多說什麼，可是……」她猶疑著，咧嘴而笑。

「什麼啦？告訴我們！」垛莉咯咯尖聲說。

「嗯，」賽熙說，「他真的很擅長接吻！」

「我的天！」克萊兒說，「妳是從哪兒聽來的？」

賽熙揚起眉毛，「相信我，」她笑了笑，停下來環視房間。「王子抓起我的手，吻住我時，我好喜歡哪。『妳是我的。』他告訴我，通常是對著我的耳朵悄聲說。」

「真的假的？」克萊兒問，眼睛瞪得老大。

「真的！」賽熙吹噓說，「他是這個暑假在游泳池跟我說的，就在更衣室後頭。」

「天哪，他在妳耳邊低語？那真是世界上最甜蜜的事情！你們兩個看起來真的很登對。」布蕾兒說，「你們兩個都很迷人，一定會生出最可愛的小孩！」

賽熙嘆口氣笑道：「我知道，不是嗎？」

我不知道這個王子是何方丑角，老實說，如果他跟這個女的搞在一起，我真的替他難過。她是白痴，每次我碰到這種人就很火大。我非嗆她不可！來吧，同胞！給她難看，逗逗她。

「我跟他是朋友。」我告訴賽熙，努力維持表情平靜。我甚至連「他」是誰都搞不清楚。我只是想教訓她，給她一點顏色瞧瞧。「是啊，呃……」我頓了一秒鐘，想著男生們在更衣室裡的談話。「有時我們會待在一起，挺酷，挺輕鬆的。」

哈，我咬著唇，以免當著賽熙的面笑出聲。

「噢，所以，妳跟王子是朋友？最好是啦！」艾絲本瞇眼瞄我，看起來突然比之前還要憤怒。「別往自己臉上貼金了，愛莉，妳也太會作夢了。」

「不相信就算了。」我告訴她，然後咧嘴一笑，看得出刺中她了，這個八婆實在太過分。

「請原諒我笑那麼大聲。」賽熙開始歇斯底里的高笑，「憑妳？跟王子當朋友？哈哈哈哈哈——！那真是我聽過最可笑的事，替妳自己留點面子吧，愛莉，別再胡扯了。」

瑪肯齊拉著我的手肘，「別跟她說話，當她是空氣就好了。」她說。

女山米也悄聲表示：「別在意她，小愛。」

賽熙翻著白眼，大聲嘆氣。「說真的，**某些人**幼稚到令人難忘。妳以為把髮型吹一吹，給自己換個新名稱，突然就能讓自己變優雅啦？拜——託——！」

我突然覺得腎上腺素飆升，心想也許我該停手了。**算了，同學！**這個女的實在有夠惹人討厭。我只是用「妳鬧夠了沒有」的表情瞪著她。

「太可笑了。」我喃喃說。

「好啦，同學們！」克萊兒似乎頗為鬱悶，「這本該是一場派對！我們大夥能不能心平氣和一點？」

有一兩分鐘的時間，房間安靜得尷尬，沒有人說話，直到賽熙拿起她嗡嗡響的手機，塞到睡褲裡。「**請恕我失陪一下！**」賽熙用彆腳的法文腔說。她垂眼讀著手機簡訊，幾秒鐘後抬起頭，咧嘴笑說。

「情況越來越瘋狂了。」她瞪大眼睛，「大家站起來，」她命令說，飄過房間，雀步跳向艾絲本，把她拉起來。「咱們去參加一場小集會！」

「呃，各位。」克萊兒一副很驚恐的樣子。「如果我們出去被逮到，被我媽媽發現，一定會很慘。」

賽熙翻著白眼，「唉唷，拜託好不好，妳這位壽星可以別那麼孩子氣嗎？這是派對耶，妳都要十三歲了，又不是七歲！我們已經不是五年級生了，大姐，我們應該要玩得像個大女生！」

艾絲本跳起來。「咱們去！」她尖著嗓子說。

垛莉接著說：「好，算我一份，雖然我不知道我們要去哪裡！」

凱特琳、布蕾兒——兩人也加入了，就連克萊兒都跳起來，「好，咱們走！」

賽熙哈哈笑著轉向我、珊米和瑪肯齊——我們是最後幾個沒站起來的人。她面帶微笑，「我想妳們三位最好一起來，因為，愛莉，我很樂意告訴妳，現在妳有機會對我證明，妳想像的美夢是一場虛幻了。」

「呃？」女山米問，我們全困惑的看著賽熙。

「妳實在有夠可悲，竟然編造跟別人的事。我們要去操場，然後——」她停下來瞄著艾絲本，時間長得足夠讓我們所有人猜想她到底想做什麼。「王子會在那裡。」她直勾勾的看著我。「所以愛莉，現在妳可以在我們所有人面前丟盡面子了，因為我剛巧與他有私交，如果妳明白我的意思。」她又停下來，環視所有女孩，然後笑道：「王子是專屬於我的，這點大家都知道，妳就要出糗，出**天大**的糗了！」

她等了一拍，然後又說：「或者，如果妳們想當小寶寶的話，大可留在這裡。」

「好了，好了，各位，妳們別再吵了！」克萊兒試著拉我起來，但我不肯動。

「走吧，咱們去嘛。」女山米讓步說：「不過就是深夜裡冒點險，會很好玩的。」

連瑪肯齊都受到賽熙的鼓動，「我會全時段陪著妳。」她輕聲對我說，然後站起來。這會兒除了我，所有女生都準備離開了。我待在沙發上。媽呀！這個賽熙真是個瘋婆娘，死不肯罷休，我重重咬住下唇，怕說出令自己後悔的話。

賽熙看看艾絲本和垛莉，顯然在領會屬於她們自己的笑話。

「走吧，愛莉。」賽熙假惺惺的笑著把眼光調回我身上，「去證明我說錯了，如果真如妳說的，妳認識王子，妳應該不會那麼害怕，我說得對吧？」她邊說邊甩著頭髮哈哈大笑，她們全低頭看著獨自深陷在沙發裡的我。我拚命忍耐不說話，罷了，如果她們想去當白痴，我樂得待在這張超舒服的沙發上，事情就這麼簡單。可是我受不了啦，這婆娘簡直比瘋狗還要神經。

好吧。我還是問了。

「王子是誰？」我終於衝口問。

所有女生回頭看著我，覺得我澈底瘋了。

賽熙對她的同黨笑了笑，然後朝我甩過頭，手叉腰站著。「果然，愛莉，我就知道妳在撒謊，有的人簡直可悲到可笑。**妳？**跟王子是朋友？那種事永遠、絕對、**絕對**不會發生！」賽熙開始歇斯底里的狂笑，「唉唷我的媽啊，」她彎身喘氣，「我停不住笑！」

夠了。我站起來，我非站起來不可，我默默走過去站到她面前。

「他究竟是誰？」我盯住她的眼睛重問一遍，怒火開始在我心中燃燒，我緊握雙拳。

「他究竟是誰？」賽熙模仿我，還把嗓音提高像唱歌。有些女生不安的咯咯發笑……接著一片死寂，賽熙帶著最惡毒的冷笑站到我面前。「對不起啊，不好意思，」她接著說，「我老是戳中問題，這件事令妳不開心了是嗎？還是妳就是喜歡瞪別人？」

這女的真是太奇葩了。

我閉著嘴，緊咬牙關，只是用「**怎會有妳這種人**」的神情瞪回去。

賽熙遲疑了一秒，咧嘴一笑，然後再度放懷高笑。「誰是王子嗎？」她重複說著嘲弄我。

「噢，我的天哪，裝得好像妳不知道！妳就繼續讓自己丟臉吧，愛莉！妳真不知道王子是誰！」她直盯住我，說道：「妳傻啦！王子就是傑克・馬洛！」

37 愛莉

山米把我推出後邊的玻璃滑門。

「兄弟，」他悄聲說，「一定會很好玩，我保證！」

我走入夜色中，溫暖的秋天氣息迎面拂來，外頭的空氣真清爽，比地下室好多了。我們七個站在戶外的大院子裡，我仰頭看向繁星點點的夜空。**我從沒見過這麼多星星**，我心想，淡淡的笑著觀星。我從不曾在半夜出門，不曾偷偷溜掉！我的心跳得好急，心情卻出奇的好。

山米搭住我的肩膀，「我真不敢相信，你終於不再那麼ㄍㄧㄥ了，我整個暑假都在拜託你偷溜出門，去會一些女生！我好喜歡新的你！違反規定的你！」

我看著山米，「等一下。」我止住步子說。

也許這是個爛主意。

我環視所有男生，山米和歐恩各站在我身側，布雷登、多明尼克、狄馬利斯、泰瑞，所有人帶著瘋狂野氣的眼神，就是那種要去幹不能做的壞事的眼神。

山米搭在我肩上的手一緊，「我們不會有事的！」他信誓旦旦的說，「放輕鬆，老兄，我很以你為榮，可是就算是偉大的傑克．馬洛，也會需要一點樂子！」

我淡淡的對山米和所有人一笑。

泰端笑呵呵的說：「兄弟，我們需要你，你是專吸女生的人肉磁鐵！沒有傑克，就沒有樂子了。」

布雷登點頭笑道：「他說得對，同鞋。」

「好吧，咱們走。」我終於說，把手放到中間，就像雷鳥隊踢足球時一樣。男生們全跟著我做，一個個把手疊上去，我感覺到他們的重量，我把大家的手抬起來，自己的手墊在底下。

山米大笑說：「快講點激勵士氣的話，同學，這樣有點娘耶！」

所有男生看著我，候著。

「快點啦，這位壯漢！」狄馬利斯咧嘴笑說。

「是啊。」大夥衝著我笑，「我們可不想當女生，我們想看女生！」

大夥哄笑成一團。

「冷靜，各位，安靜。」我很訝異自己竟能如此自信，接著我靈光乍現的想到了，謝天謝地——

「有福同享，有難同當！」我輕聲對星羅棋布的夜空說，我可以從眾人的眼神看出自己說了中聽的話。

「有福同享，有難同當！」大夥悄聲念道，輕聲的笑。我們的手臂往夜空中揚抬，然後大夥朝分隔小學操場和歐恩家後院的林子走了幾步。我們一起越過草地，走向樹林時，山米走在我身邊，用他的肩膀擦著我的肩膀。

「同學，剛才那個聚集加油的事也許是本人做過最娘的事，」他笑說，「但是我喜歡，有點桃園結義的味道！」

所以咧？

「最後一個到的是女生！」山米大喊，然後大夥撒腿狂奔！

我們才來到林子便開始賽跑了，我幾乎看不到前方，因為樹林遮去了夜空。這裡又黑又靜，只有些微光，和掠過大地的我的腳步聲。我逐一趕過每一個人，沒有什麼能拖緩我的速度。我不斷跳躍障礙物，被樹枝絆住，我甚至四肢著地的爬過一根樹幹。我飛穿林子，全力衝刺。

「你這個野蠻的野獸，小傑！」山米從後面喊道。

「真有你的，同鞋！」狄馬利斯高叫。

「你太強惹，兄弟！」布雷登說。

「等等我啦，同學們！」多明尼克喊道。

我輕鬆的邁著腿，呼吸溫暖靜謐的空氣，不敢相信自己竟然沒睡，深更半夜的在林子裡奔馳。感覺上我好像數日未眠了，我回想在山上，摸著岩石，想到冰塊……杰特、史托克、甘納

——他們現在一定會以我為榮。奇怪的是，漆黑的夜色令我奔跑得更快，今晚我簡直是天下無敵。我率先從林子裡衝出來，跑到鋪著木屑的遊戲場，領先衝到幼稚園窗戶邊的秋千架。

「屌！」我停下來輕聲對自己說，用手撐住膝蓋。我抬起頭，對大夥微笑。他們氣喘噓噓的陸續抵達了，這會兒大家都離開林子了，我又能盡覽一切。群星閃爍奪目，亮得嚇人。

「媽啦，小傑，你是身上長輪子嗎？」狄馬利斯彎身喘氣說。

「謝啦。」我咧著嘴笑。

這話我以前也聽過，但這回我相信了。

38

傑克

這是個爛點子，我腦海裡的聲音說。為什麼？呃，幸好你問了。我像個驚慌的小女孩般，抓緊瑪肯齊的臂膀，躡手躡腳的踏上克萊兒家黑漆漆的地下室樓梯。隨便你想怎麼罵我，反正我不在乎。這真的挺刺激的，我從來沒有偷溜出去過。如果你有我那種老爸，你敢嗎？我可以在腦中聽到他的聲音：「**當你每天起床，你有各種選擇，可是只要一個爛決定，就完了。**」我把那些全拋開、封住——我的意思是，我現在**真的**不是我自己。

瑪肯齊看著我問：「妳準備好了嗎？」

我緩緩點頭，是的，我們九個人擠成一團，窩在後門邊，悄聲說話，咯咯發笑。現在回頭已經太遲了。

「豁出去了吧。」我輕聲說，主要是對自己說，然後——

我踏入夜色中，開始奔跑。

我們齊心協力的奔過克萊兒家的大後院，呼嘯著穿越屋子側邊濃密刺人的樹叢。你會以為在漆黑的街心中奔馳的我們，是在逃命！半夜的街道就像清晨一樣，沒有車子，附近住家全是暗的，安靜到像整個世界都睡著了。除了我們九個人之外，沒有任何動靜，我們穿著睡衣，咯咯笑著奔下空盪的街道。

等我們放緩速度，慢慢跑到小學入口時，大夥爆出大笑。說真的，我也跟著笑了。在幽暗的深夜裡，平時無趣的事物也變得有意思，你明白我的意思吧？我抬頭看著閃爍的星星，腦中飛過許多念頭。第一道念頭？這實在太瘋狂了！我穿著借來的繫帶紫色睡褲、雷鳥T恤和小愛的布鞋，跟著一群女生跑來跑去。我用手撐著膝蓋大口喘氣，腦子裡還驚疑著要跟我所有朋友會面的事——山米、歐恩、狄馬利斯、布雷登、多明尼克、泰瑞。我等不及要看賽熙．根妮斯發現我根本不在時的蠢相了——我是說，愛莉不會出現。這點我很有把握，我們說好的，不是嗎？我突然想到我也答應過她，可是——

不會的，絕對不會，我敢打賭，她太膽小，不敢自己去歐恩家。我想像雀斑姑娘安全的睡在我的床上，希望她熬過了今天的體訓。媽呀！周六早上超辛苦超累人的。我想像她跟史托克在我房中沉睡，但願她有人陪著，比較不會害怕、孤單。史托克有時挺傻氣，但他是我哥哥，我真的很愛他。身邊有哥哥，總是令我好過許多，他們是我在世上最要好的朋友。我經常醒躺著，擔心哥哥或老爸會遭遇不幸。最近我會做這些事，例如，我得以特定方式擺放冰球設備，否則便覺得會出事，家人會遭不測。我沒有別人了，只有他們，他們是我的一切。我得表現出堅強的一面，像個男子漢，把心緒藏在心裡。我甚至從沒跟任何人談過這件事，沒跟我哥或老爸說過，因為他們一定會覺得我太懦弱……

媽媽已經去世一年又七個月了，我一直裝作沒事，好像很堅強的樣子。沒有人知道我心裡有多痛，我沒把心事告訴任何人，我不希望別人因此待我不同——那只會讓情況變得更糟。

我站在漆黑的小學停車場中央，突然憂慮起許多事情：**小愛還好嗎？我們要如何才能交換回來？我們要怎麼做……是躺到護士辦公室的小床上，然後碰碰腳跟嗎？**我思緒飛轉，這時有人拉住我的手臂——

「嘿，同學。」我先聽到她的聲音，然後才看到她的眼睛。我轉頭望著她，她在戶外的星光下，看起來竟更加美麗。是瑪肯齊。

「妳還好嗎？」她柔聲問，跟著我的步子一起爬上小丘。

我嘆口氣，「我沒事。」說完我淡然一笑。

「好吧，不過要答應我，絕對別讓那個女的影響妳。」她鉤住我的手，一路拉著我，「她根本不值得，答應我，好嗎？」

「我盡量。」我聳聳肩。

「要盡最大力量。」瑪肯齊嫣然一笑，「我們玩得多開心哪，是吧？生命苦短，別浪費在那種事情上！」

「真的。」我點點頭，「妳說得再好不過了。」我看著她又笑了。

瑪肯齊對我笑著搖頭，「說真的，同學，妳的笑容是最棒的！」

瑪肯齊和我走上去時，布蕾兒、垛莉、賽熙、艾絲本、珊米和凱特琳正在籃球場邊等著。我抬眼瞄著籃網，籃框夠低，我可以雙手灌籃。我灌了幾回，反正就是玩一玩。賽熙照例在那兒高談濶論，惹人厭煩。

「嗯哼，」她直勾勾的看著我，「我不是想怎樣啦，不過有人那麼愛現，一副自己人緣多好的樣子，其實人緣根本不行，那樣做只會適得其反而已。說真的，妳不如停手吧。」

媽呀，我不知道我還能忍受多久不發飆，我瞪著她那件愚蠢的豹紋睡褲和緊身短T，忍不住搖頭。

她顯然還沒說夠，不肯停嘴。賽熙把頭髮往後一甩，皮笑肉不笑的瞄著我說：「妳們覺得，討厭鬼會知道大家有多討厭她嗎？」

「夠了，妳們。」克萊兒擠進大夥中，張開雙臂攬住我跟賽熙，將我們拉近。「瞧，咱們只是來玩的，我們要跟男生碰面，對吧？他們人呢，在哪兒？」

是啊，他們人呢？我抽開身四處張看，這時間再好不過了，我得離開這個女的。**天啊，我等不及想見山米那張臉了！**我邊想邊笑著搖頭。

賽熙看見我在笑，「唷，妳覺得這很好笑嗎？」她問，「妳以為我在開玩笑？」她的聲量越吼越大，在空曠的籃球場上回盪。「有誰覺得，愛莉在我們今晚的星光冒險中，會令王子驚豔？」

她等了一拍，眾人默不做聲。「沒有是嗎？」她自己接話說：「是啊，我也不覺得會！」

她哈哈大笑。

「賽熙，可以了。」瑪肯齊說，「別那樣。」

「怎樣？」她笑說：「每個人都是那麼想的，我只是說出來而已！」

哇咧，每次賽熙開口，我就忍不住搖頭。

「走吧。」瑪肯齊拉著我的手肘，將我往前推，「說真的，小愛，我再也受不了她了，真的。咱們走自己的，她們會跟上來。」

一開始我看不到任何人，只能看到攀梯、溜滑梯和幼兒秋千。

接著我看到一群——

「山米！」我說，甚至沒有意識到是從我嘴裡喊出來的。

瑪肯齊停下來，回頭看其他女孩。「珊米！」她對女山米喊道：「過來加入我們！」

女山米朝我們跑來，抓住我另一條臂膀。「耶！大冒險！」她尖聲說，三個人一起走向那群男生。

這回我在自己腦子裡喊，山米，我心想，然後看著操場對面，山米的剪影。每走一步，我們便越接近，我笑得超級燦爛，彷彿這樣山米便能認出是我。我笑著搖搖頭，對他點一下頭。

山米，兄弟！歐恩！狄馬利斯！泰瑞、多明尼克、布雷登！今晚是跟他們的小團聚！

噢，天哪，我的心一沉。

停下步子。

「別擔心，小愛。」瑪肯齊悄聲說，「我保證我們一定會玩得很開心！」

不——，求求你告訴我，我沒有看到我看到的景像。

「我的頭髮。」我不可置信的大聲說。

「怎麼了？妳的頭髮怎麼了？」瑪肯齊問，「妳的頭髮看起來美呆了，小愛，我超喜歡的。別聽那女的，真的，妳還好嗎？」

此刻我說不出話，我真的不知道該說什麼。

小愛就站在我對面六英尺外的地方，穿著我的棕熊隊黑色連帽衫和牛仔褲。

「妳把我的頭剃了？」我衝口說。

「等一等，什麼？」瑪肯齊大惑不解的問。

「我的頭髮——」我在說出「不見了」之前閉了嘴。

但請相信我。

我真的無言以對。

39 愛莉

我差點認不出自己，我不知道傑克到底做了什麼，可是我看起來好……我不確定，反正我的頭髮變了，看起來——

「哇。」我在黑暗中輕聲說，我和傑克的眼神四目交會。

我猜我看起來很震驚。

多明尼克笑道：「我懂，兄弟。」他悄聲說，也盯著那群女生。「長得超正點，是吧？」

「不是，是，呃。」我結結巴巴的看著六英尺外的那排面孔——

凱特琳。

布蕾兒。

克萊兒。

艾絲本。

垛莉。

賽熙。

瑪肯齊……

傑克！

珊米。

我心裡想的是：這下子不妙了。

山米用手肘撞我，「同鞋。」他望著艾絲本低聲說，「我要娶那位！」

「蛤？」他的話是什麼意思？

「小傑！」山米搖著頭，「你不了解啦，同鞋！我戀愛啦！」

40 傑克

眾人站在操場上，彼此相望。女生和我穿睡衣，男生著牛仔褲與運動衫，列成一排，在河畔小學操場的星光下，緊張的微笑著面對彼此。操場的幼童區有低矮的溜滑梯，幼兒秋千、滿地木屑、攀梯。每個人都在檢視別人，我必須不斷提醒自己，山米、歐恩、狄馬利斯、多明尼克和其他男生……他們根本不曉得站在這邊，望著他們微笑的人，其實是**我**。

你是雀斑姑娘，記得吧？至少還要再三十六個小時。

我忍不住看著對面的她——或我。我的眼睛鼻子看起來稍微好些了，可是媽呀，我沒有頭髮超醜的。沒有毛，媽的，真的不見了，就像禿了一樣，一根不留，直剃到底。

我想，這樣就不必梳頭了。

我猜想誰說服她那麼做的，我敢打賭是甘納，他們八成跑去找蓋諾理髮店了，一定是的。甘納說不定自己也理了。

我無法相信自己看起來有多醜。

瑪肯齊靠過來，「哇，王子剪頭髮了，嗯？」她竊笑說。

「是啊，看起來夠慘的，對吧？」我緊張的笑說。

「不會啊，一點都不會，其實我覺得挺好看。很有男人味！」

我轉向她，「是嗎？」

「當然是，不是嗎？」瑪肯齊問。

我聳肩一笑。「如果妳這樣認為的話。」

賽熙聽到我們說話，決定開鬧。她清清喉嚨，「好啦，各位，我有問題！」她說，但聲音並未大到讓男生聽見，只有女生聽得到。「如何才能讓一個無可救藥的女生，了解到別人並不喜歡她，她應該放棄了？」

「賽熙，妳別再講了。」女山米挺身發難，「如果妳沒有好話要說，那就別說話。」

「大家幹麼那麼緊張，放輕鬆嘛。」賽熙笑道，「開個玩笑而已，只是證明一下嘛！」賽熙擠著假笑轉向我，無視瑪肯齊的竊語，「說真的，愛莉，妳大概是全世界最膽小的膽小鬼！」她頓一下，「妳，跟王子是朋友？」她翻著白眼大聲笑說：「妳真是個可悲的騙子。」

哦，是要這樣玩就對了？我心想。

說實在話，這女的把我搞得很毛，我滿腔怒火，拳頭緊握。老子不打算呆站在這裡任她凌辱小愛，我得做點什麼——

我甩開瑪肯齊踏向前，一切發生得如此之快，趁我還沒發飆之前，我盯著雀斑姑娘的眼睛，點點頭，示意要她跟我來。

她跟過來了，謝天謝地。她也踏向前，我們在中間會合，男生們在她後邊，女生們在我後方。我可以感覺所有人都在看我們。

愛莉用不可思議的眼神看我，「你瘋啦？你在幹麼！」她壓低聲音問。

「聽我說就對了。」我嘶聲說，「站近一點。」

她靠過來，為了讓此招奏效，我必須弄得像是男生先採取主動。

「再近些。」我說。

她又走了一步，直到我們的鞋尖幾乎相觸。

「完美。」

小愛跟我站在那兒大眼瞪小眼，你可以想像這情形吧？我望著自己的眼睛，自己被打腫的鼻子、一張醜臉、剃光的頭。哇哩咧，小愛看起來很害怕。

「抓住我的手。」我悄聲說。

「蛤？你有病嗎？」她又問了一遍。

「照做就對了，拜託。」

然後呢？她竟然露出一記淺笑，害我嚇一跳。我很久沒見過自己那樣笑了，她眼中有一小簇火光。

「好吧。」她輕聲笑說：「像這樣嗎？」

我聽到所有女生倒抽口氣，我發誓真的聽到了。

我火速四下掃視，先看看女生，再看看男生。賽熙的眼睛都快從頭上掉下來了，每個人都一臉驚奇，目不轉睛，連站在那兒的山米都張大了嘴巴。

「來吧。」我告訴小愛，盯著自己的眼睛。「把手放到我臀部上，然後將我拉近。」

小愛的眼睛——我的眼睛——一瞠，「你是說真的嗎？」

「相信我！」我重申道，「拜託——」

我甚至不必把話說完，小愛已伸手放到我臀上將我拉近了。我們胸抵著胸，我不是很清楚自己在幹麼，不過從四周的死寂判斷，無論我們在幹麼，反正效果絕佳。我對小愛來說，身高正適合，我把頭靠到自己的肩上，仰起脣，貼近我自己的耳邊。她……我……身上飄著汗味。

哇咧，這實在太荒誕了。

「小愛，」我喃喃說，「我要妳做的事，聽起來很不可思議，可是拜託，如果妳真的希望結束這場混仗，請信任我，放手去做，好嗎？」

我感覺她的胸口貼住我的，然後重重吸了口大氣。

「好。」我聽見她用最輕悄的聲音說。

「酷，」我說，「好，數到三的時候，我要妳放開我，看我三秒鐘，然後把我拉近，吻住我的脣。」

「蛤？！！」雀斑姑娘說，我感覺她抽開身，可是接著——

她定住了，撐在那裡，我隔著自己的連帽衫，都能感覺到她的心跳。

「放大膽，相信我。」我低聲向她保證。

我看著自己的身體，自己的臉，看了我一秒鐘，然後——

她做了，配合度一百分！她朝我踏近將我拉過去。

「來吧。」我啞聲說。

然後哇！她半張著我的嘴，貼住我的唇！自己吻自己，這實在不能再怪了，我根本解釋不來。你大概可以理解吧！吻自己不會有任何電光石火或觸電的感覺，沒有火花，沒有小鹿亂撞。我想我們兩個都不會把這次當成我們正式的初吻。比較像是為了隊友而吻的吻，所謂的隊友就是我和小愛。而且我超會演的！我任她將我拉近，學電影裡的情侶閉上眼睛，演得跟真的一樣。我們的吻持續了整整五秒之久。然後呢？我退開，笑著露出「哇！」的表情，然後湊到她耳邊。

「無懈可擊。」我告訴她，「現在用手撫住我的臉頰。」

「你是瘋了嗎？」她悄聲說，語氣十分震驚，「傑克，你到底——」

「照我的話做就對了，之後我再解釋。」

她照做了，緩緩捧住我的臉。

「很好。」我咧嘴一笑，「妳很厲害嘛。」我擠擠眼，「好了，剩下最後一步了。」我頓一下，深吸口氣，「拉起我的手。」我笑著低聲說，「然後快速走開。」

「等一等，什麼啦？」小愛慌亂的望著我，接下來的幾秒，時間彷彿靜止了，我可以聽見所有的竊語、夜聲和天上的星子，接著——

她拉起我的手了！小愛燦爛無比的笑著拉起我的手！

「好女孩。」我衝口而出，非常以她為榮，這話聽起來怪怪的，但她所做的一切都相當大膽，把我扮演得極為稱職！絲毫不會令我難堪，她做得如此順手，淡淡笑著拉起我的手，與我十指交扣，然後我們兩人在死寂中，朝學校另一端，大孩子的操場走去。我邊走邊看著漆黑的四周，抬頭望著閃爍的星子。

「保持呼吸，」我低聲說，「繼續往前走。」

小愛看著我，然後哈哈大笑，「你的語氣聽起來跟杰特一模一樣。」

「哈，是啊。」我咧嘴笑說，「好像是吧。」

好奇怪，她現在好像挺了解我的，我想我也有些了解她。

我轉向她微笑，然後握緊她的手一起走。等我們離大夥十碼距離後，我回眸望著肩後的賽熙。

噢，是的，你以為我能忍得住嗎？當然不能。她是有史以來最可笑的小丑。我故意揮手，嫣然一笑。

41 愛莉

我的媽呀，我的心跳得好快！我的臉發燙冒汗，傑克拉著我的手，兩個人快速離開所有人！

「你瘋啦？」我問。

「咱們快走，我會解釋。」傑克說著把我的手握得更緊，「繼續走到秋千那邊。」他朝學校另一端大孩子的操場點點頭。「對了，妳這頭髮挺美的。」傑克甩頭笑說，「妳本來可以讓我看起來更帥一點。」他停下來，放開我的手，用手撫著我刺短的頭髮。

「天啊，」他說，「那感覺好怪！」

我開始解釋，「對不起！我，呃——」

「讓我來猜。」傑克開始走路，再次用手指扣住我的，引我前進。我很訝異被他牽著，感覺竟如此放鬆。

「甘納帶你去蓋諾了？」

我點點頭。

「他幫妳決定的？」傑克笑著問。

「差不多，他自己也剃了。」我告訴他，想起了一切。椅子、剪子、掉落在地板上那一坨坨濃密的黑髮。

傑克眼睛一瞠，「甘納真的把他的頭髮剃啦？」

「都剃到頭皮了。」我告訴他，看到傑克似乎很開心，頗令我鬆口氣。我們繼續走著，仍然手牽手，雖然奇怪，但感覺很順，彷彿我們真的是非常要好的朋友。

到了秋千旁，我鬆開手四下看著，放眼看不到任何人，所有其他同學都回到學校另一邊，我們離開他們的地方——幼稚園的小操場了。這裡漆黑安靜，只有星光、唧唧的蟋蟀和偶爾的蛙鳴聲。

我坐到並排的兩架秋千中的一架，盪了起來，在黑暗中輕輕擺動。一時間，兩人都沒說話，接著——

「小愛，」傑克坐到我身旁的秋千上說，「關於明天的冰球，妳是怎麼跟上尉說的？」

我困惑的看著他，「你明天要打冰球嗎？」

唉，天哪。

他用悲傷茫然的表情凝視前方，「唉，我這輩子從沒缺席過練球，」他對著夜色說，「我們周一晚上有比賽。」傑克轉頭對我說，表情十足鬱悶。「我不知道還有什麼辦法，我想妳只能裝病了。」

「裝病？」我想像自己額上鋪著小毛巾，在傑克床上的薄毯下假裝發抖的樣子。

傑克把秋千盪回來。「問題是，就算妳病了，上尉還是會叫妳去打球。」

「病了還打球？」我重複說。**我媽絕不會那樣。**

傑克深吸口氣，止住秋千。「『男子漢不能找藉口，撐過去。』他一定會那麼說。」
我點點頭，替他感到難過。
「妳是好演員嗎？」他問，語氣突然充滿希望。
我露出最自信的笑容看著他，「我不就演你了嗎？」
「那倒是。」傑克終於一笑，「只是……我警告妳，事情沒那麼容易，我是指上尉，妳要有心理準備。」
「我可以應付的來。」我告訴他，雖然並無十足的把握。
有好半晌，我們兩個只是定定坐著，抬手抓住鍊子，凝望靜謐沁涼的夜色。
「那你呢？」我看向他問，看到自己坐在那裡感覺好不真實。我笑了笑，試著讓氣氛輕鬆起來。「你根本不應該出現在這裡！」我輕笑一聲，好讓他知道我是在開玩笑，「我不是叫你待在我房間嘛，真是灰熊謝謝你！」
「是啊，哈，對不住了。」傑克站起來走了幾步，然後往上一躍，抓住橫爬架。我看著他——用我的身體——把身體拉過頂端的橫桿。他做得如此輕鬆，我看起來相當強壯嘛。傑克等坐定後，向下伸手要幫我。
「我自己來。」我告訴他，自行攀上去。兩人離地高高的坐在一起，讓臀部在堅硬的鐵條上平衡好，我們擦著肩，垂腿而坐。
傑克看看我，然後搖頭說：「很奇怪齁？」

「真的。」我同意道，兩人會心一笑。

「啊，對了……既然要交換資訊……」傑克看起來很尷尬，「我星期五放學後跑去踢足球了。」

「等一等，你跑去足球隊了？」我有點過度反應，然後打住話，我自己不也違反他的指示，把他的頭髮給剃了！差點在他哥哥面前哭出來，我還跑去歐恩家，偷溜出門，傑克交代我別做的事，我幾乎全做了。

傑克點頭一笑，「是啊。卡洛琳教練愛死妳了，她很酷，獨特，又風趣，還有呢？」他轉頭看著我：「妳的速度真的非常快，小愛，妳真的真的很強。」

「謝謝。」我答說，然後笑出來。

「呃，還有，踢完足球後……呃，妳去做了健檢。」

「等一等，啥咪！你去見施雯森醫師了嗎？」

「嗯。」傑克笑說：「妳真的不會想知道，咱們就別討論了。」

「噢，我的天哪。」我咯咯笑說，「我真是無法相信。」

傑克往後躺，把肩膀靠在後方的雙桿上。我學著他，雖然不怎麼舒服，但還可以。我們很親近，我的身側微微觸著他。我徜徉在溫暖的靜謐中，凝視點點繁星。通常在戶外漆黑的夜裡，會令我害怕，但此時我並不畏懼。

傑克低聲說：「這比妳的星星貼紙好，對不對？」

「是啊，」我嘆口氣，「你說得對。」

又是一陣安靜。

「嘿，上尉怎麼樣？」

「他什麼怎麼樣？」

「例如，他有點，呃，緊繃，他並非總是那樣……」他的話音停落。

「上尉挺好的。」我笑了笑，試著要他別擔心，「我們幾乎沒說到話。」

「他不是那種愛說話的人，那我幾位哥哥呢？」他問。

「其實我很喜歡你那幾位哥哥！」我很快答說，那是真話。

傑克大聲嘆道：「我沒想到會這樣，但我好想念他們，他們——」

「他們挺酷的。」我幫他把話說完。「換我了，」我說，這很像快問快答的遊戲，「我媽怎麼樣？」

傑克雙眼發亮，「同學，妳媽媽太讚了。」他安靜了幾秒鐘，轉頭又望著星空。

我突然覺得很不好意思。

傑克，他母親。

有一分鐘的時間，我們半句話沒說，我想他甚至還閉上眼睛。

「傑克？」我終於喊他的名字。

「小愛？」他低聲回話，在夜空下，語氣有些恍惚。

「現在我們該怎麼辦？」我問。

他轉頭看著我的眼睛——好怪，跟自己眼對眼，而他正在看他自己的眼睛。我們兩人開始哈哈笑了起來。

傑克深吸一口氣，「這實在太瘋狂了！」

「瘋狂至極。」我重複他的話，緩緩搖著頭，「除了星期一找到那位護士外，我不知道我們還能怎麼辦。」

「等一等……」傑克又轉頭看我，「她當時是怎麼說的？妳記得起來嗎？」

「好像……」我想了一會兒，「用全新的眼睛觀照世界，直至爾等了悟什麼深義真理的……」我講了幾句，但剩下的就忘了。

「心靈與勇氣發聲、感受……」他停下來，「同學，我只能記住那麼多了，妳覺得那是啥意思？」

「不知道。」我輕聲回答。

傑克挪著身，又稍稍靠近了些。

我們又回頭望著星辰與夜空，在橫爬架上邊，躺在他旁邊，感覺挺好的。我仰望良久，循著閃爍的星光，用眼睛畫線……把點點星光連在一起。靜默許久之後，我開始飛快尋思——

「剛才那個吻是怎麼回事？」我脫口問，「就好像，呃——」

「在鬧事！」傑克搖著頭，我們兩又開始哈哈笑了。

「自己吻自己。」我停下來，「那是我幹過最詭異的事！」

他咧著嘴笑，「親吻、擁抱、看著自己的眼睛！唉，我的媽呀！」

我們笑到差點從橫爬架上摔下來，我們真的笑翻了，折騰了幾分鐘才冷靜下來，等我終於再次安靜，感覺漫上來的寂靜感後，我坐起身，直視漆黑的前方。

傑克也坐起來了。

「嘿，」傑克抬手攬住我的肩，像甘納和杰特那樣抱著我。「我之所以那樣做，我是指那記吻，是因為我非做不可，因為妳的朋友賽熙簡直是——」他停下來，「太奇葩了。」

我心中一沉，**傑克喜歡賽熙嗎**？我對傑克沒有情素，可是我們經過這些事後，我沒預期到——

「等一等，」我再次看著他說，「你的意思是，你覺得她人很好？你**喜歡**她？」

傑克一雙眼睛瞪得老大，「**很好？喜歡她？**！妳別鬧了，她是我這輩子遇過最爛的女生了！」

「傑克！請別那麼說，她以前就很討厭我，這下子她永遠不再跟我說話了！」這是我第一次發現自己的聲音如此慌急，從我——

從我不再是我之後，就不曾這樣了。

傑克只是搖著頭靠過來，我們不能坐得再近了。

「小愛。」他說。

「小愛？」直到現在，我才發現他改變對我的稱呼。

「小愛。」他眼中含著笑意，「聽起來挺棒，對吧？」

我點點頭，挺喜歡這名稱。

「小愛，說真的，妳聽好了，」傑克接著說，「賽熙很殘酷！她真的……真的不是什麼好人，妳要相信我，她說了一些——」

「一些很苛薄的話？」我打斷他說。

「沒錯！」傑克瞪大眼睛，完全沒開玩笑。「妳明白，對吧？我非那麼做不可，一定得做。我可以等以後再解釋，可是……我不能容許有人那樣糟蹋妳。」

老實說，傑克如此力挺，令我十分感動，也很慶幸別人能看見我一直假裝忽略的事實。我一直以為是自己做錯什麼，是自己有問題。但另一方面，天啊，我實在很不想承認——我知道賽熙有時很陰毒，但我從沒有過其他閨蜜，我們從幼稚園就是朋友了。這是我第一次道出心中真正的想法與感受。

「沒有賽熙……」我低頭看著，「我就連朋友都沒了。」

「妳在開我玩笑嗎？」

「我是認真的。」我覺得好難堪，說話時只敢看地面，「賽熙打小就是我最好的朋友——」

「小愛，那女的是個小丑！沒有人需要那種朋友，她——」

「我知道她有時挺壞的，」我打斷傑克，「可是，我的意思是……她好的時候，是真的很善良。」聽到自己說這些話時，我突然想到一件事。

賽熙已經很久很久不曾善良過了。

傑克看著我，好像我瘋了。「妳在開玩笑吧，小愛？說真的？」

「你不明白啦！她——」我打住話，因為我第一次發現自己的話有多麼可悲，**我不敢相信我竟然在替她辯解。**

「小愛。」傑克深吸一口氣。

我又躺回去望著天空。

傑克也跟著躺回來，我們在黑暗中聊天。「相信我，」他說，「遠離那個女的，小愛。真的，我可以跟妳發誓，朋友不會那樣對待彼此。」傑克再次轉向我，我們的臉靠得好近。「妳說自己沒朋友也是在講笑話吧？瑪肯齊和珊米兩個都超棒的，難道妳不知道嗎？」

「知道什麼？」我問。

「妳很棒的，小愛。」他告訴我，「每個人都好喜歡妳。」

我不知道該回答什麼，那真是我聽過最窩心的話，我眼眶含淚，傑克彷彿有感應器——雖然天色很黑，但他能知道。

「噢，嘿，喂喂喂！不許哭啊，雀斑姑娘！」他大聲笑著，我們兩個都笑了。然後我們望著夜空良久，直到傑克終於說出兩人一直回避的話題。

「我們要怎樣才能交換回來？我們該怎麼辦？」

「不知道。」我答說，「我看咱們得好好想個辦法。」

「大概是吧。」他吸著氣說。

我用手肘輕輕推了傑克一下，「從沒想過我會三更半夜跑出來，跟柴契爾中學的王子一起觀賞璀璨的星空！」

「什麼王子，求妳了！」他咧嘴笑出聲，搖著頭說：「答應我，以後絕不再那樣說。」

我對他一笑，「面對現實吧，她們全都對你很著迷呢！你可別犯大頭症。」

「最好是啦。」他笑說。

我們又有一分鐘的時間沒說話，接著我脫口說道：

「傑克，我很遺憾……」我頓住了。

「遺憾什麼？」

「你媽媽的事。」我低聲說。

我可以聽到他的呼吸聲，感覺他貼住我的臂膀。

「嗯。」他終於靜靜的說，「謝謝。」

42 傑克

我們正打算從橫爬架上跳下去，跳到地面，度過最後的二十四小時。我們擬了計畫，要在周一上課鐘響前，在護士辦公室碰面，一起解決這件事，我雖不知要如何解決，但這是出事之後，我首次相信一定會有辦法。

「今晚過後，我們只剩一天了。」我說。

「再一天就好。」她回應我說，眼神發亮。

說時遲那時快，我們聽見他們過來了，兩人都深吸一口氣。

「走吧。」小愛悄聲說。

「我們可以辦到的。」我壓低聲音告訴她。

他們一整群——六個男生，八名女生——穿過黑暗朝我們走來。我當然能聽見賽熙的聲音，她嗓門好大，我聽見她討厭的笑聲。

我看著小愛，對她說：「我們可以應付得來。」

兩人雙雙跳下來，重重落在木屑堆上。

山米直接從我身邊經過去找小愛，露著傻笑，他連聲音都懶得壓低，我可以聽見他說的一切。

「兄弟，」山米告訴她，「你也太屌了！」

一時間我好擔心小愛會笑出來，但她真是位優質演員，超配合的。

「隨便啦，」她對山米點點頭，「我不是吻過會到處宣傳的那種人？」她看著我笑說。

「她好漂亮。」山米說，而且聲音岔掉，「我一向喜歡紅頭髮女生。」

狄馬利斯只是搖頭，「漂亮又健美，同學，你的眼光真優。」

「超級種馬，」泰瑞拍著小愛的背，「紅髮女郎？超正點的。」

你應該看到我看著她時，小愛的表情。他們大夥全在談她，呃……對**她**談她。由於天黑，我看不到，但我敢打包票她的臉一定紅了。

女生們也亂成一鍋粥——

克萊兒張著手衝我跑來，「我的媽呀！唉呀我的天哪！我的天！」她故意大聲的壓低聲說，「我完全都**不知道**！哇！實在是，哇！噢，我的天，真的，小愛，這實在是，太**偉大**了！」

「這真是重大進展！」垛莉尖聲走到我後方，「他是如此的完美、帥到掉渣！噢，我的天，妳真的是雀屏中選的那位，小愛！」

我看著她，差點搖頭大笑，那是垛莉今晚第一次跟我說話，她突然完全變了個人。哇，顯現出她的本性了。

凱特琳咯咯笑著，也是滿面堆歡。「看來妳贏到樂透了，小愛！」

我重重吸口氣，瞄到瑪肯齊的眼神。天！我之前怎沒想到這一點。如果她以為……我跟她怎麼可能會有機會。我不能擔憂女生的事，我得專心熬過接下來的二十四個小時。然後，也許我可以修補這件事，解決這個問題。我隔著幽黑看著她，淡淡一笑。

瑪肯齊溜到我身邊，「嘿。」她輕聲說，「剛才那有點——」

「令人詫異？」我幫她把話說完，然後兩人都尷尬的笑了。

「是啊。」她咧嘴笑說。

「我知道，很突如其來吧？無所謂啦。」我笨拙的輕描淡寫，「我想傑克和我只是非常好的朋友罷了。」我根本不曉得自己從哪兒飛出這句話，聽起來像個亂七八糟的女生。太糗了！真是的。

「妳很運氣，小愛。」瑪肯齊笑著揚起眉毛，「我告訴妳個祕密。」她靠過來再次悄聲說，「以前我**超級**喜歡傑克．馬洛的。」

「真的嗎？」我說著在暗夜中露出羞赧的笑容。這感覺直竄我心，我無法解釋，瑪肯齊實在是生命力極飽滿的人。即便在黑暗裡，她的眼睛依舊炯炯發亮，她身上有股難以形容的特質。

「是啊。」她接著說，「從六年級開始就超喜歡他了，不過別擔心，我已經過了。」她朝我一笑，「他現在全是妳的了！」

「妳已經過了？」我重複說，心中一沉，「可是等一等，事情不是那樣的，我們沒有，我沒有——」

唉，天啊，怎麼會搞成這樣子。

「呃，」她的眼眸在黑暗中閃爍，「隨便啦，沒事！無論如何，我會永遠支持妳。小愛，真的，我全心支持妳，同學！還有，我很高興他那樣大大方方的走向妳，妳真該看看賽熙的臉！」她的眼神跳到賽熙和艾絲本身上，她們在秋千旁怒目瞪著我們。「唉，天啊。」瑪肯齊嘆口氣，「我有種不祥的感覺，這件事不會善了。待在我旁邊，好嗎，小愛？我在克萊兒家時，應該多表態，我應該說點什麼，為妳發話。賽熙實在太恐怖了，害大家都有些害怕，對吧？她是徹頭徹尾的霸凌！真應該有人阻止她，她真是太失控了。」瑪肯齊勾住我的手，「我不知道該如何阻止她，不過別擔心，好嗎？」

「噢，我才不擔心。」我直接對賽熙瞪回去。「妳相信我。」

我們一夥人又笑又聊又開玩笑的混了整整二十分鐘，賽熙和艾絲本待在秋千旁，自顧自的翻白眼、瞪人，我們其他人則圍聚在橫爬架邊，泰瑞把大家逗得呵呵笑，他很愛現，還做引體向上。

我在停車場上看到車前燈，接著我聽到歐恩媽媽的聲音了。

「噢，慘了！」歐恩哀嚎說，「我就知道，山米！我就知道會出這種事。」

「歐恩！孩子們！馬上立刻現在就給我過來！」歐恩的母親靠過來，身上穿著浴袍，看起來十分生氣。

「哇咧。」我聽見山米在黑暗中悄聲說。

「我們死定了。」歐恩嘆道。

接著——

我看到歐恩用手肘頂小愛，「同鞋，」他對小愛低聲說，「她好像打電話給你——」

「傑克！」我一聽到聲音便快吐了。我轉向小愛，兩人澈底僵在原地，眼神一樣慌張無措。我只看小愛一眼，便曉得她知道事情砸鍋了。

突然間，賽熙．根妮斯變得一點也無所謂。

其他所有站在這裡的人，似乎全都淡出了。我的眼神在逐漸逼近的上尉，以及一臉驚懼的小愛之間遊走。有個聲音在我腦中狂吼：**我幹麼跑來這裡？我實在太蠢了！我應該懂得拿捏！我幹麼來？應該乖乖待在小愛家，跟夏兒在一起就好，現在就不會搞成這樣了！**

直到這時我才想起來——當我望著穿牛仔褲、灰色軍用T恤、紅襪隊帽子的上尉步步逼近時，我才想起，他不是衝著我來的。

我再次轉向小愛，她把手藏在我的黑色連帽衫前的口袋，緊張的瞄著我。我的心狂跳不已，眼前的一切似乎變緩了，每件事都走了樣。我看著上尉停下步子，轉向小愛。

「傑克。」他重申說，語氣怒不可抑。

「是，長官。」小愛結巴低聲說，那一瞬間，我很慶幸她知道如何回話，但接著上尉伸出手，重重抓住「我的」肩膀。

「滾回車上。」他只說。

上尉抓住小愛的臂膀——我的臂膀——揪住她。他的眼神如此嚴厲，小愛經過我時瞄我一眼，看起來嚇呆了。

「對不起。」我默聲說，看著她被拖走。

「星期一！」我在她身後喊道，聲音大到每個人都聽得見。

我看到她回眸看著肩後的我。

眼神透出絕然的恐懼。

43 愛莉

上尉不發一言，我尾隨著他，越過學校前方，步下小丘來到卡車上。他甚至沒有回頭看，一逕兒的走在前面至少十步遠的地方。等我們來到卡車邊，他上了車，伸手解開我這邊的門鎖。我深吸一口氣，然後才跳上前座，把門關上。

我可以的，我可以，我告訴自己。

我嚥下哽在喉頭的恐懼，試著拋開在我腦中大喊的聲音：**都是我惹的禍，我根本不該偷溜出來！我應該考慮到傑克，我實在被沖昏頭了——**

我斜眼瞄著上尉，他看起來好憤怒，感覺連呼吸都停了。他真的——

氣到冒煙，眼睛死瞪著前方。

唉，媽呀，一切都被我毀了，我連想都不敢想，傑克會遇到多大的麻煩。

隆隆的引擎是唯一的聲響，我再次用眼角瞥著上尉，但他好像把我當空氣，逕自開著車，連一個字都不吭。他把車子倒退，開向前，然後轉出學校。

然後我明白了，我明白這種情況了，這種……不說話？

徹底的冷戰……

一片漆黑。

我真覺得這比他說點什麼要糟糕多了，他說任何話都行！這比大吼還慘。唉，天哪，我咬著脣，努力呼吸。

振作點，小愛，我告訴自己，**妳可以的，妳可以辦到的。**我在腦中一而再再而三的說。

天啊，我真替傑克難過，我媽媽絕對不會……

我把頭靠在窗上，望著黑夜，看街邊條然畫過的街燈。我不敢吭半個字，妳瘋了不成？我雖然才當了一天半的馬洛家男生，但我懂得，好嗎？我知道他們家的規矩。

除非上尉跟你說話，否則別開口。

上尉把車停到車道上，然後下車，他並未摔門。他關好車門，走進屋裡，把我丟在那兒獨自坐著。我暫時鬆了口氣，接著想到自己大半夜的獨坐在卡車裡，於是我打開車門溜出去。

我站在車道上，拉起帽兜蓋到頭上，感覺像戴了頭盔。我的手扔插放在前面口袋裡，走到屋前打開門，準備接受即將展開的談話、吼叫、訓斥、永遠不許再踏出房門之類的話。至少我明天不必為冰球練習編造天大的藉口了。可是當我踏入屋裡時，屋裡是黑的，裡頭死寂一片，伸手不見五指。我摸索著找樓梯的欄杆，然後靜悄悄的慢慢爬上樓，溜入傑克房中。我的眼睛稍稍適應後，勉強分辨出那一坨東西是熟睡中的史托克。我重重吸氣，拉起傑克床上的被子，無聲的鑽到底下。我甚至不在乎身上都還穿著衣服，帽兜也還蓋著，我側身躺著，面對史托克。

「再一天。」我忍不住低聲嘆道，**我可以的，我可以做得到**。我不斷念誦，彷彿那是我腦中的一首歌謠。我閉上眼睛，覺得好累。

44 傑克

我衝下小學前面的陡丘，聽見她們在我後頭大喊。

「小愛！」她們喊道，「回來呀！喂！小愛——！」我相當肯定是瑪肯齊和珊米，也許克萊兒也有，反正都無所謂了，我甚至不在乎，彷彿之前憂心的事全消失了。我在大家都看不見的小丘底下也沒停下來，我沒有跪下來先把布鞋綁緊就跑了。從小學奔回我家剛好一點六英里，我們騎自行車競速過幾千遍了，都已量過，這段距離我早背下來了，我知道該怎麼做。我不在乎自己在空無一人的黑暗大街上，穿著紫色睡褲奔馳，或小愛的長髮在我身後飄揚。我心思飛轉，心臟猛跳，邁著步子盡最大速度奔跑。街上好安靜，好黑，感覺像穿越太空。空氣如此輕柔，除了自己的呼吸聲，我唯一能聽到的，是雙腳踩擊人行道的聲音。我腦中充斥各種念頭，聽見杰特要我冷靜。**「你唯一能控制的是自己有多努力。」**

我加緊腳步。

我必須回家。

我越接近家門，狀態就越狼狽。我揮汗如雨，不曾如此慌張。所有事情在我腦中旋繞，害我胸口揪緊。我叫自己冷靜，**冷靜啊，傑克！要振作！**老實說，我不知道自己是擔心小愛，還是更擔心自己。我那麼努力，眼看這下就要全部赴諸東流了。他說不定連球都不讓我打了，逼我打電話給教練，然後表示道歉——

道什麼歉？我也不知道。反正上尉就是那樣，要做對的事，用**正確**的方法。用用你的腦。我可以想像他坐在廚房餐桌，默默瞪著小愛。這是**我**闖的禍，結果他卻要對她發飆。噢，天啊，萬一她哭了呢？那就完了！而且上尉還不曉得我在學校打架！他只是對操場的事情發脾氣而已。我害每個人失望了，我一心希望老爸能以我為榮——讓他看到，我能做到該做的事。

等我終於跑到家門前的大街，便放緩速度，然後步行。空氣凝滯而詭譎，我抬眼望著星群，天空突然變得更黑了。**沒希望了**，我心想，低垂下眼神。

「打起精神。」我大聲告訴自己，並在接近家門時，輕聲在黑暗複誦。只是等我終於到家時，我剛才的妙點子，突然變得非常非常愚蠢。我該怎麼辦！？朝自己的窗戶扔石子嗎！？說不定會打破玻璃，我真是個白痴！我到底在想什麼，怎麼會跑來這裡？我杵在站立過上百萬遍的車道上，這是我射過百萬次冰球的同一條車道，是我們做訓練的地方，我用載著啞鈴的雪橇推著甘納。我站在車道上，然後頹坐到地上，把頭埋進手裡。

房中一片漆黑。

連一盞燈都沒亮。

我在暗夜中獨行，一路走回克萊兒家。我已經快到了。我的手又冷又溼，雙腿發顫，我真的累壞了。

我一看見她，淚水便湧上來，再也忍抑不住了。車子一停，夏兒便跳下車，然後我就再也憋不住的哭了起來，淚水泉湧而出，我開始嗚咽，倒入她懷中，整個人像癱掉似的。夏兒抱住我，緊緊擁著。

「噢，心愛的。」她低聲說，「噢，甜心，克萊兒的媽媽打電話來過，妳害我好擔心，妳為什麼——噢，噓……寶貝。」夏兒親吻我耳上頭側。「噢，寶貝，我在這兒呢，別往心裡擱，沒事的，我在這兒呢。我愛妳，我們會把問題理清的。」

外頭漆黑安靜，只聽得到我的哭聲。夏兒沒有鬆手，只是抱住我。她好強壯。「不會有事的，」她用最輕柔的聲音對我低語。我哭得涕泗橫流——把她的襯衫都弄溼了。「沒事。」她一再喃喃說，「沒事，心愛的——我知道妳很難過，妳再也不必害怕了，我們會撐過去的，事情一定會好轉。」

45 愛莉

「傑克！」

我張開眼睛瞇著眼，燈打開了，上尉站在門口，穿著跟昨晚一樣的牛仔褲、灰色軍用運動衫和紅色棒球帽。

「你有五分鐘時間可以起床、拿好袋子，然後上車。」他就說了那麼多，然後呢？就走了。

「呃，我，嗯……生病了！」我怯弱的喊道，「我覺得很不舒服。」我又說。

上尉再次出現在門口，他站在那兒看著我，雙臂疊在胸口。

「你能呼吸嗎？」他問。

我點頭表示可以，「可是，呃，我的眼睛好痛。」

「你看得見嗎？」他問。

「可以，長官。」我輕聲回答。

「那麼你就能溜冰。」

「可是我，我——」我才開口又止住了，他的表情讓我說不下去。

上尉看看手錶，「你是在浪費時間，傑克。還有四分鐘，你最好趕快上卡車。」

我等上尉離開後，瞄著時鐘，才早上五點五十五分！我該怎麼做？**我答應過傑克的。**

史托克翻身看著我，似乎覺得我瘋了。「老弟，你發什麼神經？你練球從不遲到的，別鬧了，快起來！」

「我不行，我只是，呃——」

「起來！你有事嗎，兄弟？」史托克迷迷糊糊的坐起來，揉著眼睛打呵欠說：「我要去撒尿。」他站起來從門邊回頭看我，「老弟，上尉會發飆的，你最好快點。」

唉，我的天！我該怎麼辦？我該怎麼辦？

我坐起來，聆聽時鐘滴答流失的秒數。我心跳得好快，**快點想，小愛，快想！到目前為止我都熬過來了，對吧？爬山、舉重，這事我也可以做到**，我告訴自己。我知道傑克說過什麼，可是你若見到上尉看我的眼神——

你就會跟我一樣，立即下床。上尉叫你走，你就走。我慌慌張張的走進浴室，結果差點撞到穿著四角褲、光著上身的史托克。

「呃。」我結結巴巴，緊張到不行。

史托克打著呵欠，雙臂往上一抻，「老弟，你是怎麼回事？」

「我就……唉，天哪。」我覺得好想哭，但我沒有，只是望著他做深呼吸。「史托克？」我說，然後劈頭問他：「我的袋子呢？」

「冷靜點，老弟。」他不解的看著我，「你也太怪了，算了，你去尿個尿，我幫你整床，然後去籠子幫你拿袋子。安啦，老弟，先清醒一下，想清楚，**別慌**。」

別慌，別慌。我在心中重複著，我溜進浴室用冷水潑臉，看著鏡子。傑克的眼睛鼻子好多了，不過還有些瘀疼和青紫。

「冰球，沒事，妳可以辦得到。」我吸口氣對自己說，勉強擠笑，然後轉向窗戶，推開窗簾往外窺望。天色仍暗，上尉已經坐進卡車等在車道上了。車前燈開著，「如果你能看見，就能溜冰。」我嘀咕上尉的話，好像那樣會有些幫助。

一分鐘後，我衝下樓，穿著跟昨晚一樣的衣服，牛仔褲、黑色連帽衫，套上傑克的布鞋。看到史托克——依然只穿了四角內褲——突然拎著傑克的巨大裝備袋，從地下室上來時，我這輩子真的從未如此感激過一個人。

「史托克，天哪，我愛你！」我衝口說。

他莫名其妙的看著我，「我也愛你，老弟。我不知道你是怎麼了啦，不過你今天得好好表現。」他頓一下，衝我笑說：「記得呼吸，你可以的，你是硬漢。」

我接過袋子甩到肩上，轉身要走——

「哇咧，兄弟，你今早是怎麼了？」他哈哈笑著搭住我的肩膀，把我拉回來，然後交給我兩根冰球棍。「你需要棍子，老弟。」

「謝了。」我說。史托克有種能感染我的冷靜特質，我看著他，心想，也許這件事可以行得通。

「還有，兄弟。」他又說。

我在打開的前門駐足，回頭看著史托克。

他告訴我：「無論如何，都別放棄，絕對不要放棄。」

我把傑克的冰球袋放到卡車後邊，然後跳上四小時之前所坐的乘座上，我現在完全清醒了。

我很清醒，且即將去打冰球！

我上次公開溜冰，是十歲的事。我瞄著上尉，不敢看太久，沉默的他挺嚇人的。我們倒車離開車道前，在卡車移動之前，上尉看都沒看我一眼，他遞給我一個馬克杯，裡面的東西聞起來好噁。我接過杯子慢慢遞到鼻子前。**我的媽呀，超、噁**。可是我沒敢縮身，你以為我瘋啦？我不打算惹他生氣，我得忍，得為傑克吞下去。

「謝謝您，長官。」我把塑膠杯湊到嘴邊，喝了一大口，努力不皺臉。接著我數到五，閉起眼睛，把剩下的全喝完。

去溜冰場的路上，上尉都沒說話，一個字都沒說。我一直別著頭，努力不把腥味極重的香蕉糊嘔出來。我看著窗外高速路上漸露的天光，淡淡的藍紫色，早晨六點十七分醒著的人們，比我想像中還多。車子從我們身邊呼嘯而過，等卡車開到溜冰場後，我的胃揪得超難受。我不知該如何撐過練球，但我得試試看，反正現在已經太遲了。我握住門把，重重吸口氣。

「傑克。」上尉終於打破沉默說。

我回頭看著，他沒有微笑。**我到底在期待什麼？**

「怎麼了，長官？」我說，手仍放在車把上，不敢亂動。

「這一切，很可能在轉瞬間就化為烏有了。」

「是，長官！」我的聲音發顫，我得走了，可是我感覺他抓住我的肩膀，將我拉了回去。

「我有說你可以走嗎？」

我的心一沉，「沒有，長官！」我緊張的回答。

「關於昨天晚上，」他說，「看著我。」

我轉過頭，真的朝他轉過身子。「對不起，長官。」我輕聲說，竭力不讓自己掉淚。

他連眼都沒眨，「沒有任何藉口。」

「是，長官。」我靜靜答道。

「沒有灰色地帶，非黑即白，男人做該做的事，男孩則是做他們想要做的事。」

我不懂他話中的涵義，或自己該說什麼。雖然引擎已經熄了，但我們在卡車裡至少默默坐了一分鐘。我看著其他男生下車，嘻嘻哈哈的笑著，肩上背著袋子，他們看起來都比傑克更魁梧，年紀更大。

我給自己淌了什麼混水？我看著那群男生消失在溜冰場的金屬雙扇門後。

上尉終於深吸一口氣，「去吧。」他只這麼說。

「阿傑，你剪毛啦！」我走向門口時聽見有人喊，傑克的大冰球袋繫在我肩上，我手裡握著他的兩根球棍。

我回頭一瞄，聲音發自一名高大、眼睛炯亮的男生，男孩的棒球帽下，冒著粗硬的金色長髮。他走得越近，笑意就越深。「怎麼樣，小子！剃得挺不賴，好看，兄弟。準備打球了嗎？髮型挺酷的，阿傑，我很喜歡。」他抓住溜冰場的門幫我拉開。

我運氣不錯，大家都很喜歡傑克。我怯怯的對快樂金髮男笑了笑，然後專心帶著大袋子穿過門口。冰場的空氣迎面撲來，這裡好冷！

快樂金髮男跟在我後頭走了幾步，「該上工了。」他說。

我回頭往肩後一瞄，學男生跟他點了一下頭，然後直視前方，走下走廊。

「阿傑！」快樂金髮男對我喊道，「你要去哪裡，老弟？」他大笑著，在幾碼後的一扇門前停下來。「你在搞笑啊。」他笑著搖頭，看我停下，朝他折回去。「哈！耍寶！」

我走進擁擠的更衣室時，根本沒有人抬眼，這裡整個就是充滿精力、笑聲、談話聲，大夥裸胸嬉笑的男生世界。牆上的音箱發出轟天的樂聲，每個男生半裸著並肩坐在木長椅上。地上扔滿了冰球袋，還有**媽呀**，這裡好臭。我得專心凝視，才能不皺鼻子。

我坐到看見的第一個空位上，把袋子扔到地上。

我旁邊戴棒球帽的男生抬起頭。

「那是布格西的位置，老弟。」

「噢！對不起。」我跳起來移向房間對面，唯一剩下的空位。我得避開一大堆冰球袋，傑克的大袋子掛在我背上。**好了**，我心想，再次扔下袋子，坐到座位上，緊張的四下探看。

這應該會很……有意思，我思忖道，差點笑出聲。我根本不懂如何穿戴配備。樂聲轟響，男生們笑鬧著彼此扔東西，我想到一個很不錯的計畫：一個我獨自玩的「老師說」遊戲。只是這次沒有老師喊出指定動作，只能由我觀察房間對面的快樂金髮男，模仿他的每個動作。

他脫到只剩四角褲，我就跟著做。

他伸手到袋子裡掏出——

一條丁字褲。

你實在很難不笑出來。我盡量不盯著他把丁字褲套到四角褲上。接下來呢？我依樣畫葫蘆，好啦！然後傑克的……

小底迪就有堅實的保護罩了。

接著是一個看起來挺複雜的帶狀物。這到底是什麼玩意兒？我戴上它——就像一條垂著釦子和鉤子的皮帶。隨便啦，我真不知道是什麼。我只是玩著「老師說」遊戲，模仿下一個動作。快樂金髮男坐回長椅上，在護脛上套起金色的大襪子，先穿左腿，然後右腿。他站起來

——哦，原來是為了那個，我只差沒點頭。腰帶上的鉤子是用來鉤住襪子的，這看起來不是很困難。快樂金髮男穿起一件看起來像襯墊短褲的大褲子，我找到傑克的褲子，也穿起來。好了。接下來。溜冰鞋。先穿右邊再穿左邊。我先從底處開始，慢慢往上拉整鞋帶，直綁到最上端，我用力拉著，像布鞋一樣在頂端綁妥。好了，就這樣了，對吧？我四下張望。不對，還沒好。還有肩墊、肘墊、運動衫。我從頭頂套下運動衫，一次穿一隻手臂，只是衣服卡在肩墊上了。唉，真是的。我笑了笑，我在房間跟二十個男生坐在一起，結果運動衫卻卡在我的眼睛上。

「我幫你，馬仔！」我旁邊的男生說，用力扯下卡住的運動衫。

「謝啦，老兄。」我抓起傑克的頭盔戴到頭上，穿上他的手套，踩站在溜冰鞋上。覺得自己好像要奔赴戰場。我跟著大夥走，就在大家下場前，快樂金髮男帶著笑意看著我。

「馬仔，你最好帶上你的球棍。」他笑說，「你是怎麼了，同鞋？」

「噢，謝謝。」我隔著面罩尷尬的說。我抓起一根傑克的球棍，像握劍似的用皮製掌心的手套揪著。那樣就完備了。我回到隊伍裡，大夥經過時，某人的爸爸拍著我們的背，「繼續溜，孩子們！」他笑著喊道，「讓他們看看你們的本領！」我們像軍隊似的大步滑出去。

我是最後一個離開房間的人。

傑克

我在小愛的大床上醒來，陽光從窗口流瀉進來，被子蓋到下巴上，我真的很久沒這麼舒服過了。我蜷著身子，扔開眼角的睡意。我好像從來不曾睡得那麼香，我沒有輾轉反側，或跟平時一樣滿身盜汗，滿心憂慮的醒來。我只是單純的睡著，又久又沉，然後張開眼，感覺好棒——

我僅僅爽了三秒鐘，然後呢？

然後我想起來了。

想起一切。

爸爸的眼神，我畢生首度缺席的冰球練習。我昨晚慘透了，我哭得好凶，崩潰式的哭，全身抽搐，連話都講不出來。我記得夏兒哄我上床，陪我坐著，我一句話都沒說，只顧著哭。記得我眼睛都哭腫了，然後才終於睡著。

唉，天啊。我翻身把臉埋到床單裡，吸著爽淨的香氣。

還剩不到一天了。

我一定會想念這張床，我的心中開始充斥各種思緒：**我看我八成已經被禁足了，也許得被轉去聖喬伊**。我想像自己打著領帶，穿著那身呆板的深藍色外套、卡其褲。小愛好勇敢！真的。她竟然坐上卡車回家去了，我不敢相信她竟然那麼做了，真是有夠帶種！超屌的！想到這裡我笑出來了。小愛顯然沒有——

哈，是的，我不願多想。我再次閉上眼睛，我好累，根本不想離開這張床。

「愛莉，甜心？」

我聽到門上傳來輕叩聲，便抬起眼。

「心愛的。」夏兒探頭進來，走進房裡，靜靜坐到床上。她伸手撫著我的臉，「嘿，甜心。」她柔聲說，「妳覺得怎樣？有沒有好些？」

「好一點了。」我慢慢答道，聲音聽上去頗為沙啞。

夏兒溫柔的看著我，然後深吸一口氣。「改天我們得談談究竟發生了什麼事，心愛的，可是現在呢？」她停頓良久，用一對笑眼看著我。她靠過來親吻我的額頭，貼住久久不放。「噢，小寶貝。」她喃喃說，「有時候妳只是需要媽媽而已。」

我穿著小愛的毛絨大拖鞋，走到樓下廚房，坐到窗邊桌子的位置上。洗完臉把頭髮往後梳的感覺好清爽，我穿著寬鬆的運動褲和破爛的波士頓大學足球隊T恤——我隱約記得昨晚脫去了派對上穿的衣服，然後換上這些衣褲。我看著在爐子邊翻煎餅的夏兒，直到她回頭看見我坐在桌邊。

「噢，嘿，甜心。」她笑咪咪的轉向我，身上穿著我遇到她時的同一件瑜珈服，「妳有好好泡澡嗎？」她問。

「沒有。」我搖搖頭，淡淡一笑。

「沒有？妳至少有洗臉吧？洗臉總是不錯的。」

「有。」我點點頭。

「嗯，」夏兒咧嘴笑說，「希望妳餓了，我做的量都可以餵軍隊了！」

「軍隊」一詞令我想起我爹，我八成露出擔憂的神色了。

真希望我此刻在冰球隊裡。

我瞄著時鐘，隊友們也許正要離開溜冰場，肩上掛著袋子，嬉嬉鬧鬧的穿越停車場。沒有什麼比一日之計在溜冰更棒的事了，我喜歡每個星期日，酣快淋漓的溜完冰，然後回家，跟哥哥們一起做訓練。

夏兒遞給我一杯柳橙汁，「心愛的？嘿，妳還好嗎？」

「我很好。」我謊稱道，「謝謝。」然後把杯子遞到嘴邊。我突然覺得好渴，於是一口氣把果汁灌完。

「那麼，妳想踢足球嗎？如果想的話，我們得——」夏兒停一下，看著時鐘，「差不多再一個小時出發。甜心，」她接著說，「昨晚發生好多事，我不知道是怎麼回事，但我打算由妳自己做主，我相信妳的判斷。我剛剛說過，我們真的得好好談談發生了什麼事，不過我們可以等踢完足球再說。」

我抬眼看著她，夏兒人真的很好。她的眼睛如此明亮，我好喜歡她，我知道這話聽起來很怪，因為，我幾乎不認識她，只是——

感覺上我好像認識她。

「寶貝？」夏兒依然站著，溫柔的微笑低望，等我答話。

「我會去。」我靜靜回答，也試著微笑。至少小愛跟我說過沒關係，能流流汗、動一動是很好的。我甚至不在乎是否會見到昨晚哪一個女生，不在乎別人說什麼，反正我會三緘其口，盡量享受踢球。

「我很高興聽見妳想去踢球。」夏兒燦然一笑，「如果妳打算踢球，」她說著一邊折回爐子旁，「就得吃東西。」

夏兒端著一個堆滿熱煎餅的盤子回到桌邊，看上去好可口，有些是心型，有的不是！夏兒實在太厲害了，我把餐巾攤到腿上，仔細環顧四周。小愛家的廚房跟我們家幾乎相反，飄著類似奶油和糖的甜香，或者——是香草味，香草蛋糕。這裡明亮而溫暖，桌上擺了鮮花。夏兒也給自己弄了一盤吃的，然後坐到我對面。

我等她先開動，我們在家都是等我爸——

她看著我。「吃呀！」她的眼睛真的好美，看起來跟小愛的一模一樣，她們有同樣的雀斑，同樣深紅色、過肩、中分的長髮。我知道這樣講很奇怪，但我光是看著她，就覺得又很想大哭一場了。

「謝謝妳。」我吃了第一口，接著很快又鏟了一大口。

「很高興看到那樣的笑容。」夏兒說，她隔著黃色與粉紅的花朵對我擠眼，兩人默默吃飯，但不是那種空虛的死寂，如果你明白我的意思。

47 愛莉

我跟著其他男生穿過長廊，大夥排成一列，穿著溜冰鞋和一身配備／護甲，手拿冰球棍，越過一片攤放的黑色橡膠墊。每個人都很興奮，不時用男生的低沉聲，高呼著「衝啊」之類的話。

「大聲說，孩子們！」

「該上場表現了！衝啊，孩子們！」

「勇敢奮戰！等不及明天了！」

我在踏入冰場前，在門口駐足了一會兒。我只要踩一小步就下去了，卻渾身發僵，繃緊神經，覺得自己像隻害怕的小鹿，不知你可曾見過畏懼的小鹿。我真的超級忐忑；兩腿發抖，渾身哆嗦——覺得只要一踏到冰上，腳就會摔滑出去。

我到底在幹麼？這實在太瘋狂了！我心想。就在我考慮轉身、編造藉口時，有個全身素黑，穿著波士頓棕熊少年隊暖身服及發亮黑色頭盔的大個頭男子走到我後邊，差點把我嚇死！

「上陣了，小傑！準備好！」他吠道。他嚼著口香糖，脖子上掛著哨子，「上場去，把你的本領秀給他們看。你最強，馬洛！讓咱們瞧瞧你的本事！」

呃，哇咧。我不懂男生幹麼彼此打來打去，不過接著我的背部又挨了一記。碰！我差點嗆著，因為挨得出其不意！這一下啟動了接下來的一連串動作。待我慢慢說來，你就不會（拜託不要）笑出來了。

拍背、一推、我往前彎身，踏上雪白的冰場——

太瘋狂了！我甚至不必多想！右腳便刺入冰中，然後一推。我並未像自己所想的那樣跌個狗吃屎，傑克的身體輕鬆自如的進入自動導航模式！一切無比的順理成章！我根本不必思考，我可以聽見冰層被我的步伐踩得刷刷響，先是左腳，接著是右腳。凜冽的空氣鑽入我的喉頭——我可以看到自己的吐氣——噢，哇！剛才的緊張消失不見了。如果你能透過面罩，看到我的眼睛，便會發現我眉開眼笑！傑克好厲害！速度超快！

我無法相信，我們搞了這麼久才弄懂這件事。傑克擁有我的身體，而我擁有他的：**我可以做任何他會做的事！**

冰上的一切如此容易、順利。我踩冰推進，輕鬆滑行，推進、滑行。我開始越滑越快，感覺順暢無比。我跟隨其他男生，邁步奮力踩著冰層。男生們伸展身體，推著冰球，暖身——我無法形容有多麼輕易！而且不僅是溜冰：用棍子掌控冰球也同樣簡單！就像我在冰球上面綁了繫線，從來不會落球。我將球橫向左右推著，從這一側推到另一側，動作極為流暢。我就這樣順利的完成第一部分練習了。

戴著黑頭盔的大個子吹響哨子，把大家叫到中央時，我是第一個到的，我跟其他男生一樣單膝下跪。

教練嚼著口香糖，說話前在冰上吐了口口水，等大夥就位。在教練等候時，我抬眼望向看臺。我看到上尉回頭看著我，我的心開始狂跳，真的。我現在前所未有的緊張，彷彿除了此時此地，突然沒有別的事需要擔心了。我不想搞砸。跟所有男生一起跪在這裡，令我覺得自信，近乎驕傲。我可以明白傑克為何如此熱愛冰球了，他真的很厲害，與最優秀的人一起打球。

教練說話時看著我，「各位，我們明天有第一場比賽，咱們今天的練習，得等同於明天的比賽。我要看到各位的拚勁、必勝的決心、澈底的執行動作。如果我們今天做到了，明天便能贏得比賽。」他頓住，看大夥一會兒，然後眼神再次鎖定我身上，「好了，各位！咱們開始！」

接下來的五十分鐘，我專注的使出渾身解數，做暖身練習、滑冰練習、傳球、射球幫守門員暖身。

我控穩冰球，然後射擊，完成動作。我的身體自然知道要做什麼。

「馬仔，射得漂亮！」我聽到人說。

打了十分鐘後，我已經愛上冰球了，我從來沒玩得這麼開心過。傑克好厲害，他非常強壯敏捷，就像能用冰鞋跳舞，他的身體動作如此的優雅華麗。最後一項練習是在被追的狀況下做射擊。教練把冰球放到角落，由兩人一起追球；先搶到球的人設法射擊得分。我迫不及待的等著輪到自己，我實在太開心了，我抬眼瞄著上尉，差點忍不住揮手！

我站到線上，跟一名比傑克塊頭大很多的傢伙搶球。

「二位準備好了嗎？」教練問。我還沒點頭說好，教練便把球打到角落裡了。「去追球，小傑！」

另一個男生搶在我前頭，但我追上去，兩人全速衝往角落，我率先取得冰球，抵達角落。開戰了，我絲毫不必動腦，身體自然行動。我探向冰球，這時對方重重朝我胸口做橫桿推擋的動作。那不是推阻而已，而是重擊，害我往後退開。我們兩人在角落爭球，那傢伙當場飆我，「想幹架嗎，遜咖？」他又推我一次，打中我的臂膀，將我推向練習板，弄痛了我的肩膀。我本能的想把他推回去，可是我知道那樣太不明智，不能讓那傢伙把我激怒。我專心搶球，把球挖出來，然後直接衝向球網。我用假動作騙守門員，把球帶往左側，等他上鉤後，再把球帶回來，從他身邊射進門戶大開的球網裡。

「帥！」我低聲對自己說，不想太得意。「**要謙虛。**」杰特會說。我盡量擺出得分沒什麼大不了的樣子，可是控球得分的感覺也太棒了吧。

我的對手跟在我後頭溜著，回到隊伍裡。

「你在幹麼，菜鳥？」他衝到我面前瞪著我搖頭，「你為什麼那樣弄我？我們明天有比賽！你想幹架是嗎，你想幹架是不是？」他又推了我一把。

搞屁啊？明明是他來弄我的！這傢伙是吃了炸彈嗎？這是我第一個念頭，然而就在同一瞬間，我心念一動，退開一步，對他點了點頭──不再計較。彷彿杰特、甘納和史托克此刻全陪著我──**害怕的狗吠得最大聲，別把時間浪費在憤恨不平的人身上。保持專注，抬頭挺胸，繼續前行。**

其餘的練習時間，我覺得腳步特別輕盈，覺得自己變得更強壯快速了。我俐落無比的打著球，最後教練吹哨時，我真希望練習不要結束。我的精力如此充沛！感覺無所不能，強大無比。時間過得好快！就像是──

陷入忘我的狀態。

如同魔幻一場。

我們在中央線單膝跪下，我氣喘如牛，汗水從臉側滴落。教練嚼著口香糖，注視我們良久。你只能聽到頂燈在頭上低聲嗡響。

「各位，」教練終於說了。他頓一下，大聲表示：「我通常不喜歡單挑一個人說，但今天我看到了一些狀況──」教練又停住了，他瞇起眼睛，大家變得非常安靜，我的心跟著狂跳。

也許我做錯事了？

教練再度開口時，看著我說：「如果大家能像小傑今天那樣專心、拚命，我們應該就不會有問題了。很堅毅的孩子，絕不輕言放棄。」教練停下來對我點頭一笑，我覺得所有男生都在看我。他們開始用球棍敲著冰地。

「馬仔！」「讚啦！」「幹得好！」「菜鳥是剋星！」

教練等大夥安靜下來，「馬洛。」他再次盯住我說：「你非常積進的搶入角落，布蒙橫桿推擋你時，你並沒有像以前那樣發火，非常嚴守紀律。布蒙一直緊咬不放，後有追兵，搶進時又要承受別人的攻擊，卻仍能運球射網得分——幹得好。」他環視所有男生，緩慢而字斟句酌的說，「明天我就是要看到這種拚搏的勁，各位。想復仇的人只會挨罰，打球要有熱情，也要用腦。明天是場戰役，我們要比他們更輕巧快速，比他們更強大，頑強的奮戰。」他再次停住，臉上終於笑開來。「我們要記取小傑的示範，不斷預習。」

「馬仔！」大夥全又敲著桿子說。

「先搶到球，然後往球網推進。今晚好好休息，各位，吃頓飽飯，恢復力氣，伸展身體。明晚準備好好大幹一場，拚他個六十分鐘！」

我滑下場，渾身汗溼，笑得花枝亂顫！我這輩子沒這麼拚過，我好強悍，無論狀況再艱辛，就是不放棄。我抬眼看著上尉，他在場子最高的坐位上觀看。他一定會很驕傲！大夥全拿著球棍開心的敲著我。

「很棒的練習，小子！你一定會很棒的，小傑。」

「咱們可以贏的，同胞們！」

「咱們明天就火力全開，各位！給他們好看！」

推擋我的那個傢伙，那個作弊的傢伙，在大夥步下冰場時走到我後頭，「對不起，小傑。」他說著一笑，「我一時失控，你不會生氣吧？」

「當然不會，沒事。」我告訴他，說得好輕鬆，隨口便說出來了。「別擔心，兄弟。」我笑說，而且是真心誠意的。

48 傑克

夏兒把車子繞進運動中心，但她沒開往接送區，而是往右轉，來到停車場上。

「我想變化一下，陪妳進去！」她告訴我。

我們並肩一起走進去。這跟被老爸載送不一樣，老爸通常把卡車停好，買杯咖啡，然後在練習開始時出現，他每次都站在同一個地方，不跟任何人說話，只是從球場最高的座席上緊盯住我，把一切看在眼裡。然後在回家途中，把狀況溫習一遍，通常是點出我哪裡搞砸、哪裡做錯、如何改進、做調整等等。「就是這些細節，」他告訴我，「必須做到正確才行。」

之類的。

我瞄著夏兒，我們走路時，她攬住我的肩，對我咧嘴一笑，「我若抱妳一下，會害妳沒面子嗎？」

「不會。」我笑著靠過去，感覺真好，「一點都不會。」我說。

「還有，別擔心，我不會喊加油之類的，」她大笑說，「第一，我對足球一點都不懂，第二，我認為妳相當完美，所以一定會偏心。」夏兒雙眼一亮，「我帶了一本很棒的書。」她笑著說，兩人走上臺階。

「我不會偷看，妳只要知道我在這裡就好了，好嗎？我不會跑去別的地方。」

運動中心裡面到處都是人，擠滿了紅著臉頰、渾身大汗的小孩，大家穿著色彩鮮豔的運動衫，肩上背著袋子。點心吧臺邊簡直交通阻塞，一堆小孩舔著雪泥，小弟弟小妹妹擠在電玩跟獎盃櫃旁邊。夏兒與我穿越這裡，來到草地後，才各自分開。她很快朝我笑了笑，然後拿著自己的書，走向其他家長和架起來的金屬看臺上。

我在球場尋找雷鳥隊和她們的粉紅條紋襪，希望自己有些遲到，這樣我就不必跟人說話了。但願大夥都暖好身了，我只要神不知鬼不覺的溜進去就行。

我想得太美了。

當我慢慢跑到草地盡頭的最後一片球場時，大家全抬起頭來了。

賽熙。

艾絲本。

克萊兒。

瑪肯齊。

女山米。

在任何人有機會談昨晚的事之前，一記哨音救了我。是卡洛琳教練。

「開始了，各位，加油！」她大喊著站到中間。同樣的黑色暖身衣、同樣的鴨舌帽、同樣的馬尾、燦爛的笑容。大夥在中央集合，緊緊聚攏。我感覺瑪肯齊的手抓住我的手。

「真高興妳來了。」她悄聲笑說。

「我們有很多事要做，各位女士。今天是甄試的最後一天。」卡洛琳教練公事公辦的說。「今天跟星期五類似，不過上次我看的是妳們的傳球和接球技巧，以及妳們如何與周邊的隊員合作，今天的重點是妳們的運球技巧，以及一對一的攻門技術。」

我盯著教練，但我還是可以感覺到一股殺氣。

賽熙。

我用眼角瞥見她憤憤看著我，那是我見過最惡毒的眼神。我瞄向場邊，在金屬看臺上的家長中尋找夏兒。她信守承諾的坐在那兒看她的書，我深深吸口氣，轉頭看著卡洛琳教練。

「跟星期五一樣，每個人都會犯錯，我只是想看看各位犯錯時的反應，盡妳們最大的努力，好嗎，各位？」

眾人點頭，並聽到窸窸窣窣的腳步聲。

「好。我們的練習如下——先暖身，分成不同區塊，輪流操作，最後是一對一到終線，然後以一對一攻球門做結束。可以嗎？」她看著我微笑。

「可以，夫人！」我忍不住本能的說。

我聽到賽熙壓低聲說：「馬屁精。」

一個小時後，我大汗淋漓，我非常努力，而且避開所有跟賽熙的重要衝突。我遠離她，她若是接近我，我就保持安靜，不說話，不做眼神接觸。當我覺得很想揍她那張臉時呢……我就望向看臺上的夏兒。她那頭絲亮的紅色長髮，讓人容易一眼看到她。她是唯一沒有看球、只專心讀書的媽媽。

「好了，各位，繼續加油！」卡洛琳教練把大家叫過去做最後一項演練。我粗聲喘氣，甄試真的蠻累人的。我鑽到珊米和瑪肯齊中間，覺得她們有點像我的保鏢，她們會在眾人之中為我保留一點空間，確保不會有人夾進來。卡洛琳教練的指示有點複雜，打冰球時，我本能的知道該往哪兒走，連想都不用想。可是在足球場的草地上不然，我必須非常專心聆聽。

「我們最後以一對一射門結束。穿紅背心的球員，先從球門的門柱邊開始，往球柱旁邊射球，守門員在網內。所有穿黃背心的人，到禁區弧頂邊。我會把球傳給攻方，守方一聽到我踢球，就可以開始防守了。」

噢，媽呀，希望我全記住了。我穿黃背心，所以是要攻球。我在禁區弧頂邊的隊伍，站到珊米跟一群我不認識的女生後面。賽熙、艾絲本、克萊兒和瑪肯齊都是穿紅背心的，她們拿著球在門柱邊排成一列，我在腦中數著：**九名攻球員，九名守球員。**頭幾次，我朝不同守方隊員射了幾球，先是艾絲本，然後是瑪肯齊，然後是一個叫艾迪的女生，每次我都把球射入網裡，我聽到隊中的賽熙啐道：

「唷，運氣真好。」

「等妳遇到真正厲害的防守員就知死了。」

「她還沒看，妳就攻球了！」

我承認自己很火大，這女的真是可笑！我心想，**她開始激怒我了**，然後瞄向夏兒。她依舊埋首看書，不驚不擾，我回到禁區弧頂邊的前鋒隊伍裡。我忍不住看著，在心中默數。兩個人在我前面，兩個人在她前面。「很好。」我悄聲說。

我要正面迎擊賽熙。

卡洛琳教練把球傳到我腳邊，我看到賽熙朝我衝過來，她全速奔馳，毫不減速。我不知道還能怎麼形容，但我體中有個東西對上了。我的腳輕鬆自如——不假思索的動了起來。我做了一個完美的腳外側控球，繞過賽熙，心想，**這也太酷了吧，我徹底打敗她了**。接著突然間，我聽到腳步聲，眼角餘光瞥見賽熙滑過來要絆倒我。

我火速再次把球控到腳外側，然後一個躍步，跳過賽熙滑過來的腿，站穩步子，朝近處的門柱踢出一記完美的低空射擊，避開守門員伸長的臂膀。這一切像慢動作般的進行。我回頭看著還躺在地上的賽熙，無須說半個字。球擊中網子的聲音十分清脆響亮，單憑那聲音，便讓所有人止步了。所有女生張大嘴巴瞪著，卡洛琳教練都快瘋了。「哇呼，愛莉！這才像話嘛！攻球就是要那樣！」

我回到隊伍裡，是滴，我笑到嘴都快裂惹。珊米只是說不出話的看著我。

「哇咧！剛才**那一腳**是從哪兒冒出來的？」她驚訝的問。

我完全知道是從哪兒來的，或者我應該說，是**誰**踢的。

自從球擊中後方網子的那一刻起，我就在思索這件事。我根本不會那招動作！冰球我當然沒問題，但足球不行。剛才全是小愛踢的！百分之一百！我的腳，自己知道該怎麼做。

我就是她，她就是我！

我搖搖頭，臉上綻放出最燦爛的笑容。「那全是小愛踢的。」我大聲的說，幾乎大笑起來。太不真實了，「那些動作太屌啦！」

男生們一定會說：「那小鬼是個剋星！」

接著我哈哈笑出聲來，因為，如果有人在聽我說話，一定會覺得我太不謙虛了。這太瘋狂，太奇異了。我好以小愛為榮，我實在無法解釋這種心情，我士氣大振，看向夏兒，就在那一秒，在那同一瞬間，她從書中抬起頭，對我咧嘴笑著。我回頭看著球網，看賽熙拖著步子回到防守線尾端，突然覺得心中充滿感激，如釋重負。我沒有發怒，沒有揍她或回罵她，我只是——**我們只是**——堂堂正正的擊敗她了。

49 愛莉

離開冰場走進更衣室，我甚至無法清晰的思考，我激動極了！更衣室裡熱鬧得跟菜市場一樣，鄉村音樂震天價響，男生們笑鬧著、耍寶、放鬆。我坐到長椅上，把一切看在眼裡。反正我避都避不掉：這裡真的**臭死啦**，可是我——沒錯，啊，哇咧，我自己也很難聞。男生幾乎都半裸著，他們坐在那兒，光著膀子，裸著胸，傻呵呵的笑。大家你來我往的抬槓，沒有人聊半句練球的事。彷彿我們一離開冰場，練習就被拋在場子上，大夥全去做別的事了。

「爽！我今天要去看愛國者的球賽！」

「屌耶，你也太好命了吧！」

「哈，布朗尼，鬍子長得不錯嘛，兄弟！」

「沖個熱水澡，好好休息，今天絕不離開我的沙發。各位如果想過來，隨便哪個球隊的比賽隨你們挑。」

「萊利，聽說你跟雪莉好上啦！」

「不會吧，萊利——！真的假的？」

「雪莉．蘭登沒得挑，老實說，我覺得她已經辣到不能再辣了。」

「那根新棍子也太討厭了吧，你是哪裡弄來的？曲線太屌了吧，你一定可以發揮得很好。我也要！」

我還滿喜歡這些背景噪音，喜歡他們哈哈笑著到處亂開玩笑的方式，我很能適應這種情況。我好整以暇，不急不徐的坐下來吸納一切。我覺得精力散盡——但非常舒暢。我把裝備收回袋子裡，拉上拉鍊，穿上牛仔褲和連帽衫，站起來把袋子甩到肩上。大家看到我起身要走，也都很自然。

「拜啦，兄弟！」

「幹得好，阿傑，溜得不賴！」

「明天給他們好看，同鞋！」

很好笑的是，我跟進來時一樣，也是跟著快樂金髮男離開更衣室，穿過長廊的。我努力裝酷，把笑意藏在心裡。可是不笑實在很難，我好興奮！好驕傲！傑克明天一定能驍勇善戰——這點絕無疑慮！

我衝出寬大的雙門，來到戶外清新的空氣和早晨的陽光中，步履輕盈，連袋子似乎都不再沉重了。袋子橫在我肩上，我手握球棍，直望前方，看到等在街角的卡車，我轉向快樂金髮男。

「明天見，兄弟。」

快樂金髮男在我身後喊道：「明天就看你的啦，小傑！」

我把袋子扔到後頭，然後興奮的跳上前座。我直視上尉，對他露出最燦爛的笑容。我相信他會感到驕傲，他一定會眼睛一亮！可是我一見到他的臉，胃就沉了。上尉連對我轉頭都沒有，甚至不看我！他只是把車子開到車道上，然後開出停車場。在短短數秒間，我覺得自己從世界之巔，變成……

地上糞土。

我在卡車上睡著了，因為等我醒來時，車子正開進車道，而且我的下脣有乾掉的口水。我驚跳起來，火速瞄向上尉，沒想到他竟也回頭看我。

「你很滿意今天的表現嗎？」他用非常理所當然的語氣問。

「是的，長官，我想我打得相當好。」我自信滿滿的快速回答。

上尉轉開頭，望著窗外，沉默良久後，他終於打開車門說：「好是不夠的，如果你只是那樣打球，就不會有任何進步。」

「可是……」我開口表示，「我的意思是，教練說──」

他站在打開車門的卡車外，繃緊著下巴。一分鐘過去了，沒有動靜，他搖搖頭。「坦白講，如果你無法搶到角落的球，完成推桿，如果你不能當個男子漢，解決問題──」他用疲累的雙眼盯著我，「你不能自滿，如果你不能咬牙努力，意志不夠堅定，做該做的事，外頭有上百個小鬼，隨時準備取代你的位置。」他聳聳肩，「也許你不像你的哥哥們，也許你並不想打球。」

我看著車門關上。

看著他離開。

我坐在座位上，憤怒在我心中積聚，先從腹部開始，然後往上竄到喉頭。那像是一股外來的力量，我突然意識到自己是有選擇的。我想都不想，跳下卡車，摔上沉重的車門。我抓起袋子和球棍，大步邁向屋子。我把袋子和棍子放到入口內側，然後轉向廚房。我的心在狂跳。上尉站在水槽邊，為自己倒咖啡，我走進廚房時，他背對著我。

馬洛家兄弟全在那兒，三個人圍坐在桌邊吃早餐。大夥抬起頭，氣氛很僵，很安靜。甘納和史托克瞪大眼睛，彷彿立即明白是怎麼回事。杰特一臉憂心，「冷靜。」他默聲說。

上尉轉過身，他下巴方正，眼眸蒼藍，直視著我。夠了，我想都不想的衝口說道：

「你為什麼總是挑剔每一個人！」我的聲音越提越高，「難道你就不能說一次正面的話嗎？不管傑克怎麼做，從來都不夠好！」我停下來，重重噓著，發現自己失言了。「我的意思是，不管我怎麼做，」我很快糾正自己，「你統統覺得不夠好！」

凝重的死寂，哥哥們全目瞪口呆的望著我。上尉動都不動的待在原地，鐵著一張臉，面色難看。過了很久，都沒人說話。史托克的叉子停在送往嘴裡的半途中，沒有人敢動彈半分。上尉終於深吸口氣，是那種大家都能聽見、看見的吸氣方式，他脹起寬厚的胸膛，瞇眼看著我。

「傑克，這話我只講一遍。」他看起來一副快要爆炸的樣子。我望著那些字從他口中吐出來，每個字都像自成一個完整的句子。

「回，你，房，間。」

「回就回！」我大聲嗆道。沒有「是的，長官。」沒有「對不起。」我很粗魯，不想好聲好氣！我甚至毫不後悔，我停不下來，覺得一股氣竄上來。我的臉開始熱到發燙，「你知道自己有多刻薄嗎？」我直視他的眼睛，開始發抖，「你實在很、很——」我頓住了，瞄向史托克、甘納和杰特；他們全震驚無比的看著。我想，也許從來沒有人跟他說過這種話，反正我豁出去，不管了！

「你一心只想到每個人應該要多完美！」是的，我現在正在大吼。我向前踏一步，「我甚至不知道你到底愛不愛你的孩子！」我轉身跑開，重重的、一階階的踏著樓梯。這是最瘋狂的一部分，這是我第一次，絲毫不感到畏懼——我甚至沒哭，我只是——

天啊，**我好生氣！！！**等我來到樓上，我直接奔回房間，而且做了一件從沒幹過的事。

我把門摔上。

非常用力。

50 傑克

我們一上車，夏兒說的第一件事就是，「要不要去買妳愛的，去妳想去的地方？」

不管那是啥意思，反正她兩眼放光。

「當然。」我回笑道。一定只會是好事，對吧？我還在興奮不已，第一，我有把握小愛已經被錄取了，第二，我覺得踢足球實在太好玩了！

車子開出運動中心，一切似乎都被我拋在腦後了——我對老爸、對冰球的擔心。我不知道為何會這樣，但我覺得自己輕盈了一百磅。就九月而言，今天算溫暖的，陽光明麗，夏兒戴著漂亮誇張的黑色大太陽眼鏡，所有窗子都搖下來了，紅髮飄得到處都是，她的和我的。頭髮隨風翻揚，夏兒伸手按著儀錶板上的按鈕。

「咱們把車頂打開，開派對囉！」

她的手挪到音響上，扭開聲量，直到我感覺震波竄過全身。

「這是誰？」我頂著風和音樂問。

「什麼？」夏兒回吼著，我們兩個開始歇斯底里的大笑起來，因為我們的頭髮亂飛，所有窗子全搖下來，亂轟轟的我根本聽不到她說什麼。

「這是誰呀？」我提高聲量，又哈哈笑著問一遍。夏兒的紅髮飄揚著，像斗篷般的飛在她後邊。我在車子側邊的鏡子裡瞥見自己，我的頭髮——小愛的頭髮——也在飛揚。我笑得好開心，空氣如此清爽。

「這是誰？」夏兒大笑，這回我聽得見她的話了，「妳明明知道，裝傻呀？」

「我知道嗎？」我真的是用吼的。

夏兒對我一笑：「是披頭四！」

我們轉入一處停滿車子的碎石地停車場，招牌上用三英尺高的紅色草寫字寫著「露娜餐廳」。建築物看來有些簡陋，窗臺邊有座位。餐廳雖然簡陋，卻高朋滿座。我們越過碎石地停車場，朝一排彎過建築物角落的人龍走過去：推著嬰兒車的爸爸媽媽、睡眼惺忪的大學生、老人家。我們也跟著排隊。

「這裡一定很好吃。」我興奮的說。

夏兒把眼鏡往上一推，將我拉過去在我頭上親一下。「一定？妳今天是頂太多頭球了嗎？傻瓜！我們來這兒不下百遍了。」

「噢，對齁。」我說。

「所以妳要吃跟平常一樣的嗎？」她問。

「是啊，」我點點頭，「跟平常一樣。」

我們往隊伍前面移動時，心裡在想，但願這個「平常」很好吃。我知道這很誇張，但我已經又餓了，餓歪了，餓到胃都有些發疼。

「妳呢？」我問夏兒。

她擠擠眼，「噢，妳知道的。」

我點點頭又笑了，向前走到外帶窗口。

「嘿，夏兒！」女孩看見夏兒時，眼睛一亮。女孩個子有點矮胖，鼻子上鑲了個閃亮亮的鑽石。「嗨，愛莉！」

「嗨。」我回笑說，我好愛每個人喜歡夏兒的樣子，她就是有辦法讓每個在她身邊的人感覺特別舒服，也許跟她的氣場有關，那種事幾乎無法形容，她充滿了生命力。我看著她走向窗口，很以她為傲。這一瞬間，就像——她是跟**我**在一起的，她就是我媽媽。

「愛莉，妳記得珍妮．泰德吧？她以前當過妳的保母。」

珍妮．泰德臉一紅，「唉呀，那是很久以前的事了。」她笑顏逐開的對我說，「妳小時候超可愛的！以前妳那對小小的寶寶耳朵，簡直可愛到逆天！」她頓一下，「二位大美女想吃什麼？」

夏兒摟著我的肩說：「我要一杯濃咖啡，謝謝，還有對了，我要一個香草甜筒冰淇淋，妳呢？」夏兒看著我。珍妮．泰德拿著紙筆等著。

「呃，我要，呃——」我遲疑著，看著窗口上方的菜單。

「麻煩給我炸薯條，還有，呃……一份香草奶昔？」

夏兒攬緊我，聲音在我耳邊搔癢。「每次都點一樣的東西，我們兩個也太一成不變了。」

哈，我猜小愛和我的想法一致。

我們只等了一分鐘。「好了。」珍妮．泰德把夏兒的咖啡和甜筒遞給她，「還有愛莉的。」她把我的奶昔和吸管，以及一桶分量多到誇張、又脆又燙的金黃色炸薯條拿給我。

夏兒在窗口逗留，「妳也要一點醋，對吧，甜心？」

「當然要，拜託！」我笑說，那根本就是加拿大冰球界的人吃的東西嘛，**她怎麼會知道要那樣點！**我心想著，然後搖搖頭。薯條加醋，真是最搭的組合。我再也不覺得驚訝了，真的，今天的每一秒都過得越來越美好。

在車裡忍著不吃實在很難，我盯著薯條，好想用吸的。可是我們約好了，要等到了「地方」後才吃，無論那是哪裡。

夏兒挺叛逆的，完全不按牌理出牌，她衝我一笑，大聲扭開音樂，我們迎著陽光，在平坦的路上奔馳，最後我們終於來到一條顛簸的長路上。泥土路的兩側開滿豔黃的大太陽花，我懸著念想，四處張望，直到——

「哇！」當我明白我們要去哪裡後，忍不住說。我們開下山腰，穿過高大的樹林，我可以看到它橫展在眼前，綿延好幾英哩。

「是大湖。」我在車中直視前方大聲說。

我好愛這片湖！那湖水冰涼深邃，以前媽媽常帶我們來，但不是到這裡，因為我並不知道「這裡」是哪裡，不過卻是同一片湖。只是——在不同的地點罷了。哥哥們和我會競相游到橡皮艇上，玩「山大王」（譯注：King of the Mountain，兒童遊戲，扮國王的孩子站到高處，其他小孩設法將他推倒，取而代之），彼此互推幾百遍。杰特和甘納會抓住我的四肢，比賽看誰能把我扔得更遠。哈！我們會在湖邊待一整天，直到大夥晒到通紅，筋疲力竭為止。然後媽媽便會戴我們去吃冰淇淋或買披薩。我不介意回想那些事，事實上，那感覺很棒。最近我還一直擔心自己開始遺忘，忘記一些小細節了。

我們在湖岸邊停車，因為若再往前開，就進到水裡了。我跟著夏兒步下一條踩平的土徑，我們走了二十來步，站在一起，看著一望無際的藍綠色的閃亮水光。

「我好喜歡來這裡。」我陶醉的說。

夏兒撫著我的頭髮，「我也是，親愛的，尤其是跟妳一起來。」

我看著四周——湖泊、湖岸對面遠方淡青的山巒。這真是最酷的口袋私藏景點，就算花一百萬年，我也絕對找不到，我甚至不知道有這種地方。

我們並肩坐在溫暖平滑的岩石上，離水邊僅數英尺。夏兒拿著她「嗯……超級好喝」的咖啡，我則喝著自己的超濃香草奶昔。

太陽灼熱。

天空萬里無雲。

這地方萬籟俱寂，沒有帆船、水上摩托車，湖水清澈見底，極目望去，有如一個巨大的池子。我吃著薯條，火速拚完奶昔，兩人都沒說話，看風景就夠了。

我脫去布鞋、護脛、剝掉粉紅條紋襪，夏兒踢掉夾腳拖，兩人躺回燙熱的岩石上，把腳泡到清涼的湖水裡。

「感覺真好。」我嘆道。

「嗯。」夏兒同意的說，她脫掉太陽眼鏡，然後閉起眼睛。

我笑著凝視她一會兒，然後模仿她的姿勢，陽光晒在臉上溫暖而宜人。

我們並肩躺著，像太陽能板似的吸取熱氣。兩人靜默良久，最後夏兒終於發話了，她對天空說，一手蓋在我的手上。「妳知道咱們遲早得談談昨晚的事，對吧？」

「嗯。」我低聲說著。

我望著一隻翱翔天際的老鷹往上飛竄，然後突然俯衝掠過水面。

「所以呢？」夏兒又問了一遍，語氣溫和而輕快。

「呃……」我開了口，可是……我到底該說什麼？這跟她想的完全不是同一回事。

我大聲吐氣。

感覺夏兒握緊我的手，「既然妳如此難以啟齒，那麼我先試試吧。」她頓一下說：「我想跟妳和賽熙的事有一點關係，而且跟妳父親的事**有很大關係**。」

我最初的反應是，等一等，妳怎麼會知道？接著我很快想起她談的是小愛的爸爸，雖然我希望她能讓我多了解我爸爸。

我繼續面向陽光，咬著下脣，以免自己說出任何蠢話。

「呃，關於賽熙的事，我——」夏兒遲疑著。我瞄向她，夏兒剛巧看著我。「老實說，親愛的——我不需要知道發生什麼細節，我只在乎妳是否知道，妳能放心的跟我談任何事情，即使妳很難啟口。」她溫柔的笑著。

我回眼望向天空，閉上眼睛。

「不只是學校裡的事，」夏兒接著說，「試圖改變別人，是在浪費時間。我花了很長的時間才學會這點，學會釐清什麼是重要的事，而什麼不重要。」她嘆道：「那並不容易——」

「是啊。」我喟嘆一聲，我想我明白了——**其實我根本不必痛扁波特．吉普森，不用老是那麼好強**。

「我知道很難，但相信我，妳雖然渾身每根骨頭都被激怒，可是當妳硬是不上鉤時——那感覺真的很棒。」

「是的。」我說，「我今天踢足球時，就沒上鉤，對吧？」

「沒錯！我看到了。」

我偷瞄說話的夏兒，她雖閉著眼睛，卻微微笑著。她停頓良久，然後握緊我的手。「我希望妳知道，我有多麼的相信妳。」

我吸著氣，不在乎她是在談小愛了，我只是感受著她們母女間的緊密相依。

萬籟俱靜中，夏兒突然輕聲笑道：「還沒說完呢。」她重重吸氣，轉過頭，等著我去看她。「妳那種跑法把我嚇壞了，那樣很危險，不安全，而且──」

「對不起。」我告訴她，聲音微岔，因為喉頭哽住了。

「我只是──」我甚至不知該說什麼，想不出話。

「愛莉，甜心，沒關係，我並不期望妳完美無缺。妳將來一定會犯錯的，天哪，妳才十二歲。我希望妳能犯成千上百的錯！那樣才能學習，對吧？從犯錯中成長。」夏兒溫柔的笑著，眼眸如此碧綠，彷若集野性與優雅於一身，她說話、聆聽的方式亦然。

「妳是個很棒的孩子，寶貝，我真的好愛妳。我只希望妳過得充實，追尋自己的夢想──」夏兒再次沉默起來。

「有很長一段時間，我跟妳爸爸──他離開時，一切發生得如此匆促，日子相當難過，我有好一陣子沒把心思放在妳身上。」

夏兒打住了，我在這段空檔裡，突然想到老爸，他一定很思念媽媽──以前我一直沒考慮到。

我們兩人半晌沒說話。

「心愛的。」夏兒說，「想到妳一定很想妳爸爸，我就心疼不已。他剛走時，我還沒想那麼多，而且……」她語音漸落，然後吸口氣。「我很難接受這件事。」夏兒握緊我的手，「有時我們對親人的思念，無法以言語表述。」

我只能想到我媽媽，我緊閉眼睛想忍住眼淚，並扭身試圖掩飾。

「噢，寶貝，逃避那些感受是沒有用的，發洩出來吧，沒關係的，人就是這樣。」

我緩緩轉向夏兒，已忍不住淚水，任由它們淌落了。夏兒撫著我的臉，望著我，臉上笑意更深了。我看到一滴清淚滑下她長著雀斑的面頰，她看起來好美。

「甜心，我還想說的是——」她停下來深深吸口氣，然後坐起來。

我也跟著坐起。

兩人一起望著水面。

「我知道那很難熬，事態的變化，有時令人難以承受，但同時——我也拒絕讓我和妳爸爸之間的事，影響我的生活。我答應自己，一定要過自己想要的生活，坦白說出心中的想法，不讓他人的想法阻攔，要讓日子過得豐富有趣。」她頓一下，拭去臉上的淚水。「生命太可貴了，」她含淚對我露出她特有的迷人笑容，然後雙臂緊緊將我擁住。我好喜歡她，以及她給我的感受。就像天塌下來了也沒關係，我可以做任何事。

然後她非常夏兒的突然跳起來大聲宣布：「咱們坐在這兒幹麼！咱們去游泳！」

那就是夏兒，她可以說服你做任何事。我連想都沒想，兩人脫到剩下內衣褲，然後光著腳，尖聲叫著跑進冰冷的湖水裡。我想，這將會是我最珍愛的時光之一。這話聽起來很瘋狂嗎？我才認識她三天？可是感覺像認識她一輩子了。我們歡呼著奔過水面，大聲高叫笑鬧著潛入水中，朝深水處游去。

51 愛莉

我在傑克的床上醒來——而不是在被子裡醒來——我不知道自己睡了多久。還有，是的，我很緊張。我下床躡手躡腳的沿著白線小心翼翼的走著，然後悄悄將門打開一英寸，往外窺望。我沒聽到人聲，直到——

「老弟，」杰特喊道，「是你嗎？」

他是有心電感應嗎？我還以為自己夠輕巧了。我的心一跳，還有，我不希望上尉跑到這裡吼我，所以我快速關上門，回到床邊往床上撲倒，把臉埋到枕頭裡。

「老弟。」杰特又喊一遍，我回頭瞄著門口，看到他戴眼鏡往裡窺探。「你還好嗎？」

他走進房裡，穿著美國冰球隊T恤和運動褲，兩眼炯炯有神的拿著一盤食物和一杯牛奶。

「小子，別把東西灑出來，你知道這會犯咱們家的大忌——我可是冒生命危險過來的。」他在床邊停住，咧嘴露齒，笑著俯望我。「老弟！看到你笑真好，我幫你做了蛋捲。」他小心的把盤子和杯子放到傑克的書桌上。

「謝了。」我答說，「可是我不是真的很餓。」

「不餓？」杰特趴到我身上，把我釘住教我屈服。「你明天有比賽，小子。」他悄聲說，「有了燃料，火箭才能升空！」

我知道他是跟我鬧著玩，我沒反抗，杰特用身體壓住我，感覺像一條巨大的人肉毛毯。還有，我好愛他，他就像一隻肌肉橫生的大泰迪熊，我雖然看不到他的臉，可是從他的語氣，聽得出他是想逗我開心。杰特的氣味向來好聞，聞起來像……淋浴時，把洗髮精倒在手上的香氣。

他用手肘抵住我的脖子。「起來了，小子，怎樣？沒力氣了嗎？」他坐起身，輕聲笑著揉我凌亂的頭髮。我看他站起來走了幾步，然後像棵樹一樣的往後倒在史托克的床上。我翻身仰躺，兩人一起默默望著天花板。

杰特大聲嘆道：「你覺得如何，小弟？」

我聳聳肩，「好一點了。」

「聽我說，」他表示，「我不知道上尉到底說了什麼，害你氣成那樣，不過我了解那種覺得讓他失望的感覺。」

我的眼睛餘光瞄到他從房間對面望著我。我不知如何回應，只好一直盯著天花板。

「你很勇敢，老弟，很帶種，不須覺得慚愧。」杰特頓了一會兒，「老實說，你講出一些我很想說的話，其實是我們都想講的話。只是通常我都閉口不說罷了。」

我翻過身，終於看著他了。他用眼睛對我笑，「老弟，我現在夠大，能了解這點了——你只能接受他的樣子，他是不會改的。雖然他不該那樣，可是——」他停頓片刻，「他也很難過，我知道我們不談那件事，可是自從……自從媽媽……」杰特聲音一顫。

靜默了一分鐘。

他真的變得好安靜。

「我知道他很難搞，老弟，可是他所做的一切，都是為我們好，他只剩我們了。」

我連話都不會回了，我從來沒那樣想過。我重重吸口氣，兩人隔著房間彼此相望。

「老弟。」杰特的臉一亮，「他到底對你講了什麼？把你氣成那樣？」

「大概就是他覺得我表現很差。」我答道。

杰特大笑說：「這話聽起來果然熟悉。」他笑了笑，「他以前也跟我講過一兩次同樣的話，不過現在你應該知道他從來不會滿意了，他是個瘋子，但他是我們老爸，他很愛你的，老弟。」

「他表現愛的方式也太詭異了。」我嘀咕說。

「小子，這就像我們四個人，一分鐘前咱們還在打架，下一分鐘我們又變成最好的朋友。切莫放在心上，別人要說什麼隨便他們，我呢？我才不在乎別人怎麼想。我告訴你，老弟，你得學著別鑽牛角尖，好好的做自己，並享受樂趣。」

「你說得容易，」我嘆口氣，「你——」

「首先，你是瘋子！」他打斷我說，我們兩人互相笑了笑，「第二，」杰特眼神發亮，

「小子，當我看到你在冰場上……我沒見過其他有你那種天賦的人了，那是教不來的。老實說，你比我們任何人都強，那種永遠想證實自己的感覺，你要善用它，讓它驅策你。接受任何你無法控制的事，然後更用力去拚。別去考慮明天，只想著當下。」

我的心情一振，我好希望傑克也能在這裡，聽到這番話，希望他能夠知道。

杰特站起來低頭看著我。「事情發生了，但也過去了，還有——」

「還有什麼？」

杰特聳聳肩，「別那麼死腦筋，先吃點東西。」他告訴我，瞄著他帶來的食盤，「然後咱們去打冰球，小子。」

「可是上尉，他會……我的意思是，我不是惹禍了嗎？」

杰特搖搖頭，笑道：「上尉又不在這裡，他去上班了。」

「你確定嗎？」我問。

「兄弟，你可是我小弟啊。」杰特盯著我，伸手將我拉站起來，「我會永遠看護你的，我愛你，老弟。」

傑克

回到家裡，我渾身飄著湖水味。

「甜心，」夏兒從樓底下朝上喊。

我垂首俯望，等在欄杆邊，直到看到夏兒的臉。

「妳真的該好好洗一洗。」她笑著皺鼻子說，「我也是，咱們兩個聞起來就像——」

「黏呼呼的水草。」我把話說完，然後哈哈笑著從腿上挑掉一條長長的綠藤。

「頭髮一定要洗乾淨，」她告訴我，「噢，我去店裡幫妳買了些潤髮乳，就在我的浴室裡。去用我的浴缸洗吧，甜心，好好泡個澡。」

泡澡。

「好滴。」我聳聳肩，然後一笑。我被說服了。

當我踏進夏兒那陽光敞亮的浴室時，眼球都快掉下來了。全白的浴室無敵乾淨，令人神清氣爽。那浴缸好大！把三個我塞到裡頭，都還有空間。

我花了一點時間，才全都弄妥：先搞定漂亮的水龍頭，把頭探到水下，等水變熱，脫掉小愛被太陽晒硬，飄著湖水味的內褲與胸罩。然後邊等邊看著水位緩緩上升。最後在爬進浴缸前，我從夏兒放在白色瓷磚角落的七個瓶子中，挑了一個：「愛的泡泡浴，純粹雲杉精油。」我大聲朗讀，聳聳肩，然後輕聲笑著。什麼玩意兒？我把精油直接倒進水裡，然後，哇！**就有泡泡了！**空氣立即飄滿最悅人的香氣，隨著呼吸，清潤我的鼻子。聞起來就像柳橙皮加聖誕節的味道。

我終於關掉水，用腳指測試水溫，慢慢把身體泡進水裡，直至舒適的坐得像個國王，四周環著飄散聖誕樹香的泡泡！這水感覺好舒服，好暖熱。三天前，我絕對無法想像自己會在這兒，在天窗底下，泡著熱呼呼的澡。我抬眼望著窗外灰藍的天空和午后的太陽。只有夏兒才會想到在浴缸上方開扇窗戶，是吧？我哈哈一笑。太酷了。

我抹了肥皂，一邊吸著皂香，有點像療癒的花香。

好吧，說就說，聞起來很像——

女生。

我笑了笑，往後靠，把頭枕在浴缸邊緣。水漫至我的下巴，我笑到嘴巴都快連到耳邊了。你能想像我穿著胸罩，和女生的碎花內褲嗎？我完全軟化成史托克口中的「奶油」了。而且你知道嗎？我搖頭大笑著，這話很奇怪，可是我真的無所謂，我從小愛身上學到好多東西。

我在腦中回放過去三天的情形——先從跟波特打架、護士、看到小愛第一次哭泣。我想我應該可以說，我已經變了吧，我們兩個都是。很奇異對吧，沒有一件事跟我想像的一樣，我本來根本不懂當女生有多辛苦。說真的，她們很不容易，比表面上看起來困難多了！

我放鬆下來閉上眼睛，感覺一股深邃的寧靜漫過全身——曾經發生的一切，似乎都是天注定，這是我長久來首度不會感到害怕。我往下沉，感受水滑過我的皮膚，以及暖燙的熱氣。我屏住呼吸，微微淺笑，潛在千百顆白色的神奇泡泡底下——突然之間，我感覺一股能量從腳指竄過全身，衝向胸口，這力量來得好強，感覺非常奇怪，卻爽快極了！雖然燈光沒有亂閃，也沒聽到轟然的巨響！可是接下來，我只知道自己——

從水裡冒出來，而且——

凍死我啦！

我竄上來吸氣的感覺，就跟電影裡演的一樣。我張開嘴巴，水花四濺的吐著水。一股腎上腺素穿射過我的心臟，我瞪大眼睛四處張望。

「我快**冷爆**啦！」我衝口說出，眼睛僅花了一秒鐘聚焦，頭腦當即清醒過來——我正站在一個裝滿冰塊的垃圾桶裡！我順著一排看過去，杰特、甘納、史托克，他們站在冰桶裡，浸到胸口——

「會慢慢好起來的，咬緊牙關，你是男子漢！」杰特忍不住的大聲笑說。

「冷靜點，南西小姐。」甘納搖著頭，咧嘴而笑。

「放輕鬆，奶油寶貝。」史托克在最遠端說。

我忍不住一直看著哥哥們——他們每個都裸著胸，冰塊直泡到他們的乳頭！**我回來了！我回來啦！**我忍不住一直笑，甚至不在乎有多冷！不在乎怎麼會發生這種事。

「喲呵——！！！」我往後仰頭發出最大的呼號。「我回來啦，媽呀！我回來啦！」我用手潑著冰水說。

「哇哩咧，兄弟，別鬧啦！」杰特看著我笑說：「你沒事吧，這位大哥？」

我的心跳得好快，只好再次埋到水下，讓自己冷靜下來。我潛下去數到三，然後很快浮出水面打開眼睛，沒錯！我還在這裡，我已回到自己的身體，呵呵的傻笑著。我摸著自己的脖子，抓住媽媽的墜子——我們每個人都戴的墜子。我把墜子舉到自己冰冷發顫的唇上吻住。我知道，我回來了，這是千真萬確的！哥哥們的表情，和他們看到我的反應，也相當逗比，你大概能猜得到吧。杰特看著我搖頭笑說：「你瘋啦，小鬼。」他哈哈的笑。

是啊，我心想，又笑著潛到水裡，**你根本不懂**。

幾分鐘後，冰塊開始令我平靜下來了，我的心跳恢復正常速度，我放輕鬆，不再抗拒冰寒，哈哈笑著想像小愛回到熱洗澡水裡的情形。有幾分鐘的時間，大夥真的很安靜；我們四人只是坐著，沒有什麼比這更棒的了。就像我說的，四個享有相同夢想的兄弟。

甘納打破沉默，正眼看著我說：「你那麼做，真的需要很大的勇氣。」

我的胃一揪，我到底要不要追問？我繃緊神經回望他：「呃，是啊，可是你這話是什麼意思？」

甘納揚起眉毛，「打完冰球之後的事啊，小子。」

小愛跑去打冰球了！我的心跳開始加速，咬住下唇。

甘納雙肩一聳，對我點一下頭。「也許你不想再談了，沒關係，反正本來就不容易，老弟。如果我說，我從沒想過要說出你講的話，那就是在騙人。」

大夥靜默了一分鐘，然後——

我憋不住了，「呃，我到底講了什麼？」

杰特哈哈笑道：「老弟，你別再鬧了。你還好吧？」

我笑了笑，閉嘴不言，重重嚥著口水，做好心理準備。

「老弟，」甘納往下說：「我真希望自己說過你講的話。我在廚房裡看著你，你竟然把心中的感受跟他說了。」

天哪，我相當確信他們所說的他，指的是誰。

甘納擠擠眼，「你是年紀最小，也最堅強的，我真心以你為榮，小弟。」

無論小愛說了什麼，似乎很令他們激賞。

史托克點點頭，然後笑說：「先讓上尉冷靜一下，再去面對他。你趁他回來之前，早點上床吧。」

「好。」我點頭說。

杰特盯住我，「我相信那些話並不好入耳，可是不曉得耶，我覺得他還挺能尊重的。」

我無法想像小愛說了什麼，我挺以她為傲，也有點小緊張。跟上尉頂嘴？**沒有人會幹那種事，天哪。**我大概可以跟冰球吻別了，昨晚我忘記寫下自己的目標，沒有做伏地挺身或仰臥起坐，也沒有念禱詞。

我深吸口氣，看著哥哥。我好愛他們，現在我回來了，我覺得自己得到了第二次機會。我坐到冰水最深處，直淹到我的脖子，並讓夏兒的聲音在腦中響起──**「不會有事的，事情會變得越來越好。」**我想那應該成為我的新座右銘。

杰特的聲音將我拉回現實，「反正要有心理準備，老弟，上尉明天去學校接你時，也許會把你痛罵一頓。」

我只能點頭咬脣。

杰特眼睛一亮，「反正事已至此，到時面對它就對了，他一定會大發雷霆。」

「是啊。」我嘆道。

杰特伸手揉著我溼短的頭髮，「克服問題的唯一辦法，就是面對問題，小伙子。」他擠擠眼，對我露出最最溫柔的笑容，「不會有事的，小弟，我會陪你。」

愛莉

是的，我確實非常震驚！一秒前，我還泡在垃圾桶裡及胸的冰水裡，接下來呢？我突然被熱水淹到下巴，泡在飄著聖誕樹香的白色泡泡裡了！

「噢，我的天哪！」我大聲喊說，我看起來八成像個卡通人物——眼睛快從噴出來了。我雙手在身上到處亂摸，確定又變回自己了！「噢，我的天哪！」我高聲呼吼，發現自己在浴缸裡，竟然穿著內褲和白色小胸罩時，還哈哈大笑！這真的像傑克會幹的事。他**總是那麼紳士**，我邊想邊搖頭微笑。是的，我在尖叫，我在潑水！

「甜心？愛莉，心愛的？」我聽到媽媽在門外喊，「怎麼啦？裡頭沒事吧？」

「一切都**非常棒**！媽，我愛妳！」我超級大聲的叫道。聽到媽媽的聲音，想像她笑著站在門後，我突然覺得好放鬆。

「很好。」媽媽回喊說，「我也愛妳，很高興妳在裡頭泡得很開心！」

「我是啊！」我唱著歌，笑到合不攏嘴。我待在浴缸裡，把胸罩和那條沾著泥的髒內褲脫下來，丟到浴缸外的瓷磚地板上。我靠回去，用腳指扭開熱水的水龍頭，任它流洩，直至感覺熱氣竄至全身，及至胸口。然後我就這麼的泡著。

我想到傑克，想到馬洛家兄弟。我可以想像他回到哥哥身邊有多麼快樂，大夥在後院的陽光下笑鬧著。

我很慶幸我穿著他的四角內褲！哈！

「太不真實了。」我對著泡泡低語，然後整個人浸到水中。等我浮出水面，我的心臟重重敲著，我真的回來了嗎？我摸著自己的頭，感覺四周溼長的頭髮，還是我，我還在這裡。我笑著吸納一切。發生太多事情了，有太多的改變，我覺得自己擁有嶄新的開始，全新的機會，就好像我是我，但我卻——

更堅強了。

我把頭靠在浴缸邊緣，閉起眼睛，單純的享受泡澡，想著自己有多麼幸福，我對學校，對**所有的一切**，感到莫名的興奮！我張開眼睛。

「媽！」我大喊。

靜默片刻。

「媽！」我又叫一遍。

「親愛的？」我終於聽到她說。

「妳進來！」我告訴她，我全身都埋在泡泡底下，只有頭露在外面。

門開了，天啊，我實在太高興看到老媽的眼睛、她的臉和動人的笑容了。

她放下馬桶蓋子，坐到邊上。「妳又怎麼了，甜心？怎麼這麼精力充沛，嗯？感覺好多了嗎？」

我用最開朗明亮的笑容看著她，我好想溼漉漉的跳出浴缸，緊抱住她。可是我待在原處，深吸口氣。「媽，我只是想告訴妳……」

她只是笑咪咪，揚著眉毛的坐著等待，「什麼？」

「妳真的是全世界最棒的媽媽，絕對不要離開我，好嗎？」

「噢，我心愛的。」她低頭看著我說，「我是妳媽媽呀，妳甩都甩不掉。」她哈哈笑說：「我全是妳的，我哪兒都不去。」

媽媽回樓下後，我繼續待在浴室裡，直到身上每寸都泡到發皺、乾淨而柔軟為止。我拿柔軟的白色大毛巾包住光溜溜的身體，等我進到房間時，我的下巴都快掉下來了。

「哇！」我走進去，然後——「是傑克。」我哈哈大笑。

整個房間完美得跟照片一樣，我的床鋪好了，泰迪熊開心的坐在枕頭上。我掃視牆壁，所有東西都收拾妥善，我打開衣櫥，望著我的襯衫——已按顏色分好，且全部朝著同樣的方向。我找出摺疊整齊的睡衣，然後走回浴室。這是我此生第一次，小心翼翼的把毛巾掛起來。接著我望著自己——真正的自己——的鏡影。我從不曾如此開心的照鏡子，我抬手摸臉，用手指撫著臉頰。我的雀斑！我對著自己笑，好奇怪啊，但你應該可以了解我的興奮。我梳理頭髮，任頭髮垂散，靜靜注視鏡子良久，不是我要自負或什麼的，但我真的覺得自己挺漂亮。我重重吸口氣，穿上乾淨內褲——然後……

「媽！」我大喊，用最大的肺活量喊：「媽！！！」我又笑又哭。

媽媽衝上樓，「甜心，到底出了什麼——」

我不必說半個字，我老媽太酷了，她絲毫不覺得尷尬或誇張，這實在很瘋狂，但一點也不奇怪。她只是看我一眼，然後往下瞄。

「噢，心愛的，」她笑著說，差點也笑出聲。「這是個難忘的周末。」她走到她的衣櫃，拿出一些……產品，遞給我一塊棉片。「只要把貼紙撕開，然後——」

「我知道，」我打斷她說，「我是說，謝謝。」我笑了笑。好吧，我是有點尷尬，但也覺得很幸運，不是因為我有……**那個**。而是因為媽媽，她——

我抱住她的腰，我穿著內褲，站在水槽前面，在她寬大潔白的浴室裡抱著她。

「我真的好愛妳喲。」我埋在她胸口中說，緊擁住她，任淚水奔流，不再忍抑。

媽媽只是抱著我，甚至不必說話。不過約莫十秒鐘後，我感覺頭上傳來她熟悉的親吻。

「我也愛妳，甜心，好愛好愛。」

54 傑克

星期一早上，我第一個起床，把床鋪好。跑上山時，我衝在前方，緊跟在杰特後面，甘納在我後頭，然後是史托克。我們的跑步隊伍距離挺近。

「就是那樣，老弟！」杰特說，大夥在清晨的幽影中拚命往上衝刺。我覺得有股超人般的精力，甚至比以前更健壯了，就像我回來後，變得更好、更輕盈了。我已接受上尉會將我處罰到天荒地老的事了，他一定會逼我退出今晚本人的第一場球賽。我得放學後才會見到上尉，我不敢期望奇蹟，已經做好心理準備了。看來目前還沒見到他，或許是好事，讓他趁此消氣。

我跑贏他們所有人了，我們像在全力衝刺搶球，手肘頂人推拉的什麼都來，我在最後十秒鐘出線，搶到他們前面。

「成功了！」我笑嘻嘻的伸手想第一個摸到岩石。

「且慢，小子。」杰特哈哈笑著抓住我的帽兜，將我往後扯。這傢伙壯得跟坦克車一樣，輕而易舉便把我從岩石邊往後拉倒在地上。我抬眼看他們三人揚聲大笑，朝陽把身後的天空染成粉橘色。我心想，我沒啥好抱怨的，我太運氣了。哥哥們如此堅毅，也激發出我的韌性。我並未因此覺得狼狽，只是跳起來跟他們一起站著，立到杰特和甘納面前，史托克壓後。杰特兩手搭著我的肩，我們四個人喘了好一會兒氣，看著日出的景色。我還能感覺得到，我帶回來的那種寧靜與感恩之心，夏兒給我的平靜——我將它一起帶回來了。

「兄弟！瞧瞧那隻老鷹！」甘納大叫著打破寂靜。

我抬頭望著橘色的天空，「哪裡？」我喘道。

然後我只知道，接著我的運動褲和四角褲便被人往下一扯褪到我腳踝邊了。

「上當啦！」甘納高聲歡呼，三個人大笑著跑開，留下我一個人站在那兒，光著屁股搖頭，傻呵呵的笑著。

我可以聽到他們的聲音在清晨的空氣裡回盪，嘲弄我。

「自己想辦法，老弟，要勇敢！」杰特大喊。

「快來啊，同胞！」甘納喊道，「讓咱們瞧瞧結果如何！」

「走了啦，成龍兄！」史托克高喊，「來賽跑囉，兄弟！」

我好整以暇，不慌不忙的拉起四角褲和運動褲，仔細的打了兩次結。我加緊腳步下山，流著汗微笑，我只花了幾分鐘就追上了。

之後我們回籠子舉重，我沖澡，穿上自己最愛的破膝牛仔褲——杰特給我的二手衣，以及我的黑色棕熊隊連帽衫。聞起來就有股冰球味。

早餐堪稱盛宴，史托克是今早的廚子，他為我們每人特製蛋捲，杰特拿出攪拌器，做出一堆上尉的知名蛋白質奶昔：七顆生雞蛋、許多菠菜和香蕉。他們全看著我埋頭把食物鏟進嘴裡。

「老弟，吃慢點。」杰特笑說。

「小傢伙在抽身高了。」甘納大笑。

史托克把他半數的蛋白質綠糊倒入我的空杯裡，對準我的臉大聲打嗝送氣，然後站起來。「成龍兄說不定已經胯下長毛了，如果各位明白我意思的話。」

杰特搖頭說：「拜託，兄弟，我正在吃飯，不想談毛髮的事。」

我閉嘴看著他們，其實私心偷偷的享受每一秒鐘。

我上巴士時，歐恩和山米在我兩邊耳朵說話，害我差點耳聾。這兩人關心的點完全不同，山米滿腦子想著我在操場上的「嘴脣運動」。

「同鞋，我整個周末都在想那檔事，我想不出有誰比愛莉．歐布萊恩更完美了，紅髮辣妹啊，我聽說她在足球隊生病了。」

我只是笑著搖頭，「老兄，她很棒，你最好永遠別動她腦筋。」我說，語氣頗為過度保護，「還有，我們只是朋友而已。」

「只是朋友而已？」山米瞪大眼睛重述，他奸滑的笑了笑，「最好是啦，隨便你扯。」

歐恩則更擔心上尉的事。

「兄弟，很抱歉我老媽打電話給你爹，我覺得超罪惡的。」他告訴我。

「我不會有事。」我跟他說，「事情總會解決的，同鞋。」

歐恩笑了，「我喜歡正面的態度。」

我聳聳肩，「我哥老是叫我要專心在自己能夠控制的事項上。」

「你運氣好，有一群哥哥。」歐恩說。

「是啊。」我點點頭。

巴士停妥後，我走下臺階，踏入柴契爾中學的瘋狂世界裡。擁擠喧鬧的走廊，滿是尖叫與笑聲。我在自己的儲物櫃前才站了一秒鐘，便感覺有人拍我的肩膀，我轉過身。

「馬洛先生。」狄恩女士跟平時一樣，扳著臉孔說話，她穿了一套精緻的灰色套裝，裙子、外套、白上衣。

「是，夫人。」我立即挺起胸膛，直視她的眼睛，擠出禮貌的笑容。我努力嚥著口水，雖然心臟重重敲擊。波特就站在她身邊。

我們走入校長辦公室，校鐘甚至還沒響，她的書桌前擺了兩張空椅子。

「兩位男士，請坐。」她告訴我們，等我們二人就坐。我瞄著波特，對他點了一下頭。他穿得像準備打高爾夫球：黃色馬球衫、領子豎起、燙貼的卡其長褲。

我坐到椅子上，身上是棕熊隊連帽衫和髒兮兮的牛子褲。幸好上尉沒看見我出門，穿髒牛仔褲上學是嚴重違紀的——還有襪子沒拉好、破爛T恤或露屁股的垮褲。今天……我不在乎了，我單純的很開心又變回了自己。

我把手伸到連帽衫前面的口袋裡。

注視著狄恩女士。

我挺直腰桿坐著。

努力記得呼吸。

校鐘響了，擴音器裡播放各種宣布事項，但校長仍靜靜的坐在她的書桌後頭，我不知道她打算說什麼。

我們默默坐了大概五分鐘吧，波特的呼吸好沉重，他不安的在椅子上挪動，十分煩躁。

我斜斜瞄著，那傢伙看起來很慘，臉頰上全是斑斑點點的粉紅，他正在冒汗，我很慶幸他的眼圈沒黑掉，只要一拳，他就毀了。我從沒那樣用力揍過一個人。

我沒料到自己接著會這麼做。

我轉向波特，直視他的眼睛，就像老爸平時說的那樣。

「波特，我很抱歉，我只想說，當時我做得太過分了，我不該打你，我失控了，沒有任何藉口可以推託。」

波特瞪大眼睛，看起來真的很震驚。他瞪著我，一副很害怕的樣子，我看到他的嘴脣似乎在發顫。

「不，同學。」他顫聲說，「是我的錯，我不該帶頭鬧事，我說的那些話——」

我們兩人轉頭看著狄恩女士，意思是，現在怎麼辦？

她溫柔的笑了，接著笑意更深了。「兩位男士，很高興你們兩人都主動理性的談話，我最大的考量是安全，這是我對你們唯一的警告。我不容許肢體衝突。」

「是，夫人。」我輕聲說。

波特只是一個勁兒的點頭。

又是一片安靜，我可以聽見門外兩位老師在談話，聽見時鐘聲。我嚥下喉頭的哽塊，看著椅子上的波特，他雙肩頹傾，低垂著頭。我突然覺得該這麼做，但並不容易，我結結巴巴的說。

「嘿，同學，還有。」我看著他又說：「你哥哥的事我深感遺憾。」

波特眼中淚水一泛，我知道他在拚命忍淚，我等了他一秒鐘。

我深吸口氣，面對他，挺起肩說：「是這樣的，」我告訴他，「你跟我都失去了親人，你失去哥哥，我失去母親，她——」我停下來，重重嚥著，我從未說出這些話，「她——」我的聲音一破，又吸了一大口氣，然後再次看著他，「她去世才——」我停下來呼吸，「才一年多。」

辦公室裡一片死寂，我聽到外邊的聲音，祕書的笑聲、電話鈴響。我發誓，我可以聽見自己的心跳。校長將手伸過桌子，遞給波特一盒衛生紙。他用力擤鼻子，我很訝異自己沒有崩潰，自從跟夏兒和小愛——我覺得，我不會講——

我的壓力釋放掉了。

又過了沉默的幾分鐘後，波特抬起頭看著我，不是直視，更像是快速一瞥。接著他垂下眼睛，盯著地板。

「謝謝你，同學。」他幾乎無法說話，「你的話意義重大。」他緩緩轉向我伸出手，然後……是的，我跟他握手了。波特的手心都是汗，我握了比正常時間久——而且握得用力而堅實，就像老爸教我的那樣。

狄恩女士站起來，「好了，二位。」

我跟著站起來。

波特也是。

狄恩女士的眼神在波特與我之間來回遊走，「我想，以後應該不會再有肢體衝突了吧？」

「不會有了，夫人。」我說。

波特搖搖頭，用手背擦眼睛。

「很好。」狄恩女士答道，遞給我們每人一張紙條。「這張紙條是給你們回教室用的。」

波特接過一張紙條，我聽到紙張在他手中摺皺。他從我身邊走向門口，看著他的眼睛，我知道他歷經過許多折磨。

「要堅強，同學。」我本能的告訴他，波特對我點點頭，在門口停住，然後回眸看著肩後，好像也想說點什麼。

他的眼睛都紅了。

我怯怯對他一笑，「如果你有什麼想談，就來找我好了。」我告訴他。能用不同的方式做點事，而不是就此算了，感覺真棒。

我抓起袋子扛到肩上，遲疑了一下才轉向門口。我回頭看著站在桌子後方，穿著灰色套裝的狄恩女士。她看起來像沒有穿袍子的法官。

「夫人，這是否表示您不會——」我欲言又止，也許我根本不應該提。

「馬洛先生，我很欣賞你今天的謙遜與貼心，你承擔了自己的責任，並展現悔悟之心。」她停頓片刻，目光炯亮的看著我。「我猜令尊必會很高興你今早的表現，我知道他對你的要求很高。」她停下來，淡淡一笑，「只要你繼續做出良好的判斷，我想，上星期五從沒發生什麼事。你們已經言歸於好了，善用它吧。」

55 愛莉

周一早上，我笑著醒來，將手臂伸展到頭上。回到自己床上感覺讚爆了，我抱起泰迪熊緊緊攬著。

沒有比家更棒的地方了，我心想，然後咧嘴而笑。我翻身趴躺，拉開床邊絲亮的窗簾。窗景雖然及不上山頂的景色，但我靜靜躺著，動也不動。我沒有錯過——我剛好完整的看到日出。透過對街的林子，我看到覆滿天空的晨光，和一道道橘色與粉紅的光線。超夢幻的。我靜靜觀賞了幾分鐘，神奇的景色令人迷醉。我待在床上，直至天空轉藍，我把枕頭塞到胸口下，讓下巴靠在疊起的手臂上。我不斷想著，我有好多事情想做。我想，觀賞日出以後會成為我的習慣，這令人平靜，是美好的一天的開始，我覺得意義就在這裡。

我沖了澡。

料理一些「事。」（沒錯，就是**那個**。）

我梳理頭髮。

站起來，裹著一條白色大毛巾，站到衣櫥前——拜傑克之賜，整理得一絲不亂、顏色井然有序，拿出我看到的第一扯衣物[illegible]牛仔褲和一件新襯衫。紫色的襯衫上頭還掛著標籤，我把標籤剪下，拿起襯衫，挺合身的。這不是我會挑的顏色，但管他的，穿就穿吧！我穿上衣服，想起昨天——傑克的冰球運動褲被旁邊的人抓住，把褲子給扯下來。那些傢伙人真好，我光腳站著，身上穿了牛仔褲和新襯衫，望著附在門後的鏡子，搖搖頭，自顧自的傻笑。我差點笑出聲，跟鏡子裡回望我的女生是好朋友，不知道你懂不懂我的意思。這與我穿什麼無關，而跟我挺著胸、腳踏踏實實的站在地上有關，我覺得自己好強大。

也許是因為伴隨朝陽起床的緣故，我活力十足的跳著下樓，走進廚房。我是第一個起床的人！我打開燈，開始打點茶和兩碗加葡萄乾與蜂蜜的麥片粥。我把碗放到桌上，覺得挺自豪。你應該看到老媽走進廚房時，臉上的表情！她穿著教瑜珈的衣服；剛淋過浴，溼溼的頭髮垂放著。

「唉呀，早安。」她驚訝的笑著說，「不好意思，我女兒是不是給人偷走，換了一個火星人回來？」

「早安，」我將熱騰騰的馬克杯遞給她。「薄荷茶加牛奶，妳喜歡的口味。」

她看著我，嘴巴張得老大，眉毛都皺起來了。「發生啥事了？今天不是我生日，不是母親節，呃……」她把茶遞到嘴邊。「噢，太好喝了，我正是需要這個。」

「小事一樁。」我笑說，「我只是起早了，然後——」

「妳起早了？」媽看起來好訝異，「妳還好嗎？是不是因為——」

「我很好。」我立即答道，有點高興她主動提出來，但也有點小尷尬。

「不會經痛嗎？」她問，一邊坐到桌邊。

「有一點，可是——」我也跟著坐下，「我很能忍，我之前更痛。」

老媽只是在桌子對面望著我，眼睛亮晶晶的。

「妳是不是把頭髮弄得不一樣了，或是——」她頓住，對我的臉端詳半晌，「有什麼變得不一樣了，但我說不清楚。」

我哈哈笑說：「我之前有剪頭髮啊。」

「不對，不是那個。妳看起來很漂亮，但我一向覺得妳很美。不對……是某種發自內在的東西。」她面色煥然的說，「來自妳的眼睛。」

「隨便啦。」我臉都紅了。

「隨，便，啦。」老媽故意學我。

「大概是我長大了吧。」我聳聳肩。

「妳是長大了。」老媽啜著茶水告訴我，她靠坐著抬起頭，再次看我，露出超級誇張的笑容。我笑出聲，因為以前她這麼笑時，我都會覺得很煩，很生氣，可是今天早上，我只是溫柔的對她報以微笑，媽媽的笑，我怎麼看都看不夠。

過去三天，搞得我昏天暗地，可是老實講：當我步下巴士，走到人行道時，心底緊張惶然到不行，而且這跟是不是「女生」無關，如果你明白我意思的話。我隔著數百名從黃色校車湧向人行道上的學生，直視前方——我的視線越過五彩繽紛的背包、人潮、擊拳招呼、呼叫聲、興奮的高喊聲，看到遠處腳踏車架前，站著賽熙·根妮斯和她那群頭髮絲亮、像一個模子印出來的同黨。我重重吸口氣，**我可以辦到**。

我抬頭繼續前行，肩上掛著背包，腦中響起小小的加油聲，我融入一臉興奮的人海裡。**我可以辦得到**。我一邊穿過打開的柴契爾中學大門，一邊對自己說。

「早安。」副校長山度斯先生喊道，他穿著西裝打領帶，站在平時所站的位置，跟抵達的學生打招呼。「今天也要好好用功！」他用宏亮的聲音說，「日益精進啊！」

他老是那樣說，不過這一次，我想我明白他的意思了。

校鐘還沒響，我便老遠看到他了。

剃短的頭髮。

黑色棕熊隊連帽衫。

他站在他的儲物櫃前，就在遠處前面辦公室的旁邊。我停下步子，就這麼停住了。我被人們推到擁擠的走廊上，叫我別擋路。我不怕被推，我立穩腳跟，不去回避。走廊上的喧鬧淡去了，一切變得模糊起來，所有人都是，只有傑克例外。我的眼睛像特寫鏡頭一樣，聚焦在眼前的場景上。

狄恩女士。

波特。

傑克擔憂的神色。

他們三個人穿過走廊，走進主辦公室的門裡，我知道出事了。

問題是，在我看到他的那一瞬間，我對傑克的憂慮，比對自己還多。我突然有所恍悟，那一刻，在熱鬧的走廊上，推擠的學生從我身邊走過——

我明白真正的朋友該是什麼樣子。

知道了那種感覺。

放音樂！開始鼓掌吧！就在鐘聲快要響起時，我腦袋裡的光熄了，或者我說，有盞燈亮了。我想到四個字：**我不在乎**。或者應該是九個字？**我不在乎賽熙怎麼想**！她再也嚇唬不了我，我不稀罕她喜不喜歡，也**不需要**她來喜歡我。當我穿門走進第一堂課，我們的眼神相觸時；當她如預期中低聲對艾絲本說話，皺鼻子哈哈笑時，我只是非常友善的報以微笑，然後坐下來，拿出自己的書。我抬頭看著站在書桌邊的岡哲蕾茲老師，根本沒把她放在心上！這很難解釋，但我甚至不生她的氣——

因為我根本不在乎。

我沒用什麼超能力、魔法、也沒有祕訣，其實非常簡單。我不知怎麼解釋，只能說：如果你運氣好，能有第二次機會做一件事，千萬別浪費它。

吃午餐的路上，在我的儲物櫃旁，足球隊的珊米跑過來抱我！我以前不常跟她相處，我也不理解為何會那樣，但她人真的超好，又非常有趣。

珊米站在我的儲物櫃旁邊，等我把袋子放好。

「噢，我的天。」她靠過來說，「我能跟妳說件有點私密的事嗎？」

我點點頭。

珊米吸一大口氣，眼睛閃閃發亮，像是有重大祕密。她壓低聲音，近乎呢喃的說：「我的月經剛剛來了！」

我張大嘴，遲疑了一會兒，差點說不出口，差點把話忍住，可是，管他的！交新朋友就是這樣，對吧？

「我的也來了！」我告訴她

「不會吧！」珊米咧嘴笑說，「唉呀，我的媽，我姊姊跟我說過，有時候一群閨蜜會同時來月經！也許就是……也許是因為我們大家一起去克萊兒家的關係！」

「也許。」我大笑說。

「噢，我的天哪！我們是同步耶，小愛。我們就像姊妹一樣！」珊米努力把聲音放低。跟珊米在一起，實在令人忍不住想笑，她實在太有趣了。

「怎麼樣？」珊米皺著鼻子，語氣有些不好意思。她靠過來在我耳邊低聲說：「妳可以看得出我那個來嗎？」

「當然了。」我緊張的咯咯笑說。

她轉過身子回眸看我，然後像超級名模般的大步走在幾乎沒人的走廊上。

我看著她。

兩個人開始狂笑。

我追上去，兩人簡直笑到快要噴飯。

「妳沒事啦！」我說。

「好險！我的媽呀，很怪對吧，可就是覺得——」

「覺得真的很怪齁？」我吃吃笑著把話說完。

「怪透啦！」珊米勾起我的手，兩人一起走向食堂，穿過長長的學校走廊，經過橘色的儲物櫃，和兩名正在談話的老師。

珊米看著我，「奇怪的是，我來月經，感覺真的好興奮！」她若有所思的頓了一下，「不過說真的，現在月經來了，下面又感覺好痛，對吧？」

「好像是。」我害羞的笑著回答，「我的意思是，我才來了十二個小時。」

「媽呀，我也是，可是就我這沒經驗的人來看，男生真是好命！他們運氣真好！你能想像他們身體流血的樣子嗎？」珊米笑著搖頭，「當男生容易太多了，很多事都不用煩惱。」

「是啊。」我們繼續往下走。我本來不想說的，但我還是說了。

「可是男生也有其他的問題。」

「哦，真的嗎？」珊米開玩笑說，我們繼續勾著手走在廊上。「我就是喜歡妳這點，小愛！妳總是那麼體貼細心，妳最棒了！我們真的應該常在一起！」

「是啊。」我表示同意，然後笑說：「我喜歡那樣。」

「踢完足球後，妳一定要到我家過夜！瑪肯齊也是！我們可以做布朗尼，光吃麵糰就好！」

「算我一份。」聽到自己這麼說，我笑了，那語氣就像男生。

「還有啊，」她接著說，邊走邊往我身上擠，「我們真的得說服瑪肯齊轉回柴契爾！」

「沒錯！」我同意道，想起傑克跟我說的：「**瑪肯齊和珊米兩個人都超棒。**」

我們走進超級喧譁的食堂，珊米拉高嗓門，「嘿，昨天妳在甄試時，踢得跟個球霸一樣！太棒了！徹底技壓全場！」

「我有嗎？」我問，然後立即糾正說：「我的意思是，呃，謝啦！」

食堂裡跟平時一樣，擠滿柴契爾所有的七八年級生，這裡好吵！排隊拿菜時，珊米和我又聚集了更多朋友——克萊兒（她給了我一個熊抱），愛迪、安妮．哈琴森，以及兩位跟我一起參加合唱團的女生，艾瑪與漢娜。等我們拿完餐從隊伍中出來後，大夥看著人群，試圖找空位，我們就像一支完整的遊行隊伍。我們又多了三個成員——黛譚、霍普和凱薩琳。

我們站在那裡，端著塑膠盤子，望著有如迷宮的擁擠餐桌。

「我們要坐哪兒？」克萊兒問，她跟我一樣四處搜尋位子。

就在同一瞬間，艾絲本不知從何處殺出來了。我的胃一揪，坦白講，那種不詳的熟悉感覺又撲回來了。艾絲本憤憤的看著我，十分不耐煩，她一把抓住克萊兒的上臂，「克萊兒，天哪，妳在**幹什麼！**」她問，「我們是在**那裡**。」她指著對面，「走呀！」

我們一夥人忍不住看過去，大家的頭就像舞蹈團一樣同時轉向。食堂斜對面的角落裡，賽熙坐在她的「受歡迎」女生桌子的首位。皇后與她的侍女全都面無表情，頭髮絲亮，濃妝豔抹，沒有一個人看起來是高興的。

她們全都瞪著我們，監視著。

氣氛挺箭拔弩張的呢。

「呃，」一開始克萊兒還有些結巴，接著她說：「沒關係，謝謝。」她告訴艾絲本，然後看著我笑。

「是啊，我們這樣很好。」珊米加了一句，露出勇敢會心的微笑。

接著——

「小愛！」我聽到自己的名字。

我認得那聲音，我太熟悉了。

他被迫高吼，蓋過食堂的噪音，他一喊，整個嘈雜忙亂的食堂幾乎安靜下來了。我抬眼循著他的聲音，看向對面輔導室門的旁邊。「小愛！」傑克用手圈住嘴巴，「小愛！」他大聲喊著，露出燦爛的笑容，瘋狂的在頭上揮著手。我看到歐恩、山米、狄馬利斯、泰瑞、多明尼克、布雷登全部站起來，微笑揮手，並對我喊道。

「愛莉．歐布萊恩！」他們齊聲喊道，「小愛！」

除了我的名字外，我聽不到他們在說什麼，但是看他們揮手的樣子，我知道他們要我做什麼。我眼睛一亮，笑了出來。我對珊米點點頭，自信的咧嘴一笑，默聲說：「咱們走！」然後我邁開步伐，鑽過密密麻麻的餐桌，越過一堆背包，鑽過椅子之間。那一瞬間，鬧聲靜下來了，我感覺每個人都在看我。我望著肩後，所有女生都跟在我後頭——一長排新的朋友。等我回看著要去的地方，發現山米和狄馬利斯已抬來一張空桌，他們把桌子放下，跟他們的併到一起。多明尼克、布雷登和歐恩頭頂著一疊食堂椅子，然後把椅子放下排定，使兩張桌子合併為一。

然後還有傑克，他直盯著我，看我帶著開心的笑容慢慢走近。他站在一張空椅子後，那椅子就在他位子的旁邊。

56 傑克

午餐後，我已經在位子上坐定，等著上第六堂的社會課了，這時我聽到擴音器裡有女聲宣布道：「傑克．馬洛，請到主辦公室報到。」然後他們又廣播了一遍，語氣更為急切。「傑克．馬洛，請立即到主辦公室報到。」

我的心一沉，上課上到一半被叫出去──一定不是什麼好事。我站起來抓起袋子和自己的書本，心臟立即狂跳起來。

狄馬利斯對我點一下頭，「是你誒，兄弟，到底啥事？」

我聳聳肩，「不知道，同鞋。」我假裝沒事，其實卻開始擔心起每個人和所有的人。或許我哥哥出事了，也許老爸在發飆，也許那個瘋狂的護士和小愛出了狀況！

我的頭開始發脹、冒汗、思緒亂轉。等我離開社會課，衝出教室，朝無人的走廊來到辦公室時，已是頭昏目眩、渾身躁熱。我在抵達與主辦公室相連的輔導室前，停下腳步，在門外駐足，背靠著儲物櫃。我得自己冷靜下來，不是所有事都是壞消息，對吧？我的意思是，說不定是好事。那一刻，我好希望夏兒也在，希望她就是等在主辦公室裡的人。可是她並不在，在這裡的人是我。我深深吸一大口氣，把手放到門把上。

我看到杰特站在那兒，他穿著襯衫，打了領帶，和深藍色的聖喬尹外套，我胃中的不安竄到心口，此事比我想像的還要糟糕。杰特正在前面入口旁，助理小姐的辦公桌邊，跟山度斯先生說話。我的腳步很急，努力擠出勇敢的念頭，雖然我越往前走就越緊張。

戴著黑色粗框眼鏡、鬆綁著領帶的杰特抬眼看到我，然後笑了。天啊，我發誓，在那個瞬間，我知道沒有人死掉，我知道**那種**表情會是什麼樣子。我吐出這輩子最如釋重負的一口氣，把肺裡的氣吐光。我依舊加快腳步，還是有些擔心。杰特從來不曾走進學校來接我，我也從沒被人從教室叫出來過。

杰特對走近的我點點頭，擠擠眼，「怎麼樣，老弟？」

「一切都還好嗎？」我衝口問。

但杰特沒有回答，他逕自轉向山度斯先生，伸手跟他握手。

「謝謝您，先生。」杰特直視他說。

我們一離開柴契爾中學大門，走到外頭人行道，杰特便告訴我。

「老爸想開個會。」他馬不停蹄，也沒看我，我們走向杰特停在訪客區的卡車。

「開會？為什麼？」我不解的問。

「不知道，老弟。」他揚起眉毛，面露不安。

「噢，媽呀，」我喃喃說，「一定不是什麼好事。」

杰特開卡車時，不像平時把音樂開到震天價響，除了車子壓著路面的隆隆聲外，一片靜默。等我們開回家裡的車道，我覺得好想吐。

下車前，杰特轉頭看我，「小弟，冷靜點，別盡往壞處想，很難說的。」他頓一下，聳聳肩，打開車門，「說不定是難得一次的好事。」

「我懷疑。」我低聲反駁。

杰特站在卡車外等我下車，我們一語不發的走過小徑來到門口，我們進屋子前，他看了我一眼。「如果狀況很糟糕，」他搭住我的肩膀告訴我，「我們大夥一起承受。」

會議在客廳舉行，這令我更加擔憂，因為我們從來不坐在客廳，自從我媽媽……之後，玻璃雙扇門和窗簾便一直關著，沒打開過。

房中的一切令我想起媽媽，裡頭的氣味、大沙發、壁爐、書架上的書、爸媽結婚時的加框照片、第一次溜冰時哥哥們抱起我的照片——那些證實爸爸曾經真的很快樂的照片。

我走進去時，甘納和史托克已經等在大沙發上了，他們仍穿著一式的深藍色外套，上邊有聖喬尹中學的徽飾。

「如何，老弟？」史托克點點頭，看起來跟我一樣緊張。他的領帶跟杰特一樣拉鬆，解開襯衫最上面的一顆釦子。

我坐到史托克和杰特之間的沙發上，甘納坐在最尾端，看起來十分煩亂。

沒有人說話。

沒有人移動。

我乾坐在那兒瞪著地板。

爸爸穿著上班的服裝進來了——領帶鬆開，淡藍色的襯衫袖子捲起，還有黑色的西裝褲。他看起來不太一樣，鬍子刮得很乾淨；灰白鬍渣不見了。他在壁爐架上的相片前駐足，然後清清喉嚨，單手拿起房間角落的木框椅，直接擺到我們面前。

我的心跳得好快，我抖著腳，史托克用手壓住我的膝蓋，看我一眼，意思是：別再抖了。爸爸坐下來，我抬起眼睛，逼自己看著他。我沒想到會這樣，但爸爸竟然在微笑，而且是溫暖柔和的那種笑容。我已經幾百年沒看他那樣笑過了，我左右瞄著哥哥們，他們也一樣驚訝。

「孩子們，我就開門見山的說了。」爸爸的眼睛如此湛藍清澈，他深吸一口氣，看著我說：「傑克，我要先謝謝你。」

我困惑的望著他，然後恍然大悟，是小愛。

「昨天並不好過，你說的那些話……」他話語漸歇，吸著氣，「你說的話真是一語中的，我就不拐彎抹角了。失去你們的媽媽——」老爸停下來，閉起眼睛，抬手摀住臉，然後低垂著頭。

大夥靜默不語。

一片死寂。

我連動都不敢動，眼神死盯著，片刻不離。我從沒見過父親這副模樣，爸爸一向是我認識的最堅定、最強悍的男人。

「你們的母親，」他再次發話，聲音嘶啞，「她最珍惜的——」爸爸停住了。

我們都看到了。

「日子很難熬，我知道我一直沒能……」他又停下來，哽咽無法言語。淚水開始從他眼中泛起，「我身為你們的爸爸，應該全心全意的愛你們。」

又是一段長時間沒有人說話，我們坐在那兒，看著父親眼中的淚，匯聚成流，他的痛苦潰堤而出，滑落面頰。

他無聲的掉著淚，沒有人說話，在一片寂靜中，我努力的——努力憋著呼吸，想屏住氣，直到我再也做不到。我偷望著哥哥們，杰特、甘納、史托克，他們每個人都在拭淚。

我心頭一鬆。

淚水不斷滑落。

「你們幾個是我的榮耀與快樂，」爸爸繼續說道，「你們是我生命中最大的福賜，你們的一切表現都那麼優秀，我談的不僅只是冰球而已，冰球是遊戲，並不能定義你們。你們是一群優秀美好的年輕人，你們慈善而彼此關愛——」我抬眼看著他被淚水泛得明亮的眼睛，我已經一年多沒看過爸爸有那樣清亮的眼神了。「過去一年，你們一直是照養自己，現在我要告訴你們，這件事不能再等了。很抱歉我拖了這麼久。」他崩潰的對我們說。

「我回來了。」爸爸表示，「我就在這裡，我想告訴你們，我真的好愛你們。」

愛莉

（五個月後）

二月四日，這代表兩件事：今天是我生日，我要滿十三歲了。

我醒來後所做的第一件事，就是拿出一張折好的筆記紙，這是我在一本書下面發現的。沒錯，是傑克寫的。自從找到這張紙後，就一直思考著。有時我會把紙拿出來，小心翼翼的攤開看，然後才上床睡覺。我一直等到滿十三歲，才開始一項新的習慣。

我在剛醒來，看完日出，還在床上，靠著枕頭時，就做這件事了。

「現在什麼都沒有。」我大聲說，朝著空白的白色條紋紙微笑，然後拿藍筆寫著，我打算先一次一年，寫下我想做或嘗試的事項。

「愛莉．歐布萊恩，十三歲！！」我用加黑框的3D字型寫道。

□ 參加春季田徑甄試！

□ 精進冰球球技！

□ 參加《歡樂音樂妙無窮》音樂劇甄選（The Music

Man），一定要上！

我不像傑克用數字標示，我用的是方格，等完成任務後再打勾。你想笑就笑吧，或者可以試試這種辦法！傑克說：「你若敢做夢，就可以去追夢！」我相信他的話。自從我回歸自己的身體後，就一直非常快樂。我會直視人們的臉，交了好多朋友，我變得更有自信，可以直接走過去跟任何人聊天，而不會不自在了。今天晚上會有很多女生來我家過夜！

吃過早餐，老媽送我到溜冰場，你以為我在說笑嗎？我繞到車子後面，打開行李廂，把大袋子扛到肩上。

「拿好了嗎，小壽星？」老媽回頭喊問。

「拿好了！」我說，「謝謝唷！」

老媽照常露出燦爛的微笑，「我很以妳打冰球為榮，我覺得酷斃了！」

我拿著球棍，開始走向人行道，這時我聽到老媽的呼喊，便轉身回頭看。

「我去露露買咖啡。」她隔著打開的車窗對我說，「一會兒就回來！」

我還不是全職聯隊的球員，五人制足球賽才剛結束，所以我媽提早送我一份生日禮物，辦齊了所有的用品，每個星期六早晨送我到溜冰場。這都是我自己搜尋的，我去註冊，打電話跟溜冰場的人談，用我畢生積蓄，支付冬季的費用：一百七十五塊錢！投資在自己身上。

噢，天啊，沒有傑克的身體，溜冰要困難多了。我第一次穿戴所有裝備，踏到冰上時，真的跌了個狗吃屎！我認了，其實還挺好笑的。就像我說的，凡事總有開始！

沒事，我只是慢慢站起來，一次先立穩一隻腳。我像鴨子似的踩著碎步，在冰上搖搖擺擺的走，然後慢慢越來越上手。

我穿過溜冰場的門，身上穿著足球連身帽和運動褲，頭髮綁成馬尾，肩上掛著冰球袋。進了溜冰場，我好喜歡那股味道，清涼的空氣撲面而來，感覺好……

好酷。

我到得有點早，場上正在賽球。我看著冰場中央上方的計分板：還有十分鐘。看球的人很多，家長們歡呼打氣。我把袋子放到木頭長椅上，拿起球棍，走到冰場的平地觀眾席邊，就在守門員的正後方，隔著玻璃觀看。我先是看到他們的背後，我的嘴張得好開。

我知道是他們。

我可以聽到他們的聲音。

就在離我右邊一英尺的地方，杰特、史托克和甘納全站在那兒，他們的臉貼近玻璃，我一陣激動，好想衝過去抱住他們！我必須阻止自己，因為……他們並不認識我！他們根本不認識我，雖然也算認識。如果有個十三歲的女生跑到他們面前，一把將他們攔腰抱住，像失散多年的好友般黏在他們身上，他們大概會覺得我瘋了吧。我的心碰碰跳著，興奮極了。如果他們兄弟在這裡，表示我會看到傑克！傑克和我變得非常親近，他總是替我加油，給我很棒的建議，能夠有位男生知己，真是太棒了。我們就像兄妹，我會給他一些跟瑪肯齊交往的訣竅——雖然傑克發誓他們「只是朋友！」，而且他一向很照顧我，我所有朋友和他全部的朋友，已習慣坐在一起吃午飯了，而且我們完全不搞小圈圈，任何人想跟我們坐在一起都歡迎。

我湊過去站到杰特旁邊，用手拄著球棍，把下巴抵在球棍頂端，然後把鼻子貼到冰涼的玻璃板上。

杰特很快的轉頭垂眼看我。

「嗨！」他友善的說，眼睛閃閃發光，彷彿認識我似的。

「嗨。」我開心的報以微笑。

另外兩個男生也湊向前，看杰特在跟誰說話。

「這球棍挺不錯！」甘納端詳我的球棍說，「是Easten Stealth的嗎？」

「是的。」我點點頭，聳肩微笑，裝作沒什麼大不了。

「媽呀，太過分了吧！」史托克說，「能讓我看看嗎？」

我得意的把球棍遞過去，三兄弟全圍上來看。史托克接過球棍，假裝揮擊隱形的冰球。

「噢，酷耶，這種柔軟度太夢幻了！妳顯然很知道自己在做什麼。」他笑著把球棍遞回來。

「並沒有啦，」我有些害羞的說，「我才剛開始打而已。」

「有那種球棍，妳一定可以打得很好！」甘納擠擠眼說。

杰特看著我，在黑色粗框眼睛後咧著嘴笑，「好好練習，」他告訴我，「妳很快就會射球了。」

兩個男生衝過來撞在玻璃上，玻璃被撞得震響。

「噢，好耶，兄弟！」甘納精神大振。

我往後退開。

傑克竟然就是其中一名男生！

哨聲響後，三兄弟便瘋了，「好耶，老弟！」甘納說，「再來幾下，兄弟！」

史托克轉向杰特，「太好了，他把他們打得好慘。射擊好、速度優、變化快，那小子超厲害。」

杰特用手掌拍著玻璃，「就是那樣打，老弟！」

一開始我以為傑克沒有看到我們，他打得如此專注，可是就在雙方於球門右側重新爭球前，傑克滑過來時，很快的回頭看了我們四人一眼，然後綻開一大朵笑容。

事情還沒完。

球賽結束後，我正要踏上乾淨的冰場。洗冰機還在洗最後一圈，我全副武裝站到門口，穿著護墊、頭盔、手拿球棍、咬著薄荷口味的牙套。傑克那場球賽的觀眾正在離場，我抬頭望向看臺，然後便看到她了。

我媽媽。

她穿著UGG靴子、瑜珈褲和舒適溫暖的皮草連帽大衣。她戴著大俄羅斯毛帽，深紅色的長髮從帽子下流洩而出，看起來美極了，我心想，並對她微笑，覺得自己好幸運。

我看到媽媽也在微笑，只是並不是對著我。她正在跟人說話，我差點認不出他，因為他笑得好開心，頭髮也長了，跟杰特的一樣微捲。

接著——

我恍然大悟。

我的眼神逗留在笑談不斷的兩人身上，傑克跟我提過發生什麼事，一切有了重大的改變。他老爸變得輕鬆優閒許多，他們會一起從事有趣的活動，也沒有那麼多條條框框的規矩了。

媽媽專心談話，她甩著頭髮，往前傾靠，哈哈笑著。新版上尉——說真的，他長得也太帥了吧——儀態堅定而自信，混著鐵漢與柔情的氣質。我必須承認，當我站在那兒準備踏上冰場，當洗冰車離開，駛入小小的車庫時，我的心中劃過一個念頭。以前又不是沒遇過更瘋狂的事！我離得很遠，但從媽媽的站姿看得出，她是如此快樂，我聽到她的笑聲在空盪的看臺上回盪。我踏到冰上，對著自己的祕密願望微笑，然後把冰鞋刺入冰中，開始滑行。

傑克

（三年後）

自從發生那一切之後，已經過了三年，有好多事發生，我會盡我最大的能耐補充給你們聽。我們把房子賣掉，搬到湖邊一棟很漂亮的房子——那是一棟舊房舍，老爸把房舍拆過重新改建，大夥合力幫忙，花了兩年的時間。我們使用的木料，全是舊屋子拆下來回收的。托梁、地板，飄著松樹的香氣，每個房間都能看到湖景。我每天早晨觀賞日出，到了夏季，我們會從家裡的碼頭起跑躍入湖中，一路游過湖面。呃，其實游泳的是哥哥們、小愛和我，老爸和夏兒則是划著獨木舟，為我們加油打氣，如果我們需要的話。

我的生活可算相當完美，我從沒想過自己會有妹妹，真的。我們大家都好疼小愛，她有四個願意為她做任何事的大哥哥。你應該看她打冰球的樣子！哇咧，這小妮子速度之快！她的邁步幾乎無可挑剔，深紅的長髮在頭盔後飄飛，現在我是她哥哥了——只大了一歲——所以我可以吹噓我老妹。

今年春季，她在高中音樂劇《屋頂上的提琴手》中擔任主角——她才高一。很厲害吧，太優了。我們全家出席，六個人全到，坐在後面第三排，歡呼得跟瘋子一樣。她才高一，但已經成為足球隊、冰球隊和田徑隊隊員了。她夢想進哈佛，我有把握她能成功。

老爸不是嘴上說說而已，他真的付諸行動，做了改變。他的改變，比我所求的還多。首先，他辭去工作，在家上班。他把咱家這片地上的一間舊穀倉改裝成木作工廠。老爸現在改做雕刻，作品非常酷，人們會花大錢買他的作品。他把穀倉的另一邊，打造成能讓我們射冰球、隨便玩耍的區塊，比籠子好多了。我們只要推開穀倉巨大的滑門，感覺就像來到戶外，即使是在下雪或下大雨。

哥哥們、我和老爸決定，冰球季時只打冰球，但那不是工作，而是我們的熱情所繫。從五月到八月底，我們就不上冰場，只舉重、游泳、大吃大喝——想吃啥都行。夏兒甚至帶引我們所有人——連老爸在內——迷上了瑜珈。我們的新方法「少即是多」，真的很管用。杰特和史托克現為波士頓大學效力，杰特是資深隊長，而且在第一輪選秀便被洛杉磯國王隊挑上了。甘納因為腦震盪次數太多，不再打冰球了，現在他改彈吉他，而且有自己的樂團，在穀倉的閣樓上練團，他們真的相當不錯，演唱道地的鄉村音樂。

我依舊每晚把自己的目標寫下來，但我可以很榮幸的說，我已達成其中一項了。今年秋季我簽署了全國合同意向書（National letter of intent），決定在高中畢業後，為波士頓大學效力。到時史托克讀大三，我讀大一。

我仍會觀想自己的夢想，但我已有所改變，不再那麼害怕、慌亂了。老爸是我的人生最高典範，協助我成為自己想成為的人。我之所以能有今天，皆拜他所賜。老爸訓練我嚴守紀律，培養我的工作倫理。他說，你若想做什麼，就去做自己最愛的事，用心去做，並好好享受！

我最愛與家人共度溫暖明澈的夏夜，我們七個一起，夏兒跟平時一樣美麗動人，有著豔紅的頭髮和醉人的笑容；我老爸——現在蓄鬍子了。他們總是攜著手。我們大夥圍坐在湖岸邊的營火旁。

夏兒的愛與笑聲感染了所有人，她的出現，她的韌性，若硬要叫我解釋，我只能說，她教會我們，溫柔與軟弱並不相同。甘納帶著他的吉他，我們一起唱披頭四、老鷹合唱團或詹姆斯·泰勒，營火燒得狂烈，湖面在星羅棋布的夜空下閃著粼粼波光。我們笑得好開心，有時甚至會談到我媽媽，我們都記得與她相處的歡樂時光。

我脖子上還戴著那條金鍊墜子。

從不取下來。

墜子上用草體字刻了一個細字，得用放大鏡才看得見——

那個字就是「愛」。

我對家人的愛，遠非言語所能描述，我看著營火對面的夏兒和老爸、杰特、小愛、甘納、史托克，心中充滿感激，覺得自己是世界上最幸運的孩子。

也許我就是。

——全文完

感謝

我住在屋宇

角落裡，我將之取名為

感恩。

——Mary Oliver

謝謝Katherine Tegen，Maria Barbo，Kate Morgan Jackson，以及HarperCollins童書部和KT Books出版社，所有經手這部作品，並發揮魔力使它變得如此美麗的可愛同仁。

特別感謝我的文學經紀人Margaret Riley King，以及William Morris Endeavor全體團隊—Chelsea Drake，Laura Bonner，Jo Rodgers，Anna DeRoy，Erin Conroy及Jennifer Rudolph Walsh。能把書交給這些蕙質蘭心的女子，真是我的福氣。

非常感謝Ken Weinrib；他堪稱是位超級英雄——任何人能有他相挺，都算好運。

最後，我要感謝那些為本書默默加油的人，你們的善意，令本書增光，再多的感謝，也無法道盡我的心意。

國家圖書館出版品預行編目資料

換身 / 梅根.蕭爾(Megan Shull)著；柯清心譯.
-- 初版. -- 臺北市：幼獅, 2018.10
面；　公分. -（小說館；26）
譯自：The Swap

ISBN 978-986-449-121-6(平裝)

874.57　　107012056

小說館026

換身

作　　者＝梅根・蕭爾（Megan Shull）
譯　　者＝柯清心
封面繪圖＝南君
出 版 者＝幼獅文化事業股份有限公司
發 行 人＝李鍾桂
總 經 理＝王華金
總 編 輯＝林碧琪
主　　編＝沈怡汝
美術編輯＝李祥銘
總 公 司＝10045臺北市重慶南路1段66-1號3樓
電　　話＝(02)2311-2832
傳　　真＝(02)2311-5368
郵政劃撥＝00033368

印　刷＝崇寶彩藝印刷股份有限公司
定　價＝320元
港　幣＝107元
初　版＝2018.10
三　刷＝2021.07
書　號＝987244

幼獅樂讀網
http://www.youth.com.tw
e-mail:customer@youth.com.tw
幼獅購物網
http://shopping.youth.com.tw

行政院新聞局核准登記證局版臺業字第0143號